金狼殿下は去りし神子を溺愛す

釘宮つかさ

illustration:
みずかねりょう

CONTENTS

金狼殿下は去りし神子を溺愛す

＊　序章　＊

国王の朗々たる声が荘厳な造りの大聖堂内に響く。

「――神子の一族を国外追放とする」

神子の託宣を途中で遮り、金狼の獣人である国王ガイウスが残酷に言い放つ。その言葉に、堂内の空気が凍りついた。

「こ、国王陛下!?」

「そんな……、まさか追放など……」

堂内にいた王侯貴族、教皇や大神官たちからどよめきの声が上がる。

――今日は王太子の十歳の誕生日だ。それはこの聖ガルデニア王国において、王の誕生日と建国の日に次ぐ、盛大な祝祭の日だった。

ガイウスは正妃以外の妃を迎えておらず、子は一人しかいない。つまり、王太子レグルスは国王夫妻にとって唯一の子で、王国の次なる王位継承者だ。

祝いの儀式が始まるとともに、教皇が今日のこの日を無事に迎えた感謝を神に捧げる。続けて、神官たちが次々と言葉を尽くした祝福と立派な祝いの品とを少年に捧げていった。

そんな中で、当然、国を守護する神子からも、我が子に特別な祝福を授けられるはずだと、王は疑いもせずにいたのだろう。

先ほどまで機嫌よく頷いていた王は、いまは額に青筋を立て、拳を握り締めて立ち尽くしている。

そしてガイウスは、神子が授けようとした託宣を最後まで聞くことなく、追放を命じた。

玉座の正面に跪いた神子たちは、うつむいてただ粛然とその言葉を聞いていた。

玉座の隣、妃の椅子に腰かけている王妃アウグステは、色白な美貌を強張らせて愕然とした様子だ。さらにその隣に座った今日の主役である王太子もまた、王家の血を感じさせる整った顔に困惑の表情を浮かべている。

王家に繋がる名家の出である王妃は、銀狼の獣人だ。そして王太子は父と同じ、王族の証しである金色に煌めく狼耳と尻尾を持っている。

「――父上」

思い切った顔で王太子が口を開く。

「レグルス。祝いの宴が始まるまで自分の部屋に戻っているように」

王は従者に命じ、王太子を大聖堂から下がらせる。

「父上、おねがいです。神子さまたちを追放しないで」

従者に連れていかれながら、必死の表情で王太子は父に呼びかけた。

王太子の姿が扉の向こうに消えると、「陛下、何とぞお怒りを解かれよ」と、教皇もまた苦渋の表情で進言した。

「神子の祈りが我が国をこれまでどれほど支え、守ってきたことか……」

「そ、その通りですとも、いくらなんでも即刻追放など……あまりに罰が重すぎます」

「神子がいなくては、魔物が解き放たれてしまいます」

「神子だとて人間、宣託を間違うことだってあるかもしれませぬ。せめて、釈明をお聞きになったらどうか」

国の重鎮たちも皆、なんとか王の怒りを収め、とりなそうとする。

それも当然のことだった。

なぜなら神子は代々、このガルデニア建国の頃から王を助けてきた。

神から与えられた聖なる祈りの力を使い、太古の昔に城の地下に封じられた魔物を眠らせ続けているのも、神子一族の貴(とうと)い力だ。

とある地方一帯が異常な渇水に見舞われて作物が育たないという知らせが役人を通じて王城に届けられれば、王の命を受け、神子が三日三晩捧げ続けた祈りの力で、助けを求めた土地に恵みの雨が降る。

神子は天から授かった奇跡の力で、王家と王国とを守護している。

その強大な人知を超えた力は疑いようもないもので、神子は古くから、王と王妃、王太子に次ぎ、国内の教会を支配している教皇よりも、高い地位に置かれてきた。

その神子に何かを命じることができるのは、神から神子を授けられたガルデニアの王だけだ。

頑強な長躯を誇る王は、周囲からの非難の視線をじろりと一瞥すると、頭の上にぴんと生えた金色の獣耳の片方を不快そうに傾ける。

決断を覆す気などかけらもない王の様子に気づくと、じょじょに狼獣人と人とが混在した高貴な者たちが口を噤み始める。

静寂が落ちても、追放を言い渡された当事者の一人——現神子の母であり、元神子のティレニアは、玉座に向かって膝を突いたまま、黙ってただ目を伏せるだけだった。

神子一族といっても、直系の者は、幼い現神子とその母ティレニアの二人だけだ。

純白の祭服に身を包んだティレニアは、亡き母から神子の力を受け継いだあと、二十年以上もの間、この国に尽くしてきた。

白い肌に腰まで流れる亜麻色の髪と、この国では極めて珍しい紫色の大きな瞳。彫りの深い小作りな顔立ちに、白に金をあしらった正装を纏った細身の彼女は、今もなお、少女のように儚(はかな)く美しい。

ティレニアが『元』神子となったのは、三年前に子を産んだからだ。

国を守護する神子一族の特別な力は、血によって受け継がれる。子が生まれると同時に神子の特別な力はすべて子に継承される。その後、前の神子は新たな神子を見守り支える後見につく。

生まれたルカニアは言葉が遅く、ようやく様々な言葉を話すようになったのがつい最近のことだった。

そして今日、王太子の生誕祝いに際して、新神子は最初の託宣を授けた。

しかし、幼いルカニアが拙い言葉で告げたその託宣が、王の逆鱗に触れてしまった。

『きんろうぞくの王の子が、そせんがふうじた魔物をめざめさせ、この国をほろぼすだろう』

――金狼族の王の子が、祖先が封じた魔物を目覚めさせ、この国を滅ぼす――。

『けれど――』と、まだ何か続きを言おうとしたルカニアの言葉を王は強く遮り、立ち上がった。

幼い神子の口から出た不吉な預言がどうしても許せなかったのだろう。王は議会にかけることすらせず、神子一族にこれ以上なく重い罪である追放を言い渡したのだった。

だが、そもそも託宣は神子の意思で告げる告げないを決められるものではない。神子は天から神の言葉を託され、王に伝えるよう定められた身なのだから。

――即位からずっと、神子の力の恩恵に与ってきた王は、誰よりもよくそのことを知っているはずなのに。

国王が彼女に対して冷ややかな態度をとるようになったのは、ティレニアが彼の求婚を断ったときからだった。そしてその後、ティレニアが結婚せず、父親が誰かを秘めたまま子を産むと、信徒たちは神の子供だと歓喜して親子を崇めたが、国王の態度はさらに冷淡になった。

ティレニアは息子にそっと目を向ける。正装を着せられた幼い我が子は隣に膝を突き、きょとんとした顔でこちらを見上げてくる。

堂内の混乱を引き起こしたのが自分の言葉だと、幼いルカニアにはまだ理解できていない。小さな我が子がわけもわからず周囲のざわめきに目を瞬かせている様は、いっそう哀れを誘った。

ルカニアには、神に希い、この場で奇跡を起こすことはまだできそうもない。そして、それはティレニアにももう不可能なことだ。歯がゆい思いの中、ティレニアはなんとしても我が子を守らなければと強く思った。

「陛下、どうか神子の言葉を最後までお聞きください」

壇上では、王妃が夫に必死な様子で懇願している。

「これ以上愚弄されろというのか」

「お願いです、何とぞお慈悲を……！　新たな神子になったとはいえ、ルカニアはまだたった三歳の子供なのですよ。それに、あなたとも血の繋がった従甥ではありませんか」

二代前の王妃が神子の直系だったため、現国王ガイウスとティレニアは従兄妹同士の間柄だ。そして、その子供である王太子レグルスと神子ルカニアははとこの間柄にあたる。

王は険しい顔で、縋ろうとする王妃の手を振り払った。

「血族だからこそ、だ！　よりによって我が息子のめでたい誕生日に、神子の口から泥を塗るような言葉が出るとは……」

ガイウスは元神子と、その隣にいる幼子を見据えた。

「明日の夜明けまでに、この城を出ていけ」

堂内の人々が息を呑む。慈悲のかけらもない命令だった。

「これまでに授けた金貨や宝物は、すべてくれてやる。ついていくと言う者がいれば何人でも好きなだけ連れていくがいい。だが、一度出ていった者は、二度と我が国に足を踏み入れることは許さぬぞ」

ティレニアは、一言も反論しないまま深々と頭を下げた。

王はわずかも狼狽えることのないその静かな態度に、いっそう怒りを膨らませたらしく、どさりと荒々しく玉座に腰を下ろす。

「王よ、神子を追放して、魔物についてはどう対処するおつもりか！」

勇気ある誰かが声を上げると、ガイウスは忌々しげに吐き捨てた。

「たとえあれが目覚めたとして、どうだというのだ。腐りかけの魔物など、我がこの手で返り討ちにしてくれるわ」

その言葉に顔を上げた元神子は、憤怒の形相で睨みつけてくる王ではなく、隣に座る王妃と目を合わせた。動揺し切った様子の彼女に、大丈夫、心配しないで、というように小さく微笑む。

（ごめんなさい、王妃殿下……）

王妃は親しみやすい性格で、民から愛されている。王家の大聖堂によく足を運ぶ彼女とティレニアは、幼い頃から幾度となく顔を合わせてきた。長年の交流から、いつしか二人は唯一無二の友となっていた。

夫である国王が断行した神子一族への命令が、王妃にどれほどの心痛を与えるかは想像に難くない。

王城では、いくら断っても王や貴族たちから溢れんばかりの宝物が届いた。中でも、独身時代の国王ガイウスは、誰よりも高価な品を贈ってきて、さんざん彼女を褒め称え、過剰なほど二人だけの時間を欲しがったものだ。

そのたびに、自分に豪奢な宝物を与えるよりも、民の暮らしのことを考えてもらいたいとティレニアは頼んだ。王の耳には届かなかったけれど、王妃はその気持ちを理解して、私財を投じて町に病院を増やしたりと、様々に手を尽くして協力してくれた。

せめて、もう少しでいいから、王が周囲の者の言葉に耳を傾けてくれたら。

我が子のことを思うと、なんとかできなかったのかという悔いが、ティレニアの肩に重く食い込む。

しかし、それは不可能だった——王と神子たちとでは、そもそも見ている方向が違ったのだから。

「……聖ガルデニア王国に祝福を捧げます」

これまで数え切れないほどしてきたように、ティレニアは祖国に最後の祝福を与える。

すでに聖なる祈りの力は子に譲り渡し、特別な力はない。それでも、心の底から祈った。

胸の前で手を組み、真摯に祈りを捧げていると、大聖堂の天窓からルカニアとティレニアの元に光が差した。まるで二人を守るように照らし出す輝きを見て、堂内のどこかからいくつもの啜り泣きが聞こえてきた。

「王よ、なんと愚かな……」

嗚咽交じりの誰かの囁きは、幸か不幸か国王の耳には届かなかったようだ。

(愛する神よ、どうかお怒りにならないで……)

ティレニアは心の中で必死に願う。

——これからも民が飢えることのないよう、変わらぬ加護をこの国に届けてください。

我が子を抱き上げたティレニアは、大聖堂をあとにし、祖国に別れを告げた。

＊

木の葉の間から差し込む朝の光が、足元に光と影の模様を描き出している。

鳥たちがそこここでにぎやかに囀り合う中、勝手知ったる山道を歩きながら、ルカニアは慎重な動きであちこちに目を向ける。

そのそばを、真っ白の毛並みをした小さな仔山羊がぴょんぴょんと気ままに進んでいく。

夜が明けて間もない山の中で、ルカニアは、とあるものを探していた。

たまに仔山羊の様子を気にかけながら、一人と一匹は山道を歩き続ける。

「――あっ⁉」

道の脇に特徴のある草が生えているのを見つけて、ルカニアは思わず目を輝かせた。

「ミルヒ、あそこの、あの草、アリウムじゃない⁉」

仔山羊に話しかけながら草に駆け寄ると、ミルヒも「メー！」と鳴いて、急いであとをついてくる。

近づくと、やはりそこには目当ての草がひっそりと群生していた。

アリウムは辛みが特徴の野草だ。滋養があり、風邪などに効き目がある。煮込み料理に入れたり、肉や魚と一緒に焼いたりすると臭みが消える。種を取って育てるのは難しいので野生の状態を見つけるしかないという、少々貴重な草だ。

「ばあやが喜ぶよ。これ、スープに入れて食べると体がぽかぽかするし、美味しいんだよね」

うきうきしながら懐から布を取り出す。必要なぶんだけを採って大事に包むと、布包みを斜めがけにして背負った。

血の繋がりはないものの、ルカニアにとって唯一の家族であるばあやは、ここ数日、風邪をこじらせて寝込んでいた。やっと熱も下がってきたところなので、少しでも体にいいものを食べさせてやりたくて、朝一番で何かいい食材はないかと探しに来たのだ。

「アリウムは乾燥させれば日持ちするから、あとで村の皆の家にも届けよう」

呟きながら立ち上がろうとしたとき、すぐそばの茂みに小さな野イチゴが実っているのを見つける。嬉しくなって頬を緩め、顔を近づけると、瑞々しい果実からは甘い香りがした。いくつか摘み取り、小さな一つをミルヒの鼻先に差し出す。仔山羊はそれをしばしくんくんしてから喜んでぱくりと食べた。

自分も一つ食べると、甘酸っぱい味が口の中いっぱいに広がる。山には美味しいものがたくさんある。よく熟しているので、ばあやへの土産と、それから帰り道にある母の墓に供えるために、もう少しもらうことにした。

「神様、今日も素晴らしい実りを与えていただき感謝します」

野イチゴは清潔な手拭いに包んで大事に懐に入れながら、ルカニアはその場で感謝の祈りを捧げた。

疲れやすくてあまり遠くまで行けない代わりに、ルカニアはこの山の歩ける範囲内にある美味しい実をつける木や、食べられるキノコが採れる場所などをすべて覚えている。

定期的に金貨を得る手段を持たない自分には、山での食材探しがささやかな狩りの代わりなのだ。

ふと思い立ち、ルカニアは足元にあるまだ小さな植物の双葉をじっと見つめると、胸の前で手を組んだ。

（……伸びて、お願い……）

ちょっとでもいいから、と必死に祈る。

けれど、しばらくの間息を詰めて願ってみても、葉はわずかも変化することはなかった。

（やっぱり駄目か……）

もう諦めたつもりなのに、もう習慣のようなもので、毎日一度はこうして祈ってしまう。

神のしもべである神子の末裔として生まれたルカニアは、一族が持つ様々な奇跡を起こせる力を母から受け継いだ。

幼い頃は、その聖なる祈りの力を使い、目を閉じて祈るだけで、足元から草木がぐんぐん伸びて花の蕾が開いた。天に乞えば、雲が消えて太陽が辺りを照らし、雨乞いをすれば恵みの雨が降り注いだそうだ。

母や祖母、代々の神子たちのように、隣々国にあるガルデニアの国王に仕え、その力をすべて国のために捧げて生きる――はずだった。

(僕の力……いったい、どこに行っちゃったんだろう……)

いつの間にか、奇跡を起こせる力は消えていた。

いまの自分は、少し体の弱い、ごくごく普通の人間だ。

毎日あの力が戻っていないかと試してみるものの、結果はいつも同じだった。

わかり切っていたことなのに、少し落胆する。そんな自分を叱咤して、ぺちぺちと両頬を叩く。気を取り直して、よいしょと言いながら元気よく立ち上がった。

村からさらに少し上ったこのあたりは木々がまばらだ。遠くに目を向けると、川を隔てた向こう側にたくさんの建物が立ち並んでいるのが見えた。あれはポルド王国の国境近くにあるヴァールの町だ。山のふもとの田舎町ながら賑わっていて、様々な物を売る店が軒を連ね、定期的に市場も立つ。

(……もしもあの町に住めたら、さぞかし便利なんだろうな……)

山での生活に何も不満はないけれど、町には医師がいて、薬屋もある。だんだんと年を取ってきた村人たちのことを思うと、山中の村で暮らし続けることが厳しく思えてくる。

考えながらぼんやり町を眺めていると、ふいにひんやりとしたそよ風が吹いて、ルカニアの髪を撫でた。

子供の頃は母と同じ亜麻色だったという髪は、いつしか地味な栗色に落ち着いた。紫色の瞳は祖国では滅多にない色のようだが、遠く離れたこのポルド王国ではごくありふれた色だ。顔立ちも、村では綺麗だと言われるけれど、天使か妖精かと絶賛されるほどの美貌の持ち主だった母にはまったく及ばない。

——つまり、控えめに言っても、ルカニアの見た目は凡庸でしかなかった。

だが、少しもそれを悲観したことはない。

母は亡くなるまでの間に、ルカニアに一生分の愛情を注いでくれた。父が誰かを訊ねると、『空からいつもリルを見守っているわ』と微笑んでいたので、おそらく自分が生まれる前に亡くなったのだろうと思う。悲しいけれど、きっと両親は深く想い合い、その結果、自分が生まれたのだと信じている。

——両親の愛情を疑うことはかけらもないくらい、母はルカニアを大事に育ててくれたから。

まだ少し肌寒いくらいに澄んだ空気の中、晴れた朝の空を見上げると、母がどこかで見守ってくれているような気がした。

(お母様、どうか安心して見守っていてください)

天国に行ってしまった母に、心の中で語りかける。もちろん、返事はない。だが、そうするとなんとなく気が引き締まる思いがした。遠く離れても、祖国を思い、民の平和を願って祈り続けた母に恥じないよう、自分もせいいっぱい生きなくてはと思えた。

ふと気配を感じて見下ろすと、ミルヒがそばに寄ってきて、くんくんとルカニアの足元の草の匂いを嗅いでいる。笑顔になって、ルカニアは仔山羊に話しかけた。

「さ、ミルヒ、そろそろばあやが起きる頃だよ。お母様のお墓に寄りたいし、そのあと出かける支度もあるから、家に帰ろう？」

つぶらな瞳で聞いていた仔山羊はくるっと踵を返し、まっしぐらに墓のあるほうへと山を下り始める。

「わあ！　ちょっと待って！」

転ばないように足元に気をつけながら、ルカニアは小さな白い後ろ姿を追いかけた。


墓参りを済ませ、途中で近所の家に寄ってから自宅に戻った。

食べやすいように細かくした新鮮な野菜をミルヒにあげると、嬉々として皿に顔を突っ込んで食べ始める。それを横目に、ルカニアは人間用の朝食作りに取りかかった。

かまどに火を熾(おこ)してから、採ってきたアリウムをよく洗い、他の野菜とともに煮込む。最後にさっきもらってきた今朝産みたての新鮮な卵を割り入れて、軽く味付けをすれば、温かいスープが完成だ。皿によそってトレーに載せ、奥の部屋に続く木製の扉をコンコン、とノックする。

どうぞ、と返ってきた応えに扉をそっと開け、ルカニアはひょこっと部屋の中を覗き込んだ。窓際に置かれたベッドで寝ていた老婦人が、ゆっくりと身を起こそうとしているのが見えた。

「ばあや、おはよう。今朝の具合はどう？」

「おはようリル。昨日よりだいぶいいわ」

ルカニアを子供の頃からの愛称で呼んで、ばあやは微笑む。

「うん、昨日に比べるとずいぶんと顔色がいいみたい。温かいスープを作ったから持ってきたよ」

ベッド脇のテーブルの上にトレーを置きながら、ホッとしてルカニアは言う。そばにあった膝掛けを取り、起き上がったばあやの肩にかけた。

「今朝アリウムを見つけたから入れたんだ。ロンのところでもらってきた産みたての卵も。これを食べたらきっと体が温まると思うよ」

「あらいい匂い」

湯気の立つスープの皿を見て、ばあやは目を細めた。

ばあやの名はアンナといって、昔、一緒に祖国を出てきたルカニアの母の友人だ。七歳のときに母が亡くなったあと、親代わりとなってルカニアを育ててくれた。

狼獣人の血を引く彼女の頭には、人間のルカニアにはない獣耳がある。昔は艶やかだった髪と狼耳の毛並みはいつしか白いものが交じり、いまやほとんどが真っ白だ。

けれど、年を重ねても昔と少しも変わることのない品のある佇まいで、彼女はスープをスプーンで一さじ掬う。「とても美味しいわ」と褒めてくれてから、いったんスプーンを置き、彼女はルカニアを見上げた。

「――やはり、町にはあなたが行くのですか」

「うん、ちょっと行ってくるよ」

今日は先ほど見えたヴァールの町に買い出しに行く予定だ。

山の中腹にあるこのクルトの村では、月に一度程度は誰かが山を下りる必要がある。山の豊かな実りと畑でできた作物で、村の暮らしは半自給自足だが、薬や嗜好品など、ふもとの町に下りなければ手に入らない物もあるからだ。

「心配しないで、今日もマイロが一緒に行ってくれるって。あ、ミルヒも連れていくから」

マイロは祖父母とともに村に住んでいる少年だ。ミルヒは置いていこうにもルカニアを追ってきてしまうので、諦めて町に下りるときは連れていくと決めている。

ルカニアの答えに、ばあやは最近少し皺が増えた顔を顰(しか)める。

「やはり、イヴァンかロンに頼むことはできないのですか?」

「イヴァンはね、以前痛めた腰の具合がまだよくなっていないみたい。ロンは今朝、卵をもらいに行ったときに会ったけど、しばらくの間は家を離れられそうもないって」

ここ数年の間、当然のように買い出し係を担ってくれていたイヴァンも、もうかなりの高齢だ。たまにイヴァンと交代していたロンはまだ四十代だが、だんだんと日常の世話に助けがいるようになった祖父のヒューゴーと二人暮らしの上、近所の老人たちから畑や家畜の世話などをあれこれと頼まれて引き受けている。そのため、半日以上家を留守にするのは難しいようだ。

当然の流れとして、半年前から、現在十六歳のルカニアと一番若い十四歳のマイロの二人が買い出し係を引き継ぐことになった。

これまで滅多に山から下りることを許されなかったので、ルカニア自身は喜んでそれを引き受けたのだが――。

「……代われるものならば、私が行きたいところです」

困り顔でばあやはため息を吐く。

いつもながらの過保護さに、ルカニアは思わず苦笑した。

ばあやは昔から、ルカニアが町に下りるとなると、過剰なほど心配するのだ。

「すぐに帰ってくるよ。それに、もし何かあったとしても、山中の道ではマイロもミルヒも一緒だし、下りた先は人通りの多い町中なんだから」

明るく言うが、ルカニアはあまり体が強くない。食べることは大好きだし、普段はごく普通に暮らしているのだが、村の収穫期に畑仕事を手伝ったりして少しでも無理をすると、すぐに熱が出て寝込んでしまう。元気なときでも時々足元がふわふわとしておぼつかず、気をつけて歩いているのに何もないところで転んだりするのが恥ずかしい。

だから、山道の往復を不安がられるとしたら、無理もないことだと思う。

だが、ばあやはルカニアが山歩きに慣れていて、道も頭に叩き込んであり、マイロたちとともにのんびり歩けばなんの問題もないこともよく知っている。

ばあやが不安視しているのは、ヴァールの町で何かが起きないかということだ。

「……もし、あなたが攫われたりでもしたら、ばあやはもう生きてはいられません」

ぽつり、と漏らした彼女の言葉に、ルカニアは一瞬言葉が出なくなってしまった。

これほどまでに、ばあやが町に下りることを心配するのは、実は理由があった。

ルカニアは幼い頃、とある事情から、命を狙われたことがあった。

旅の途中の宿屋で攫われかけたが、すぐに母が気づいて叫び声を上げ、事なきを得た。もう十三年も前のことで、三歳だった自分はほとんど覚えていないのだが、おそらくばあやには、そのときの恐怖がいまも根深く残っているのだろう。

芯の強い彼女がこんなにも心配性なのは自分のせいだと思うと、申し訳ない気持ちになる。

ルカニアは寝台のそばの椅子に腰を下ろすと、ばあやと目線を合わせる。

「本当に大丈夫。町で食べ物の買い出しをして、ばあやが仕上げてくれたのを買い取ってもらってくる。あとは薬を買ってくるだけだもの。誰も行かないと、皆困ってしまうし……日が暮れる前には必ず帰ってくるから」

ね？と、ルカニアは殊更に明るい表情を作って言った。

年々、山奥の夜の厳しい冷え込みが体にこたえるようになって、ここ数年、ばあやは体調を崩すことが増えている。半年ほど前には一度胸を押さえて倒れてしまい、これは一大事だと、金貨を相場の倍額積んで頼み込み、町の医者をこの山に呼んで診てもらった。医者の見立ては、「心臓の動きが弱っているようだ」というもので、あまり無理をさせないようにと言われ、心臓の負担を軽減するという特別な薬を処方された。

ルカニアが町に下りたいのは、その薬の残りが少ないという理由もあった。

ばあやに毎日飲んでもらう薬と、それから、いざ発作が起きたときに止めるための頓服薬。合計すると二人の一か月分の食費よりも高価になるけれど、先日も一度発作が起きていて、その頓服薬を飲ませるとてきめんに治まり、安堵で胸を撫で下ろしたばかりだ。

山には多種多様な薬草が生えているし、ルカニアはそれらを見つけるのも得意だ。傷薬や熱冷ましなどの薬ならよく効く薬草がある。だが、心臓の病に効くような薬草は残念ながら山では手に入らない。

いくらかかったとしても、親代わりであるばあやの命には代えられない。すぐに医者に診てもらえない山奥に住む以上、手に入れられるなら何を切り詰めても買っておきたいとルカニアは切実に思っていた。

ばあやには薬の値段を安めに伝えているおかげで、毎日薬を飲むこと自体は拒まずにいてくれるのがありがたい。

ばあやがスープをすべて飲むのを見届けてから、ルカニアはトレーを持って立ち上がった。

「あと、何か他に欲しいものはない？　果物やお菓子とか、新しい布や糸でも」

「あなたが元気に帰ってきてくれることが何よりの土産ですよ」

ルカニアの問いかけに、ばあやは真顔で返してくる。

彼女の私室である小さなこの部屋には、ベッドに小さな書き物机と椅子だけしかない。つましい暮らしのため、新しい物や高価な物は何一つとしてないのだ。

その上、こうしてたまの買い出しに行くときでさえ、ばあやは何も欲しがらない。おそらく今後の暮らしのため、少しでも金貨を節約しようと考えているのだろう。切ない気持ちになったが、まだ病み上がりの彼女に沈んだ顔を見せたくなくて、ルカニアは平静を装って頷いた。

「じゃあ、美味しそうなものがあったら見繕って買ってくるね。今日も、ばあやとクルトの村に神のご加護がありますように」

いつもの祈りを捧げてから、ルカニアは部屋を出ようとする。

「――リル」

背中に呼びかけられて振り返ると、じっとこちらを見つめる緑がかった金色の瞳と目が合った。

「とにかく気をつけて……買い物のときは仕方ないけれど、できる限り知らない人とは話さないように。この暮らしも、ガルデニアの王が代替わりすれば終わります。もう少しの辛抱なのですからね」

ルカニアが従順に頷くと、ばあやは「それから」とまだ何か続けようとする。

そのとき、開けたままの扉からトトッと仔山羊が入ってきた。エサを食べ終えたのだろう、ミルヒは甘えるようにルカニアの脛に前足をかけて伸び上がってくる。

小さなミルヒを抱き上げると、ルカニアはばあやが何か言うより前に口を開いた。

「――『狼獣人には、特に気をつけて』でしょう？　狼獣人には、決して本当の名を名乗ったり、この村の場所を伝えたりしません。ちゃんとわかってるから」

まさにいま言おうとしていた言葉だったのだろう、ばあやは一瞬目を丸くする。

それから「その通りですよ。あなたに神のご加護がありますように。いってらっしゃい」と言って微笑み、まだ少し心配そうな顔でルカニアたちを見送ってくれた。

「――ごめんマイロ、お待たせ！」

外に出ると、すでにマイロが家のそばに立つ木の根元で座って待っていた。

「大丈夫、ぼくもいま来たところだよ。おはようリル、ミルヒも！」

動物好きなマイロはにっこりすると身を屈め、ルカニアと一緒にやってきた仔山羊の頭をわしゃわしゃと撫でている。ミルヒのほうも頭を差し出してまんざらでもなさそうだ。

ふもとの町ヴァールまでは片道三時間ほどかかる。買い物の時間を含めても、往復半日足らず。買い物中に多少手間取ったとしても、日暮れまでにはじゅうぶんに帰ってこられるだろう。

朝の山道を下りながら、ルカニアは言った。

「マイロはまた背が伸びたね。僕、あっという間に追い越されてしまったよ」

「まだまだ伸びそうな感じだよ。父さんが大きいからかな？」

嬉しそうに笑う赤毛のマイロはずいぶんと体格がよく、年よりも大人びて見える。

彼はふと、ぴょんぴょんと軽快な足取りで前を行く仔山羊の後ろ姿を眺めた。

「ミルヒは本当にいつまでも大きくならないね。可愛いけど、突然魔法が解けたりすることはないのかなあ」

不思議そうに言われ、ルカニアもその姿を見つめて首を傾げた。

「そうだね、いつかは大きくなる日が来るのかな……」

仔山羊のミルヒは、ルカニアの母が亡くなって間もない頃に村に迷い込んできたので世話をするようになった。

このミルヒは実は普通の山羊ではない。初めて見つけた日からもう九年も経っているから、仔山羊のはずはないのだ。

なんとも不思議な存在だが普段はこうして時を止めたように愛らしい姿のまま、初めて唐突に大人の山羊の姿になったときは皆仰天した。

たとえば、年老いた村人がよろめきながらどうにか荷物を背負おうとしているところに出くわすと、自発的に大きな山羊に変身して、背中に荷物を載せてくれる。

村には馬や牛はおらず、畑を耕すのは人力だ。なかなかの力仕事だが、耕作の時期には必ずミルヒは大きな姿になり、村人に交ざってせっせと荷車を引いて作付けを手伝う。しかも一度限りではなく、そんなことが何度もあった。

そして、半年前からルカニアが町に買い出しに行くようになると、行きは仔山羊の姿でついてくるようになった。帰りは当然のように成獣になり、大量の荷物を軽々と運んでくれるので、正直とても助かっている。

若い頃、魔法士になるための修行をしたことがあるというイヴァンによると、魔法の練習では、家畜を相手にすることもあるらしい。彼の推測では、ミルヒには普段は仔山羊の姿でいるようにという魔法がかかっているようだ。おそらく、どこかの魔法士が飼ってい
た修行用の山羊なのではないかという話だった。

いつか飼い主が取り戻しに来るかと思っていたけれど、いまに至るまで誰も捜しに来ることはなかった。

ミルヒは昼の間、村の近辺を自由に歩き回り、夜はルカニアたちの家と繋がった納屋で休んだり、台所の隅に用意した寝床で眠ったりと、気ままに暮らしている。

いまではルカニアたちの大切な家族であり、よく働いてくれる村の一員でもある。

「そうだ、アンナの風邪の具合はどう？」

ふるふると揺れるミルヒの短い尻尾を追って進みながら、マイロが訊ねる。

「だいぶよくなったみたい。朝、アリウムを見つけたから、スープにして食べてもらったんだ。今日はいつもの薬と、あとは何か体によさそうな食材を見つけて帰るつもりだよ」

ルカニアの言葉に、マイロは「そっか」と言ってホッとしたみたいに頷く。彼もアンナと同年代の祖父母と暮らしているので、気にしてくれていたようだ。

アリウムはマイロの家のぶんも採ってきてあるから、よかったら帰りに持っていってと言うと「あれピリッと辛くて美味しいんだよね。うちのみんなも大好物だよ」と、マイロは嬉しそうに笑った。

「しかしリルはさ、美味しい野草とか果物が生ってるとことか、本当に見つけるのが上手だよね。この間山盛りの桃をおすそ分けしてもらったとき、ばあちゃんが感激してたよ」

感心したようにマイロに言われて、誇らしいような、少々恥ずかしいような気持ちになった。

「僕、けっこうたくさん食べるから……山の実りで、少しでも家計の足しになればと思って」

うんうん、とマイロは頷いている。

「『お前は毒キノコばっかり見つけてくる』っていつもばあちゃんに笑われるからさ、おれも見習いたいよ」

ため息を吐くマイロに笑い、今度あれこれと実っているところを教えると約束する。

「そうだ、うちのじいちゃんもちょっと咳してたみたいだから、町で喉にいいお茶を買わなきゃ」

マイロは王都から仕入れた特別な茶を安く売る店をイヴァンに教えてもらったそうだ。

「じゃあ僕も何かばあやに買って帰ろう」

茶の店のある場所の話をしながら、ルカニアは先ほど出てきた小さな村のことを思った。

クルトの村にはいま十五軒ほど家がある。住んでいる者は二十人足らずで、ほとんどが老人だ。とはいえ、皆比較的元気で、自分自身の世話はできる者が多いのが幸いだが、だんだんと、畑仕事や家畜の世話などをこなせる者は減ってきた。

そこを、まだ動ける者たちが定期的に他の家に気を配ることで、どうにか暮らしを保っている。

（お母様が天国に行ってしまってから、ずいぶん村も変わったなあ……）

もっと以前、ルカニアが幼かった頃は、家には母やばあやとともに国を出てきたアシェルとフランという名の二人の側仕えがいた。すでに高齢だったが、明るく働き者だった彼女たちは、ルカニアたちを守りながら村で暮らしていくために奮闘を始めた。

納屋を綺麗に改装して、ばあやが焼いた美味しいパンや菓子に、皆で編んだ立派な籠や暖かい毛糸の織物、レース編みを並べた小さな雑貨店を開いたのだ。

当時はいまよりずっと多くの村人が住んでいたので、『町に下りなくても買い物ができる』と喜ばれた。逆に、町に下りられる者は雑貨店で仕入れた物を山を下りて売りに行ってくれた。ささやかな雑貨店は余る物がないほど繁盛したものだ。

しかし、ルカニアが七歳のときに母が亡くなると、アシェルたちはまるで糸が切れたように気落ちして弱り、寝込むようになった。ルカニアたちは、母がいなくなった悲しみの涙を拭う間もないほどあっという間に、さらにアシェルたちまでをも失ったのだ。

その後、村から出ようとはしないばあやとまだ子供のルカニアの二人だけでは切り盛りできず、雑貨店は閉じるしかなかった。それからだんだんと村人も減っていったので、ちょうど閉めるべき頃合いだったのかもしれない。

店を閉じたあとも、ばあやはパンや菓子を焼くたびに村じゅうの家に配り、冬の前には靴下やマフラーなどを編んでは皆に届けている。家にもばあやお得意のレース編みがあちこちに飾られていて、ルカニアの襟巻きどころか、ミルヒのおめかし用のケープまで作ってあった。

（……そういえばここのところ、ばあやはパンや菓子を作らなくなったな……）

ふと気づいて少し心配になる。いつもあれこれとルカニアの世話を焼いてくれるせいもあって、きっと日常的な疲れも溜まっているのだろう。

母やアシェルたちのぶんも、ばあやには長生きしてもらいたい。親代わりとなってくれた彼女に、もっともっと自分が孝行をして、のんびり暮らしてもらわねばと改めて心の中で誓う。

二人と一匹は勝手知ったる山道を下りていく。山歩きは疲労が溜まりやすいので、体力を使いすぎないようにのんびり進む。

「あ、そこ、足元に気をつけて」

マイロに指さされて、ルカニアは木の根が盛り上がっているところを避けて歩いた。

長年の間に何度か大規模な崩落があったせいで、ふもとまでの道にはかなり険しい岩場の道がある。大人一人、やっと通れるほどの幅しか残っていない岩の階段のような難所で、一歩踏み外せば崖下に真っ逆さま。日が暮れれば通る者は誰もいないほどの悪路だ。しかも、神様でもない限り、直しようがない。

その岩場に差しかかっても、身軽なミルヒはいともたやすくトントンと跳んで進む。マイロとルカニアも、飛び出た岩に手をかけながら、岩に沿って渡してあるロープを掴み、慎重に乗り越えた。

村のある辺りは平坦に近いのだが、他は人が住むには険しい山だ。本来なら、ここまで道が荒れれば、よそに移り住むことも選択肢に挙がるものだろう。

けれど、生活にどれだけ不便が生じ、人が減るばかりであっても、いまも村で暮らす者にはこの土地から出ていけない事情があるのだ。

――この村は、周囲の町から『罪びとの村』と呼ばれている。


亡き母ティレニアは、元々は隣々国にある聖ガルデニア王国の神子として生まれ、長年崇められてきた存在だったそうだ。

しかし、十三年前に親子ともども祖国を追放された。その後、国を渡り歩き、ポルド王国の端の山奥にあるこの村に命からがら辿り着いたという。

原因は、三歳になったルカニアが神子として初めて授けた託宣が、ガルデニアの国王であるガイウスを激怒させたせいだ。

当時、まだ幼かったルカニアには、村に落ち着く前の記憶がほとんど残っていない。

他の者たちから聞いた話だけでも、深い後悔が両肩にずっと重く伸しかかっている。

(……もし、僕があんなことを言わなければ……お母様はきっと、まだ死なずにすんだはずだ……)

いまさら悩んでも意味はないとわかってはいても、考えずにはいられなかった。

母亡きあと、自分が授けた託宣がガルデニアの王太子に関することだったと知らされた。その内容を聞けば、国王が激怒するのも無理はないと思えたからだ。

自分がそんな託宣を告げなければ、母はいまもまだガルデニアで元気に暮らしていた。元神子として、民から崇拝される日々を送っていただろう。

アシェルとフランも高齢ではあったが元気で、まだ死ぬような年齢ではなかったのだ。

ばあやは自分のことをあまり話そうとはしないけれど、おぼろげな母との会話の記憶では、元々は貴族の裕福な家の出だったようだ。

おそらくは神子に仕える高級侍女のうちの一人だったのだろう。ばあやだって、本当なら立派な屋敷に住み、薬代を心配する必要もない暮らしが送れていたはずだろうに――。

国を追われたあと、ばあやを含めた側仕えの者たち十数人の使用人たちに支えられながら、母は各地をさまよった。その途中で何者かに追われ、幼いルカニアが攫われかけた事件以外にも、かくまってくれた心ある貴族の別宅が燃えたり、道中で大切な荷物を盗まれたりしたこともあったそうだ。すべてはガルデニアの国王が寄越した刺客だろうとばあやは悲しげに言っていた。

その後も不運は続き、母は手を差し伸べてくれる神官や貴族たちが国王に睨まれ、彼らが災厄に遭うことを恐れて、連絡を絶った。そして、母を崇めて国をともに出てくれた連れの者たちにも、これ以上身に危険が及ばないよう、ばあやたち三人だけを残して、道を隔てるしかなかったそうだ。

そんな中で、ポルド王国の山に分け入ってクルトの村を目指したのは、そこには、たとえ誰であっても受け入れてくれる秘密の村があるという噂を聞いたからだ。

〝罪びとの村〟だと密かに呼ばれてはいるけれど、実際は村に罪を犯した者など一人もいなかった。だが、家族が投獄されると、無罪の家族にまで非難の目が向けられる。そうして、故郷に住めなくなり、行き場を失った罪びとの家族たちがぽつぽつと集まり、いつしか助け合って暮らすようになったのが、この村の始まりだという。

母たち一行は、どこに逃げても居場所を突き止められて、やっと追っ手の気配が消えたのが、身を潜めてこの村に辿り着いてからだったそうだ。

――つまり、ばあやが過保護すぎるほどルカニアの身の安全を心配するのは、どこかにまだ国王の追っ手がいる不安を完全には消し切れていないからなのだった。

（……国王陛下が代替わりしたら、ばあやが言う通り、本当に安全になるんだろうか……）

ここ三年ほどの間、聖ガルデニア王国は、悪政を続ける王に反逆の狼煙を上げた王太子による内乱で荒れていた。

だが、王立軍のほとんどを王太子が掌握した頃、勝利を手にする前に、国王派が白旗を揚げた。

国王ガイウスが病に倒れたのだ。

意識はあるものの、重篤な状態で寝台から起き上がることはできず、国王としての責務を果たすには危ういらしい。

国王の子は王太子一人しかいない。二人いる甥のうち、一人は研究者の道を進み、もう一人は王位を望まず、王太子の味方についた。

もはやガルデニアは内乱どころではなくなった。議会の決定により、国王は療養の名目で地方の小さな離宮に追いやられ、その代わりに王太子が城に呼び戻されて、暫定的に国王代理の地位につくこととなった。

国王は王位にいる間、どんどん民への税を重くし、苦言を呈した心ある大臣たちのささいな罪をあげつらい、王立議会から追い払った。

王位を狙えるような大臣は皆失脚させられ、次第に議会は腐敗し、国王におもねる者だけしか椅子を得ることができない場所になっていた。そんな国王の乱心ぶりは、民のみならず貴族たちにも反感を買っていたそうで、内乱が起きた際には半数以上の貴族が王太子側についたそうだ。まだわずかに国王を支持する高齢の大臣たちがのさばっているという話だが、それも、国王の命の灯(ともしび)が消えれば一掃されるだろう。

王太子が拍手とともに城に迎えられたという話は、国を越えてこのポルド王国の端の町にまで届いていた。

暴虐を続けた王が亡くなれば、もう安心だ。

王位は交代し、そう遠からず新王の時代が来る。

王城に仕えていたばあやの話では、王太子であるレグルスは現在二十三歳の青年だ。年少の頃に父の元を離れた彼は実直な性格で、決して国王の私怨を引き継いだりしないはずだという。

王位が代わったら、ばあやとともに山を下りて、祖国に帰ることができる。

(王太子殿下は、どんな人なんだろう……)

幼い頃、王城の儀式で何度も会ったことがあるはずなのだが、ルカニアは正直、ほとんど王太子のことを覚えていない。けれど、自分の授けた託宣のことを思えば、王太子が神子という存在自体に不快な思いを抱いている可能性はゼロではない。

(……いつか、王太子殿下にお会いできたら、何をおいても、あの託宣について話したい……）


王太子が、託宣は神の言葉で、神子の意思によるものではないと知っているかはわからない。けれど、会える機会があれば事情を説明して、できることなら謝罪したいと思った。

いつか、母が愛した祖国に帰れるかもしれない。

そう考えると、ルカニアはいつも複雑な気持ちになった。

ほとんど祖国のことを覚えていないので、正直、ルカニアは祖国にあまり郷愁を感じない。けれど、ばあやには帰れる実家がある。兄が家督を継いだと言っていたから、おそらくまだ身内もいるだろう。本当なら、一刻も早く国に帰りたいはずだ。

だが国王は、神子たちとともに国を出た者にも、二度と国に戻ることは許さないと命じたらしい。

自分たちの追放沙汰に巻き込み、人生を変えさせてしまった皆に、ルカニアは申し訳ない気持ちでいっぱいだった。他の者たちには何も恩返しができなかった。だから、せめてばあやだけは、旅をする元気があるうちに国に戻り、どうにかして身内と再会させてあげたい。

（……そのあとは……、どうやって生きていったらいいんだろう……）

国王が代替わりして、ばあやを無事ガルデニアまで送り届けたあと、自分がどうすべきかはまだ決めかねている。

奇跡の力を失ったルカニアは、国に戻っても祖国の人々の役には立たない。どこかの教会で奉仕するにしても、掃除や下働き程度の仕事しかできず、そもそも、追放の事実を知る神官からは『不吉な託宣をして追放された神子だ』と疎まれてしまう恐れすらある。

祖国に戻ったあとも、ばあやはきっとルカニアのことを気にかけ続けてしまうだろう。

だが、これ以上彼女の負担になるわけにはいかない。

（ばあやに安心してもらうためにも、国に戻ったら、ともかく職を見つけなきゃ……）

ガルデニアの王都は栄えているそうだから、探せば住み込みで雇ってくれる店があるかもしれない。どうしても無理なときは、住み慣れたクルトの村に戻れば、一人でもなんとかして生きていけるはずだ。

さすがにいまの国王には、神子に追っ手を差し向ける余裕はないだろう。そう思えるようになったおかげで、まだ警戒は怠らないようにと言いながらも、ばあやは町に下りることを渋々でも許してくれるようになった。

追われているかもしれないという不安や、襲われる危険性がなくなり、身を潜めて暮らさずにすむだけでもありがたい。

ルカニアたちは、新たな王の時代に希望を抱き、祖国に戻るときを待ちながら日々を過ごしているのだった。

難所を無事に乗り越えた二人と一匹は、間近となったふもとを目指した。

不便な道にも利点はあった。

ここの他に道はといえば、ぐるりと山を回った反対側にしかなく、しかもこの道とは比べものにならないほど険しい勾配が続く。そのため、山の半ばより上で村人以外の者を見かけることは皆無で、侵入者を警戒せずに暮らせる。

おかげで、山に実る豊かな自然の幸は動物たちと分け合うだけで、残りのすべてを村の者が得ることができるのだ。

一度、安全な木の根元で短い休憩を取り、ルカニアたちは無事に山のふもとに辿り着いた。

町に入る前に、「ミルヒ、そろそろおいで」とルカニアは前を進む仔山羊を呼んだ。

大人しく戻ってきた仔山羊を、肩から斜めがけにした布の中に入れ、ぴょこっと顔だけを出させる。町で可愛い仔山羊を引き綱もなしで歩かせていたら、誰かに捕まえられてしまうかもしれない。布が暖かくて気に入ったのか、抱っこされたミルヒは大人しく耳をふるふるさせながら、辺りを見回している。

山のふもとから小さな森を抜け、川にかけられた小さな橋を渡った先が、目的の町であるヴァールだ。

最初に、二人と一匹は、いつものように布製品を扱う店に足を向けた。

「ああ、また今回の刺繍も素晴らしいわね！　これも、こっちも、彩りが鮮やかでいいわあ」

ふくよかな店の女主人は、ルカニアが持ち込んだものを見てにこにこしながら歓声を上げた。

売りに出したのは、ばあやが日々せっせと縫った、美しい刺繍の敷物や寝台用のカバー、クッション用の布などだ。女主人は喜々としていい値段をつけて買い取ってくれる。

「前に持ってきてくれたのもすぐに売れちゃったのよ。あ、そうそう、これは買ってくれたお客様から、縫い子さんへお礼のお手紙だって」

「あ、ありがとうございます……！」

よほど喜んでもらえたのか、客からの手紙を渡されてルカニアは驚く。ばあやも作った甲斐があると喜ぶだろう。

「そうだ、手入れの注意点を書いてあるそうなので、買い手が決まったらこれも一緒に渡してもらえますか」

懐から必ず店の者に渡すようにとばあやに頼まれた封筒を取り出す。かなり繊細な刺繍が施されているので、長持ちさせるためには、洗うときにも注意が必要らしい。女主人は「わかったわ、至れり尽くせりね」と片方の目を瞑って受け取ってくれた。

「いい？　次も必ずまたうちに持ってきてちょうだいね!?」

予想よりずいぶんと多めの金貨を渡されて、手をぎゅっと握って約束させられる。他にも刺繍製品を買い取ってくれる店はあるのだが、この店が一番高い値をつけてくれるらしい。イヴァンたちが買い出しに下りていた頃からずっと出入りしていて、ばあやからもこの店に行くようにと言われているので、他の店に売る選択肢はない。

「もちろんです、また次の品が完成したらぜひ」と約束を交わし、ルカニアたちは店を出た。

「いい値段で売れたね！　今回のもすごく綺麗な出来栄えだったもんな！」

一緒に見ていたマイロが、ルカニアが受け取った金貨を見てはしゃいでいる。一気に懐が温かくなって、ルカニアもほくほくだ。

「うん、ばあやは本当に手先が器用だし、それに色選びの感覚も洒落ているから」

どれもほとんどばあやが作ったものだが、ルカニアも少し小さな刺繍を手伝ったので嬉しい。なんだかミルヒまで目をキラキラさせて嬉しそうに見える。

次は薬を買おうと、市場が立っていて、賑わう道を通り抜ける。

二人と一匹は奥まった通りにある古めかしい店構えの薬屋に入った。

ルカニアはばあやの薬と、それからイヴァンたちに頼まれた薬や湿布などを買った。マイロも祖父母と近所の皆から頼まれたという薬を買っている。

「値上げ続きですまないねぇ、うちも仕入れが高くついたもんだから」

必要な薬を量ってもらっていると、年老いた店主に謝られる。会計を提示されて、また薬の値段が上がっていることに肝が冷えた。

（……ともかくは、ぜったいに必要なばあやの毎日の薬は買えたから……）

万が一のための頓服薬は、値段を訊いてあまりの値上がりぶりにしばし悩んだ。いまはとりあえず一包だけ購入し、他の買い物を済ませてからもう一度来て、残りの金貨で買えるだけ買おうと決める。

次は、すぐそばにあるハーブと茶葉の店に寄り、マイロの祖父に咳が治まるという茶を買う。ルカニアも店主のおすすめを聞き、ばあやのために風邪によく効きそうなハーブ入りの茶を何種類か見繕った。味見用の茶を振る舞われ、美味しい茶といい香りに癒やされて、二人は気分よく店を出る。

「――あとは別れて買い物するよね？」

買った茶の袋を荷袋に詰めながらマイロが訊いてくる。

「うん。それぞれ買い物が済んだら、いつものように、橋を渡る手前のところで待ち合わせでいいかな」

そう言って、ルカニアが先ほど渡ってきた川のほうを指さすと、なぜかマイロは困ったような顔で口籠った。

「どうかした？」

「あのさ……、リルはさ、今日も、えっと、ランドルフだっけ？　あの人とまた会うんだろ？」

唐突に名前を出されてどきっとする。

それは、わけあって、町に下りるたびにルカニアが顔を合わせている、とある人物の名前だった。

「今回も待ち合わせしてるんだよな？」

「い、いや、待ち合わせをしているわけじゃないんだけど……、なんていうか、その、偶然ばったり会ったりとか……」

不思議そうに訊かれて、しどろもどろになりながら答える。

なんと言おうとも言い訳にしかならない。たしかに、ルカニアは買い出しに来るようになった半年前から、町での買い物を済ませたあと、ある人物と毎回会っている。マイロには前回、彼といるところを見られてしまい、うまく誤魔化せなかったルカニアは、出会いの事情やその後の出来事をほとんど白状させられているのだから。

とはいえ、単に会ってちょっと話をするだけで、やましいことなどない。

(だって、あの人は狼獣人じゃないし、そもそもポルド王国の人だ。僕の名前だって愛称しか伝えていないし……)

別に悪いことをしているわけではないのだが、ばあやからさんざん、『できる限り村の外で誰かと特別な交流を持たないように』と釘を刺されてきたので、その点だけは後ろめたい。

村の老人たちは、誰もが皆様々な事情を持っている。ルカニアたちがどこかから逃げてきて、身を隠していることをうすうすわかっていて、さりげなく気遣ってくれる。それを、まだ若いマイロがどのくらい聞いているのかはわからないけれど——。

ルカニアが言葉に詰まっていると、マイロが笑って肩をぽんぽんと叩いた。

「あーわかってるって！　大丈夫だよ、せっかく町でできた知り合いだもんな？　アンナにはちゃんと内緒にしておくからさ」

大人ぶって笑う彼に、ルカニアはホッとする。

「その代わりなんだけど、おれさ……買い物の前に、ちょっとだけ父さんに会いに行ってきてもいいかな？」

じいちゃんとばあちゃんには内緒で、と伺うように言われて、ルカニアはハッとした。

幼い頃に母を亡くしたマイロは、父親であるグレンの兄がなんらかの事件を起こしたらしく、祖父母と父とともにこの村にやってきた。息子を守るため、グレンは地元を離れるしかなかったらしい。グレンも一度はこの村に落ち着いたが、その後は息子を両親に預け、生活のために町の工場に働きに出ている。

すぐにルカニアがそう言うと、マイロは「よかった」と言って笑顔になった。

「リルはきっとそう言ってくれると思ってた」

「だって、すぐそばで働いているんだもんね。だったらこの機会に会わなきゃ」

以前、話を聞いた感じだと、店のある通りからグレンの働く工場までは、三十分もかからないはずだ。

「でも、一人で大丈夫？　工場まで僕も一緒に行こうか？」

心配になって言うと、マイロは拗ねた顔で頬を膨らませる。

「二歳しか違わないのに子供扱いしないでよ」

「そっか。だったら買い物は僕に任せて。何を買えばいいか教えてくれる？」

皆から頼まれた物を書いたメモを預かり、マイロの家の買い物を訊いて、頭に叩き込む。

皆から預かってきた金貨の入った袋を受け取り、その代わりに先ほどばあやのために買った茶の袋を一つ押しつけた。

「グレンによろしく。日暮れまでに村に戻れれば大丈夫だから、まだずいぶん時間はあるよ。買い物が終わったら橋のたもとで待っているから、ゆっくり会っておいで」

ミルヒを抱えたルカニアは、軽い足取りで嬉しそうに去っていくマイロを見送った。

（……いつも離れて暮らしているんだもの、父親が恋しくて当然だよね……）

ここ半年ほど、マイロはほぼ毎月のように買い出しに付き合い、ルカニアと町に下りてくれていた。その間も、本当は父に会いに行きたいと思っていたのかもしれない。そう気づくと切なくなり、気が利かなかった自分が申し訳ない気持ちになった。

ルカニアも学校に通ったことはない。祖国や一族のこと、神子の祈りの力や様々な儀式の話は母から、読み書きや世の中の理はばあやから教えられ、山の中で食べられる野草やキノコを見つける方法はイヴァンたちから学んだ。

しかし、できるだけ人と関わらないようにして暮らす必要のあった自分と、マイロとでは事情が違う。

伯父が罪を犯したとはいえ、甥のマイロが身を隠して暮らす必要はない。マイロが望むなら、町で父とともに暮らし、学校にも通うべきだ。

マイロには外の人と関わりを持ち、充実した豊かな人生を生きてほしい。

（……そうか、マイロもそのうち、村を出るかもしれないな……）

いまのルカニアにとって最大の気がかりは、村のそう遠くない未来についてだった。

村の老人たちはさらに年を重ねていく。マイロもきっと町で暮らすことになるだろう。今後は、皆に育ててもらった自分が村を支えていかなければと決意を固めている。

だが、そうはいっても、これから先どうすべきなのかは見当もつかなかった。生まれてこの方贅沢などしたこともない。それでも、自給自足を目指しながら必要最低限の物を町で仕入れて、ただ日々を暮らすだけでもせいいっぱいだ。

昔は、畑でできた余剰の作物を町で売ったり、山で罠をしかけて獣を捕り、毛皮や肉を金貨に交換することができていたものだ。

だが、皆年を取り、少しずつ耕作できる量が減ってきて、いまは売るほどの量は収穫できない。罠作りもコツがいるようで、罠猟が得意だった老人が亡くなってから、滅多に獣もかからなくなってしまった。

村全体に関わる物については、村長のような存在のイヴァンが皆と話し合って金貨を集めている。ルカニアとの暮らしで必要な金貨は、ばあやが蓄えを切り崩してくれている。母とフランたちが亡くなったあと、ばあやはルカニアに刺繍や編み物を教えながら、様々な物を仕立て、イヴァンたちに渡しては町で売ってきてもらっていた。

『お金のことは心配しなくて大丈夫よ』と言われているけれど、ルカニアは不安を感じずにはいられなかった。

年々、ヴァールの物価は上がっている。翌月にはもう値上がりしていることすらあるため、ばあやが余裕を持って渡してくれた金貨ですら、必要な物を買うのに少々足りないことがあるのだ。

だが、町の人たちは皆親切で、山から下りてくる者に優しい。おそらく、ひっそりと山の中で暮らす村人たちが事情持ちであることを知っているからだろう。

そんな中、どうも仔山羊を抱いたルカニアは記憶に残るらしい。毎月町に下りるようになると、野菜売りが「その子にやってくれ」とキズモノの野菜を持ち切れないほど入れてくれたり、肉屋のおばあさんが手招きして「これを持っておいきなさいな」と干し肉をたんまりと持たせてくれたりする。礼には商売繁盛を祈ることしかできないけれど、人のありがたさが身に染みた。そんな助けもあって、これまではなんとか村の皆が飢えることなく暮らすことができた。

しかし、いつまでもこのままでいては、いつかは行き詰まってしまう。

他に金貨を稼ぐ手段といえば、グレンのように町で働き口を見つける以外には思いつかない。

（……工場の仕事を募集していないか、訊いてみようかな……？）

そう考えてすぐ、青ざめたばあやにぜったいに駄目だと懇々と説教をされる自分が思い浮かんだ。

自分が村の外で働くなど、命の危険があるほど困窮しない限り、許してくれそうもない。そもそも、ひ弱な自分は工場で仕事をこなせるだけの体力が持つかもわからない。まずはもっと山の中を歩き回ったりして、体を鍛えることから始めるべきだろう。

小さくため息を吐いてから、ルカニアはぶんぶんと首を横に振る。

ともかくは今日、飢えずに無事で生きていられることに感謝しよう。そして、いまやるべきことに集中しなくてはと気持ちを切り替えた。

「ミルヒ、さ、買い物の続きだ！」

抱っこした仔山羊に声をかけると、ミルヒが「メー！」と鳴いてぷるんと耳を振る。まだ時間はじゅうぶんにあるとはいえ、マイロの担当ぶんも回るとなると、少しでも手早く進めていかねばならない。

蜂蜜に、繕い物用の糸、紙と封筒など、メモに従って雑多なものを買い込んでいく。一通り店を回ったあと、最後にかさばる小麦粉や村で採れない野菜や果実などを買った。安く買えた林檎がはみ出しそうな荷袋をしっかり背に負うと、ずっしりと重くなっている。

「メエエエ」

ミルヒが下ろしてというように一声鳴いた。この子はとても賢いので、おそらく、大きくなるから荷物を自分の背に載せろと言いたいのだろう。

「もうちょっと待って。ここで大きくなったら皆をびっくりさせちゃうよ。町を出たらお願いするからね」

仔山羊に囁いて、艶々した純白の毛並みをよしよしと撫でる。ミルヒは渋々というように大人しくなった。帰ったら林檎をあげなくてはと思いながら、ルカニアは懐を探って財布を取り出す。

節約しながら買ったつもりだったのに、皆の頼まれ物もずいぶん値上がりしていて、自分の財布の中から足さないと買い切れなかった。

結果として、買い物が終わり、改めて財布の中を確認すると、残りの金貨はばあやの頓服薬を買い足すには少々心もとない金額になってしまっていた。

(どうしよう……)

できればもう二、三包は手に入れておきたくて、ルカニアは悩んだ。

買い物に使っていいと言われているが、ばあやの刺繍を売った金貨に手をつけるのは躊躇いがあった。これは彼女が毎日こつこつと縫い上げた品への対価なのだから、全額渡したい。

他に高く売れるものといえばルカニアには髪ぐらいしかないけれど、あいにくしばらく前に売ったところだから、買い取ってもらうにはまだ長さが足りない。

しばし考えながら歩いていると、ちょうど道を曲がってきた中年男性と目が合った。

「君！　よかった、捜していたんだよ」

満面に笑みを浮かべて男が近づいてくる。高価そうな服を纏い、ひげを生やしたその顔には見覚えがあった。すぐそばに、数か月前に足を踏み入れたこの男が営む宝飾店があることに気づいて、ルカニアは冷や汗をかく。また血を売ろうと思ったわけではなかったのに、考え事をしながら歩いているうちに、うっかりこの店の近くに来てしまっていたらしい。

「こ、こんにちは」

「ああ、こんにちは。実は以前協力してくれた君の血を貴婦人はたいそうお喜びでね。またぜひ助けてもらえないだろうか？　謝礼は倍額にするとおっしゃっているんだが」

「倍額!?」

潜めた声で誘われ、腰が引けていたルカニアは、思わず目を輝かせる。ひげの男がにんまりと笑った。

「前回と同じように先払いするよ。さあさあ、さっそく行こうか」と言って、男はルカニアの腕を掴む。

まだ決めかねながらも、報酬に惹かれる。促されるがまま、店のある方向にふらりと足を向けかけた、そのときだった。

「――リル！」

知る者の少ない愛称を呼ばれて、ルカニアはびくっとする。

父親に会いに行ったマイロが工場のあるところから戻ってくるにはまだ早い――となると、この呼び名を町で知る者は、一人しかいない。

急いで振り返ると、そこにはやはり、腕組みをした背の高い男が立っていた。

「ランドルフさん」

突然声をかけられて驚いたが、彼にまた会えた喜びで、ルカニアは思わずパッと笑顔になった。

ランドルフは、ルカニアが会う約束のようなものを交わしていた、その相手だ。

年齢はおそらく二十代半ばくらいだろう、まっすぐな濃いブラウンの髪に鈍い金色の瞳、道行く者がちらちらと振り返るほどの整った顔立ちに、立派な体格をした美しい青年だ。

彼は、仔山羊を抱っこして背には大きな荷袋を担ぎ、中年男に腕を引かれているルカニアを見て、にこりともせずにずんずんとこちらに近づいてくる。気づいた中年男が、慌ててルカニアの腕を放した。

「こんにちは」

どきどきしながら挨拶をすると、ランドルフはほんのわずかに口の端を上げて「ああ」と頷いた。

「一か月ぶりだ。今日もずいぶんとたくさん買ったな。もう用はすべて済んだのか？」

残りの買い物は、最後にもう一度薬屋に寄るだけだ。行き交う町人たちの邪魔にならないように道の端に寄ってから、「ええと、あと一つだけです」とルカニアは答えた。

「そうか、では俺も付き合おう。どこの店だ？」

そう言うと、彼はルカニアの背から荷袋を下ろして、当然のように持ってくれる。ずっしりと重たいはずなのに、彼はいとも軽々と片方の肩に荷袋をかける。小柄なルカニアが背負うと大きかった荷袋が、長駆のランドルフが持つと小さく見えてしまう。

「――ところで、あなたはこの子になんの用だ？　知り合いなのか？」

ふいに怪訝そうな目で問い質されて、まだそばにいた中年の男が、強張った笑みを浮かべて後ずさりする。

「ええ、まあ……じゃ、じゃあまた、もし入り用があればいつでも来ておくれ」とルカニアに囁き、男はそそくさと宝飾店の扉の中に消えた。

中年男が去ると、ランドルフは今度はルカニアをじっと見つめてくる。

「まさかとは思うが……また、血を売りに行こうとしていたのではあるまいな？」

思わずぎくりとしてしまう。それから、ついうっかり反応してしまった自分に慌てた。

隠し事が下手すぎる。

これでは『その通りです』と答えているも同然ではないか。

わたわたしているルカニアを見て、やれやれといったようにランドルフは眉を顰める。

彼はルカニアの目の前に立つと、片方の手を腰に当て、身を屈めて目を覗き込んでくる。

額の辺りにちょんと指で触れられて、ほんの軽い力なのに、動揺しきっていたルカニアはよろめきそうになった。

「最初に会った日にもう懲りたはずだと思っていたが……また気を失って、今度はその仔山羊ごと、すべての荷物を盗まれたいのか？」

美しい顔を顰めたランドルフに痛いところを突かれ、ルカニアはぐっと詰まった。

ルカニアがランドルフと初めて会ったのは、半年ほど前のことだ。

月に一度の買い出しを担当することになり、その日、ルカニアはロンとマイロとともに、数年ぶりにこの町に下りてきた。

買い物を分担することになり、店の場所を描いた手書きの地図をもらって、慣れない町を右往左往しながらどうにか買い物を終えた。しかし、待ち合わせ場所に戻ろうとしたところで道に迷って困っていると、見知らぬ中年男性——先ほどの男だ——に声をかけられた。

そばで宝飾品店を営んでいるという身なりのいいその男は丁寧に道を教えてくれた。礼を言って戻ろうとするルカニアを「ああ君、謝礼を弾むから、少々助けてはもらえないだろうか？」と呼び止めた。

潜めた声で説明されたのは、高貴な貴婦人からの頼みにより、若者の血を求めているという驚きの話だった。死が近いというその夫人は、若者の新鮮な血から作った薬があれば、命が助かるかもしれないというのだ。

予想もしなかった話に驚いたが、謝礼の金貨を先払いするからとしつこく頼まれて困り果てた。その日はまだミルヒも連れておらず、一人だったルカニアは、人助けのためだと説得されると断れず、宝飾店の二階に連れていかれた。

幸い、男は詐欺師ではなかったようで、先払いで約束通りの金貨を渡してくれた。

手首の内側にナイフで小さな傷をつけ、グラスの底に少し溜まるくらいの血を採られる。傷口に包帯を巻いてもらうと、ルカニアはすぐに店を出た。少し休んでいくようにと言われたけれど、もし先に買い物が終わっていたらロンたちを心配させてしまうと思ったのだ。

だが、急いで階段を下りたせいか、店の前で急な眩暈を感じ、まずいと思う前に意識を失って倒れ込んでしまった。

そのとき、人けのない道端で、失神したルカニアを偶然見つけて助けてくれたのが、このランドルフだった。

世の中には、魔術を修めなくとも、生まれながらにして魔力を使える者が一定数存在する。幸運にも、通りかかった彼はそのうちの一人だった。ランドルフは、脈が弱く、呼びかけにも反応しない真っ青な顔色のルカニアを蘇生させるため、その場で自らの魔力を注ぎ込んでくれたのだ——驚いたことに、口移しという方法で。

あのときのことを思い出すと、さすがに背筋が冷たくなる。

「……心配かけてごめんなさい。でも、もう血を売ろうとなんて思っていませんから」

ルカニアは悄然として言うが、ランドルフはまだ険しい顔のままだ。

基本的には、相手に直接触れてさえいれば、魔力はどこからでも注ぐことができる。そ

れをあえて口付けで注いだ理由はといえば、あのときの自分は、どうも血を大量に抜かれたせいで、本当に命が危なかったらしい。

だから、偶然通りかかり、事情を知らないランドルフは、すぐさま、もっとも早くルカニアが吸収できるやり方で魔力を注いだ。魔力は肌から注ぐより、唇から直接内部に注ぐ方が即効性がある。そうする以外、命を助ける方法がなかったようだ。

その場で応急処置をしたあと、彼は自らが滞在している宿屋にルカニアを運んで休ませてくれた。すぐ従者に命じて運んでくれたおかげで、買い込んだ荷物も血の礼として受け取った金貨も、奇跡的にすべて無事だった。

間もなく目覚めたルカニアが、助けてくれた彼に驚き、礼を伝えたあと、正直に事情を打ち明けると、ランドルフからはばあやが乗り移ったのかと思うほど懇々と説教をされた。

初対面だというのに、あのときはずいぶん迷惑をかけてしまった。彼の親切には感謝しかないし、説教をされるのも当然だと思う。

だが、彼は少々誤解している。半年前のあの日以来、ルカニアが宝飾店の主人と会ったのは、今日が初めてだったのだ。

(まさか、よりによって、あの店の前でランドルフさんに会ってしまうなんて……)

自らの恐るべき運の悪さにため息を吐きたくなる。

ルカニアがどんなに正直に事情を説明しても、ランドルフは呆れ顔のままだ。愚か者だと思われたのかと思うと悲しくて、必死に訴えた。

「本当に、血を売りに行こうと思ったわけじゃないんです。たまたま考え事をしていたら、あの店の前を通りかかって」

「自分自身が売ろうと思わなくとも、また連れ込まれそうになっていたじゃないか。そもそもお前はいかにも血が薄そうだし、体も細い。頑強な肉体で血があり余っている筋肉隆々の者ならばともかく、その体格で血を売ろうなんて、命知らずにもほどがある」

その通りだ、というみたいに絶妙なタイミングで「メー」とミルヒが鳴く。

「ええ……ミルヒまでランドルフさんの味方なの……？」

ルカニアが愕然としていると、ランドルフがぷっと小さく噴き出した。

「仔山羊のほうが賢明だ。『もう血を売るなど考えるんじゃない』と言っているんだろう」

目を細めて彼は笑い、仔山羊の小さな頭に手を伸ばして指先でそっと撫でた。笑みを浮かべた彼の顔は、思いがけず優しげだった。

小さく胸の鼓動が跳ねるのを感じて、かすかな痛みに驚き、ルカニアはぎゅっと自分の胸元を押さえる。

山に籠もって暮らしているルカニアにとって、色恋は縁遠いものだ。

だから当然のことだが、以前ランドルフとしたそれは、人生で初めての口付けだった。

とはいえ、彼のほうからすれば単なる救命行為でしかない。

そう自分に言い聞かせてはいるものの、彼と再び顔を合わせて、かたちのいい薄い唇に目が留まるたびに、勝手にどぎまぎして頬が熱くなってしまう。

やっと呆れ顔ではなくなったランドルフから「それで、最後の買い物はどこの店だ？」と訊かれる。

足りないぶんの金貨をどうしようかと悩んでいたが、もう仕方ない。ばあやの頓服薬は一包だけ買ってある。もしまた発作が起きて薬が切れたら、ばあやがなんと言おうとすぐに買いに来ようと腹を括る。

薬屋だが、今日はもういいのだと答えると、ふと気づいたように彼が言った。

「……もしかして、薬を買うのに金が足りなかったのか？」

とっさにルカニアが答えられずにいると、図星だと察したらしい。彼は腰につけている革の袋に無造作に手を入れて、何かを掴み出す。それから、持ってくれている荷袋の中を覗いて、林檎を取り出した。

「一つ売ってくれ。これは代金だ」

じゃらっと手渡されたのは、片方の掌では持ち切れないほどの金貨で、とっさに取り落としそうになる。ルカニアは仰天して言った。

「こ、こんな……だ、だ、駄目です!!」

「なぜだ？　施しをしたわけじゃない。俺は林檎の代金を支払っただけだぞ。まっとうな取引だ」

あっけらかんと言い、彼は両手で林檎を持つと軽く捻るようにする。大きな手の中でパキンと小気味いい音を立て、赤い果実はいともたやすく二つに割れた。

（なんて力だ……）

ぽかんとして見ていたルカニアは、ずいと差し出された半分の林檎を慌てて受け取る。

割った林檎を齧りながら、ルカニアの頭を撫で、彼はからかうように言う。

「ほら、薬屋に行くのだろう？　早くしないと閉まってしまうぞ」

と言われて、急いで金貨をしまう。手を取られて促され、ルカニアもやむを得ずに歩き出した。

ミルヒが林檎を見てメーメーと羨ましそうに鳴く。

「ごめんね、いまあげるから」と抱っこした仔山羊に林檎を齧らせてやる。しゃくしゃくと音を立てて大好物の林檎を食べ、ミルヒはご機嫌だ。

ランドルフに手を引かれながら、ルカニアもミルヒが齧ったのと反対側の面を一口齧る。

瑞々しい林檎は歯ごたえがよく、甘酸っぱい味がした。


無事に頓服薬を数包買い求め、これで今日の任務は完了だと胸を撫で下ろす。

一緒に山を下りてきたマイロが父親に会いに行っていることを話し、彼の戻りを待つ間、近くの食堂で茶を飲むことになった。川沿いにある店に入り、窓際の席に座ると、ちょうど橋が見える。

「この席なら橋のたもとも見えるだろう」

ランドルフが言い、ルカニアは「よく見えます」と頷く。これまでもこの食堂は何度か利用したことがあったが、彼はルカニアが何も言わなくても、いつもちゃんと橋が見える席を選んでくれる。

昼時を過ぎているせいか、店内に客はまばらだ。仔山羊連れでは入れないのではないかと不安に思ったが、店の主人は動物好きなようで、最初に来たときにランドルフが訊くとあっさり応じてくれた。今日もミルヒを抱えたルカニアに笑顔で頷いてくれてホッとする。

抱っこされたミルヒは店内でも大人しくしている。さっきの林檎で腹が満ちたせいか、ルカニアが席に着くと、もそもそと布の中に潜り込み、どうやら昼寝をすることにしたらしい。

なんでも好きなものを頼むようにと彼に言われて、しばしメニューとにらめっこをし、ルカニアはハーブと果物の香りのする温かい茶を選ぶ。

注文を済ませてから、雑談をしているうちに運ばれてきたのは、湯気の立つ茶と、それからランドルフが勝手に二人ぶん頼んだ看板メニューの焼きたてパイだ。香ばしい香りが鼻孔をくすぐり、朝早くに村を出てきて途中でパンを口にしただけのルカニアは急に空腹を覚えた。贅沢にバターがたっぷりと使われたパイには、蜜漬けの林檎が入っていて、思わずもぐもぐと夢中で食べる。綺麗に皿を空にして、「ごちそうさまでした」と言うと、ランドルフが愉快そうにこちらを見ていることに気づいて顔が赤くなった。

「美味かったか」

「はい、あの……とっても美味しかったです」

「そうか、じゃあこれも食べろ」

ランドルフは自分の皿に手をつけずにルカニアを眺めていたようだ。慌てて首を横に振ったが、「実は、さっき食事をしたばかりであまり腹が減っていないんだ。これは残すしかなくなるな」と残念そうに言われて、やむを得ずもらうことにした。

ふと思い立って、手をつける前に、ルカニアは彼に訊ねた。

「あの……すごく美味しいので、よかったら一口だけでも食べませんか？」

一口ぶんを切ってフォークに載せて差し出すと、ランドルフは目を丸くした。これも食べられないいくらい満腹なのかなと思ったが、ぱくりと食べてくれてホッとする。

「……美味いな」と呟く彼に、ルカニアは笑顔になった。

二つ目のパイも美味しくて、あっという間に食べてしまった。

他にも何か食べるか？とさらに追加注文されそうになり、慌ててもうじゅうぶんだと答える。さすがに食べすぎだと思うが、なぜかランドルフは不満げだ。

「お前は細すぎる。食べられるときにはもっと食べろ」

「は、はい、でも今日はさすがにもう食べられません」

二皿も食べれば十分だと訴えると、いちおうは納得してくれたのか、ランドルフは頷いている。

ひとしきり喉の渇きと腹を満たして、息を吐く。落ち着くと、改めてルカニアは目の前の男の行動が不思議になった。

ランドルフは月に一度、会うたびにルカニアに何かをくれる。前回は、体の痛みにとてもよく効く湿布で、その前は美しい青色の絹糸と、絹布だった。どちらも、村に体を悪くした老人がいることや、町の店でちょうどいい青い色の糸が切れていて、刺繍が進められないと話した次のときに持ってきてくれた。そして今回は、林檎の代金という名目で、ありえないほど高額な金貨だ。

（ランドルフさんは、きっと貴族だよね……）

本人的には隠しているつもりなのだろう。たしかに装いとしてはそう目立つものではない。衣服の仕立てはよさそうだが、飾り気は少なく、平民にしては上質な物を着ているなという程度で、腰に帯びた剣も実用的な作りだ。

けれど彼は、ただすっと背筋を伸ばしてその場に立っているだけで、そこらの町人とは明らかに何かが違う。威厳や風格とでもいうのだろうか、言葉を発さなくとも平民ではないことが歴然としているのだ。

店での態度や食堂での注文の様子からも、どこかしぐさに優雅さを感じさせる。物腰から、懐の豊かさと生まれの高貴さとが自然と滲み出てしまっている気がした。

おそらくはこのポルド王国の貴族なのだろうな、とルカニアは思っていた。

茶を飲みながら、日常のことを訊かれて、ばあやの体調が回復したことや、村から出るかもしれないマイロのことを話す。彼からは、もうじきポルドの国王の誕生日で祝賀行事が行われることや、最近の首都の様子などについて教えてもらった。

会話の途中でふと大切なことを思い出し、ルカニアはごそごそと懐を探る。

「そうだ、あの、これ……よかったらもらってください」

差し出したのは、掌に載るくらいの小さな守り袋だ。

「お前が作ったのか？」

彼がかすかに目を瞠る。受け取りながら訊かれて、はい、とルカニアは頷いた。

あまりうまくないが、ばあやに教わった方法で丁寧に刺繍を施してある。彼はポルド王国の人だから、ポルドの国花と守りの模様を細かく縫い込んだ。

「ありがとう……いつも持っておく」

手の中の守り袋をしばらく眺めてからそう言われ、ルカニアは頬を緩めた。

何か礼がしたかったが、自分には高価な物は買えない。仕事で周辺国を行き来している彼の身を守ってくれるようにと祈りながら、丁寧に一針ずつ、心を込めて縫った。

「ところで、どうして守り袋を？」

しっかりと懐にしまい込んでから、ランドルフが訊いてくる。

「ええと……いつもの感謝の気持ちで、お礼です」

「いつも？　なんに対しての礼だ？　大したことはしていないぞ」

茶を飲みかけていた彼はふと動きを止め、不思議そうな顔だ。

「だって、まだ、以前助けてもらったお礼もできていないのに、会うたびにお茶をご馳走してくれたり、今日は林檎の代金とか……たくさんしてもらっています。そうだ、頓服薬を買えてとても助かりました。残りはお返ししますね」

最後に、薬屋で追加の薬を買い、残ったぶんの金貨を差し出す。彼は眉を顰めて拒みそうな気配だったが、「こんなにたくさんの金貨を持っているとばあやに知られたら、心配されてしまうので」と慌てて付け加える。山奥の村に住むルカニアが、心配性のばあやと二人暮らしだとすでに知っているランドルフは、渋々ながらもそれを受け取ってくれた。

もう一度礼を言ってから、残りの金貨を返せたことにホッとして、話題を変える。

「ええと……それで、捜し物は見つかりましたか？」

「いや、まだだ。何せ時間が経っているからな……俺は昨夜ここに戻ったところだから、いまは部下たちの報告を待っているところだ」

ルカニアの問いかけに、ランドルフは秀麗な眉根をかすかに歪めた。

何度か会ううちに、ルカニアは彼が何かを捜すためにこの町を訪れているらしいと気づいた。訊いてみると、『家の仕事で捜し物があり、周辺国を回っている』と説明された。

ポルド王国の首都ミューレから、国の東南側の端に位置するこのヴァールの町までは、かなりの距離がある。だが、隣国の国境からは近く、周辺国との行き来はしやすい場所だ。

教えてくれた話を統合すると、ランドルフは、部下たちとの連絡を取る場所として、この町の宿屋を拠点に決め、他国から送られてくる情報を纏めているということらしい。

「先月はリンデーグ帝国を訪れた。この国は暖かいが、あちらは北だからだろうな、秋が早くて、もう寒いくらいだった」

雑談の中で言われてぎょっとする。リンデーグといえば、このポルドから間に国を二つ挟んだ遠方の国だ。寄り道せずに往復しても、一か月はかかるほど距離があるはずだ。

そして、その間にはルカニアたちの祖国である聖ガルデニア王国もある――。

もちろん、彼は自分が本当はどこの国の者なのかなど知る由もない。

そう思うと、ルカニアは少し切ない気持ちになった。

話を聞く感じだと、もしかしたらランドルフは軍人なのかもしれない。部下が何人もいるようだし、貴族の家柄だとすれば、軍の階級もきっとそれなりに高位のはずだ。

そんな人に、たとえ仕事の合間の空き時間であったとしても、自分などの相手をしてもらっていいのだろうか。

ルカニアの心配も知らず、ランドルフは茶を飲み干すと、「そうだ、俺も渡す物があった」と呟き、ベルトから下げた袋から何かを取り出す。

「これはリンデーグ土産だ」

ずいと渡されたのは、掌に載るくらいの深紅の天鵞絨(ビロード)が張られた箱だ。なんだろうとどきどきしながら開けると、入っていたのは親指の爪ほどの大きさの、紫色に輝くころんとした石だった。

「わあ……」

なんて綺麗な石だろうと、ルカニアは思わず彼からの土産物に見入った。どうやら守り石のペンダントのようで、洒落た金細工の金具と長い紐がついている。

「なんでも最近、リンデーグではこういった紫色の装飾品が流行っているそうだ。真偽は不明だが、天使が喉を潤しに来るという聖なる池の水底から掬い上げた貴重な物らしい。土産にしたら喜ばれるからと商人に勧められたのでな」

「それはすごい謂れですね……ですが、こんなに素敵な物、僕がいただいてしまってよいのですか……？」

彼からの土産は、ルカニア手作りの守り袋とは値段がかけ離れていそうだ。

教会で保管したり、国の管轄で宝物として守られなくてよいのかと心配になり、おずおずと訊ねると「ああ、そのために買ってきたんだ」と当然のように彼が頷く。

「お前の髪はとても綺麗だから、髪飾りはどうかとも思ったんだが、もったいないことに切ってしまったからな。まあ、一から作らせるには時間が足りなかったし、またいい紫の石が見つかれば、髪が伸びた頃に新たにあつらえさせる」

「い、いえ、この石だけで、じゅうぶんです」

そうか?と少し残念そうに言うランドルフに驚き、こくこくと首を縦に振る。

ルカニアのまっすぐな栗色の髪は、いまは項にかかるほどの長さだが、最初に彼と出会ったときは背中の真ん中ほどまであった。綺麗に伸ばすと高値で買い取ってもらえるので、換金するためにまめに手入れをして伸ばしていただけなのだが、彼に褒めてもらえると嬉しくなった。

渡された石は磨き上げられ、紐や金具に至るまで作りが上品で、いかにも高価そうな品だ。だが、値段を訊くのは野暮というものだろう。山暮らしの自分には身に余るほどの立派な土産だけれど、高価であるかどうかより、ランドルフがリンデーグで自分のことを思い出してくれたと知り、ルカニアの胸にじわじわとたまらないほどの喜びが湧いてきた。

「ありがとうございます。僕……すごく嬉しいです。ずっと大切にしますね」

頬を上気させ、にっこりしてルカニアが礼を言うと、彼がかすかに目を瞠る。

「……何がいいかわからずに買ってきたが、気に入ったなら何よりだ」

「ええ、とても、とても気に入りました」

跳びはねたいような気持ちで、さっそくそのペンダントを首にかける。しばらく眺めてから、ぜったいになくさないようにしなくてはと服の中にしまった。

それから彼が訪れたというリンデーグ帝国の最近の様子を聞いた。かの国では少し前に皇太子が花嫁を迎えて、国は祝いの空気に満ちていたそうだ。

「それにしても、リンデーグとはずいぶん遠くまで……、きっと、お捜しなのは大切な物なのですね」

茶を飲みながらルカニアが言うと、ランドルフはなぜか少し複雑そうに目を伏せた。

「そうだな。大陸中を捜して見つからなければ、さすがに諦めるしかないだろうが」

いったいどんな物なのだろう。彼が軍人だとしたら、もしかしたら本来は秘密の任務なのかもしれない。仕事でと言われた手前、詳しく訊けずにいるけれど、捜しているのは国や軍所有の宝なのかもしれないとルカニアは勝手に想像していた。

(僕はクルトの村のことしか知らないし、村にそんな貴重な物があるわけもないんだけど……)

会話の中で、町のことにすら疎い自分からは情報を得られそうもないと悟ったのだろう。捜している物について彼から訊ねられたことはなかったのが、少々寂しかった。

茶を飲んでいるうちに、太陽が傾いてきたことに気づく。まだマイロの姿は見えないけれど、さすがにもうそろそろ戻ってくる頃だ。名残惜しい気持ちを抑え込み、ルカニアは「そろそろ行きます」とランドルフに伝えた。

揃って店を出ると、朝は賑わっていた市場は閑散としている。空の下に商品を並べていた店は片付けられ、橋の辺りは人の姿もまばらだ。

「ここで大丈夫です。重たいのにありがとうございました」

礼を言って、持っていてくれた荷袋をランドルフから受け取る。

会うたび、荷物が重いだろう、家の近くまで送っていこうかと訊かれるが、毎回丁重に断っている。山のほうに帰っていくので、どこに住んでいるのかはうすうす気づかれているると思う。ヴァールの町に滞在している彼は、ルカニアが住む村が事情持ちの集まりであることを耳にしている可能性が高い。だが、何も訊かずにいてくれるのがありがたかった。

斜めがけにした布の中をそっと覗くと、ミルヒは中に潜ったまますぐっすり眠っているようだ。見送ってくれるつもりらしく、橋のたもとに着いてもランドルフは立ち去ろうとはしない。

「そろそろ山は朝晩が冷えてくる頃だろう。来月はもっと着込んできたほうがいい。暖かいマントは持っているのか？」

「母の形見の品があるので、寒かったら次は着てきます」

そうか、と言う彼に、もしマントを持っていないなどと言ったら、次に会ったときはすぐさま町の仕立屋に連れていかれそうな気がした。

（……ランドルフさんは、なぜわざわざ僕に会いに来てくれるんだろう……）

最初に助けてくれた出会いの日のあと、彼は別れ際に、ルカニアがこれから毎月、三週目の水の日に町に下りてくることを聞き出した。すると、それからというもの、ランドルフは、なぜか買い物が済む頃になると、必ずルカニアの前に現れるようになった。

いつも少し話をして、何かしら差し入れを渡され、時間があれば茶を飲む。そうして、別れ際に『また来月に』と言われ、なんとなく待ち合わせのようなやりとりが続いている。

知り合いだけれど、友人というほどまだ親しくはなく、だが、口付けをしたことがある。ルカニアにとっては恩人だが、礼は決して受け取ってもらえない。いつも何かしてくれるのは彼のほうという、少々不思議な間柄だ。

定宿の場所はわかるし、差し入れの布などを持ってきてくれた彼の部下にも会ったことはあるが、それだけだ。家がどこにあるのかとか家族はいるのかとか、ルカニアは彼について何も知らない。

もし彼が、ルカニアが町に下りる日にやってこなくなれば、二度と会うこともなくなるだろう。

そう考えると、彼の笑顔を見たときと同じように、なぜか胸がまたつきんと痛くなる。

彼と会っていても、会えなくなることを想像しても、同じように胸が疼く。心臓が痛くなるなんて、ランドルフに出会う前は一度もなかったことなのに。

ふいに苦しそうだったばあやの発作を思い出して、ルカニアは不安な気持ちになった。自分はばあやより先に死ぬわけにはいかない。何か悪い病気ではないといいのだがとそっと胸元をさする。

「まだマイロとやらは戻らないようだな」

工場のあるほうを見やってから、ランドルフはルカニアに視線を戻す。

「疲れたか？　顔が少し赤いようだが」

じっと顔を見つめられて余計に顔が赤くなった気がした。

「い、いえ、まだ疲れてはいません。あとは帰るだけだから大丈夫です」

体調の悪さを誤魔化したと疑ったのか、彼はルカニアの手を取った。

「山道で倒れでもしたら大変だ。少し、魔力を分けておこう」

え、と思うとランドルフが顔を寄せてくる。彫りの深い美貌が近づいてきて、まさかとルカニアは驚愕した。

「だ、だ、だめです、こんなところで……っ！」

彼の顔をむぎゅっと手で押さえ、必死に押し返す。あろうことかランドルフは、通行人が少なくなったとはいえまだ明るいこの町中で、口付けをして魔力を分けてくれようとしたのだ。

ムッとしたように顔を顰め「すぐに済む」と彼は言う。

「そういう問題ではありません」

「帰路で何かあるほうがよっぽど問題だろう」

堂々としているにもほどがある。頬に手を当てられ、あまりにも人目を気にしない彼に、ルカニアは困り切ってランドルフを見上げた。

「……ここでは駄目なんです……」

一度倒れたルカニアを気遣い、わざわざ魔力を分けてくれようとする気持ちはとてもありがたい。だが、この場で口付けをされるのは嫌なのだとルカニアは切実に訴える。

やっと理解してくれたのか、ランドルフはルカニアの両頬を手で包むと、屈み込んで額に額をくっつけてきた。熱を測るような体勢で、じわ、と額が温かくなる。それから、ふわりと体中に不思議な熱が行き渡り、彼が妥協して、両掌と額越しにルカニアに魔力を与えてくれたのだとわかった。

ルカニアの首筋に手を触れてから、ようやく納得した様子で彼は手を離す。

「以前から思っていたが……お前は、なんだかいつもいい香りがする」

「そ、そうですか？　どんな香りでしょう」

急いで服の袖を鼻に近づけ、くんくんしてみるが、自分ではよくわからない。ルカニアの行動を見て、ランドルフが小さく笑った。

「悪い匂いじゃない。言葉で説明するのは難しいが……少し甘くて、優しい香りだ。ずっと嗅いでいたいような、いい香りなんだ」

そう言いながら、そっと髪を撫でられて、ルカニアは落ち着きかけた頬がまた熱くなるのを感じた。

匂いを褒められたことなど初めてだ。だが、彼が好ましく思ってくれたなら嬉しい。なんと言っていいのかわからず、くすぐったいような気持ちで礼を言う。

ランドルフはもじもじしているルカニアに苦笑してから、ふと視線を遠くに向けた。

「村までは遠いな。無事に着くまでが気がかりだ。お前がいいと言うなら送っていってやりたいところだが」

「慣れた道ですから、心配はいりません」

本当に送ってくれそうな気配に慌てて言う。ランドルフは少々不満そうだ。

「まあいい。いつもの宿屋に連絡係が必ずいる。困り事があれば知らせろ。どこにいても俺に知らせが来るから」

まるで離れて暮らす弟の身でも案じるかのように、ランドルフは言う。

ふと、彼の左手に目が留まった。中指に銀色の立派な指輪をはめている。だが、薬指に指輪はない。

「――どうかしたか？　ああ、これは昔、母上から譲り受けた指輪だ」

視線に気づいたランドルフが説明してくれる。

「それから、俺は独身だ」

ルカニアがどの指をどんな意味で見ていたのか気づいていたらしい。さらりと追加された言葉に、羞恥で耳まで熱くなる。

「そ、そうですか……」

なぜか一瞬ホッとした自分の気持ちにルカニアが戸惑っていると、ランドルフは思いついたように言った。

「いちおう、幼い頃に親同士が決めた婚約者はいるんだが――」

予想もしなかった話にルカニアは思わず息を呑む。

(婚約者……!?)

「婚約と言っても、相手はもう長い間行方知れずだ。これだけ捜しても見つからないということは、もしかしたらもう生きてはいないのかもしれないな」

驚いているルカニアには気づかないようで、彼はどこか憂いを感じさせる目で言った。

つまり――彼が部下たちを使い、あちこちの国にまで足を延ばしてずっと捜していたのは、その婚約者ということか。

ふわふわとした天国にいるような心地から、一転して地獄に落とされたような気持ちになる。

ランドルフに決まった人がいたことを知り、ルカニアは衝撃を受けていた。

＊

ランドルフが宿屋に戻ると、側近のヴィンセントと、それから従兄のアルヴィスまでもが部屋で待っていた。

「アルヴィス、いつ来たんだ」

「ついさっきだよ、王太子殿下」

ソファにゆったりと腰かけたアルヴィスは、一度立ち上がると恭しく臣下の礼をとって微笑む。緩く巻いた金髪に碧色の目をした彼は、高貴な身分だとすぐにわかる立派な仕立ての衣服を纏い、煌びやかな剣を腰に帯びている。町人を装った服を身に着け、それぞれが本当の姿を隠しているランドルフたちとは異なり、彼は金狼の証しである狼耳と尻尾もあらわにしたままだ。

ガルデニアの城とこの宿屋を行き来するだけなら、身分を隠す必要もない。おそらく空間転移魔法が使えるヴィンセントに頼み、直接ここに呼び寄せてもらったのだろう。

「お帰りなさいませ、レグルス様。ちょうどいま、アルヴィス殿下がいらしたと知らせを送ろうとしていたところでした」

ヴィンセントがそっと言う。この部屋の中では正体を隠す必要もないため、彼はランドルフを本当の名を呼ぶ。

レグルス・ランドルフ・フォン・ガルデニアは、聖ガルデニア王国の王太子として生まれた。諸事情あって現在は国王代理の地位についている。他国に出るときは目立たずに行動するために、祖父からもらった二つ目の名を名乗り、いまのように金狼の獣人である証しを魔法を使って隠している。

茶を運ばせますと言って、ヴィンセントが部屋を出ていく。

部屋にアルヴィスと二人だけになると、すぐにレグルスは「報告があるんだな」と訊ねる。アルヴィスは笑みを消して頷いた。

「ああ。残念ながら、今日、サフィリアから戻ってきた者たちからの知らせを持ってきた。伝手(つて)を辿ってサフィリア国内の有力貴族と教会関係を当たらせたが、過去に神子一族が滞在していたという証拠は見つからなかったそうだ」

サフィリア王国は大陸の北西に位置する国だ。レグルスたちが現在拠点としているここ東のポルド王国とは、ライマール王国とガルデニア、リンデーグ帝国という三つの国を挟んだ向こう側にある。そのため、サフィリアの捜索に関しては、ガルデニアの城にいるアルヴィスに報告を受けてもらう手はずになっていたのだが――まさか、本人が直接ここまで知らせに来てくれるとは思わずにいた。

「そうか、わざわざすまないな。捜索に出た者に金貨を与えて労ってくれ」

レグルスの言葉にアルヴィスが頷く。

「おそらく、北西側には向かっていないだろうというお前の勘は当たっていたみたいだ」

「ああ。だが数日前にライマール王国から戻った捜索隊にも収穫はなかった」

レグルスは苦い顔で話す。

ライマール王国はここポルドの隣国だ。農耕に適した平地が広がる穏やかな国で、ガルデニアとも一部だが国境を接している。

レグルスは当初、聖ガルデニア王国を追放された神子たちは、広大なライマール王国のどこかでかくまわれて暮らしているのではないかと考えていた。捜索には軍の中でも特に強い魔力を持つ者を選んで行かせたので、巨大な力を持つ神子の一族が住んでいれば気づかないはずがない。

だが、その当ては外れ、ライマール王国のすべての町をくまなく捜させた捜索隊は、収穫のないまま徒労を抱えて戻った。

ざっと互いの情報を報告し合ったところで、ヴィンセントが茶を運んできた。

「ありがとう。ヴィンスは本当に気が利くな」と礼を言ってから、アルヴィスはカップを手に取る。優雅なしぐさで茶を飲む彼は国王ガイウスの兄の息子で、レグルスにとっては十歳年上の従兄に当たる。レグルスとは違って軍には入らず、成人したあとは王立議会に参加し、王族の一人として叔父であるガイウスを支えてきた。

「ああ、美味しいね。僕もヴィンスのような側近が欲しいよ」

「もったいないお言葉です」

茶を飲んだアルヴィスの褒め言葉にヴィンセントが恭しく頭を下げる。レグルスは呆れ顔でアルヴィスに言った。

「お前にだって何人も有能な側近がいるだろう」

「いるけれど、でも軍から来た警護の軍人は愛想がないし、かといって宮廷魔法士は気位が高くて対応に気を使うんだ。ヴィンスのように剣の腕が立つ軍人で、その上高度な空間転移魔法を自在に使える者なんて城にも滅多にいない。もしレグルスと仲違いしたら、必ず僕のところで雇うからすぐに来ておくれね」

真顔で言うアルヴィスに、やや苦笑気味にヴィンセントは「心に留めておきます」とだけ返す。一礼して部屋を出ていく彼は、おそらくレグルスとの会話の邪魔にならないよう、隣にある控えの間に行ったのだろう。

ヴィンセントはレグルスより五歳年上で、士官学校に入れられたときに寮の同室者として出会った。彼は幼い時分に才能を見いだされ、魔法学校で一通りの修行をしたあと、さらに国の役に立つべく士官学校への入学を勧められたらしい。

同じ頃、士官学校に最年少で捻じ込まれたレグルスは、立場を妬む者からいじめも嫌がらせも受け、なんの恨みか命を狙われることまであったが、そのたびに卓越したヴィンセントの魔法に救われた。彼は王太子である自分に献身的に仕え、魔法の発動が間に合わないときは、身を挺してまでレグルスを助けてくれた。ヴィンセントがいなければ、おそらくレグルスは王位を狙うどころか、いまここに立っていることすらできないだろう。

ヴィンセントを名残惜しそうに見送っていたアルヴィスは、半ば本気で彼を勧誘していたようだ。だが、レグルスが彼を手放すことはありえない。

「残念ながら、ヴィンスはやれないが、軍の中でもなるべく穏やかなたちで気の利く者をアルヴィス殿下のところに派遣するよう伝えておく」

「そうしてくれると助かる」と言ってアルヴィスは微笑んだ。

若い頃から士官学校に入れられて軍人になり、王城を離れて生きてきたレグルスに比べると、アルヴィスはいかにも王族といったおっとりとした雰囲気を醸し出している。

従兄弟なので二人の顔立ちにそれほど似たところはない。だが、いまは獣耳も尻尾も、本来の髪と目の色も隠しているけれど、レグルスも本来は彼と同じ、金狼の獣人だ。

レグルスたちが神子一族の捜索時に本来の姿を隠すまやかしの魔法をかけているのは、理由があった。

ガルデニアの直系王族は皆、金狼の獣人であるということは周辺国にまで知れ渡っている。だから、自国の王都を歩いていれば民が頭を下げ、他国であってもそれを知る者は金色の獣耳を見ただけでその正体に気づく。

現在、大陸では大きな戦争は起きておらず、各国間でそれぞれ和平条約が結ばれている。

しかし、平和の均衡が保たれているとはいえ、王族が公務でもないのに他国の田舎町をあからさまにうろついては、すわ戦の下見か、もしくは……、と不要な緊張が走る可能性がある。だから、レグルスが各国の町に下りる際に本当の姿と名を隠すのは、みだりに平和を乱さないために必要な配慮だ。

さらに、他国で本当の名を明かさないようにしているのは、王である父からの刺客を回避するためでもあった。

国王ガイウスは、療養という名目で追放同然に離宮に居を移させ、国王派の者はすでに大半を排除できた。だがまだわずかな残党がいる。もうあとがないとわかった王が、彼らに対し、どうあっても息子に王位を渡さないためにどんな命令を下すかわからないからだ。

アルヴィスは壁に張られた大陸の地図を見て、ふと真面目な顔になった。

「追放された当時、元神子のティレニア様は二十代半ばで、新たな神子となった息子のルカニア様は三歳だった。他にも二人に付き従って国を出た使用人たちが十数人はいたはずだ。軍人は王から同行を固く禁じられていたから、ほとんどが老人と女ばかりの一行だ。王城暮らしだった彼らは旅慣れておらず、揃って城を出ればかなり目立ったはずなんだがね。十三年前なら、覚えている者もいるだろうに」

アルヴィスはかすかに眉を顰めた。

「いくらなんでも、女と子供のいる神子一行が、険しさで名高い東方のシュピラーレ山脈を越えたとは思えない。東方面を調べるとしても、立ちはだかる山脈の手前、ポルド王国の東南側に位置するエルフォルク公国までじゃないか」

「ああ、俺もそう思う」とレグルスは頷いた。

地図には、レグルスたちの国、聖ガルデニア王国を中心とした広大な大陸が描かれている。

——この大陸のどこかに、神子たちは必ずいるはずなのだ。

十三年前、ガルデニアに長い間尽くしてきた神子の一族は、国王から追放を命じられ、国を追われた。

レグルスはずっと神子たちのことを気にかけていたが、父の差し金で王都を離れていたせいで、なかなか情報を得ることができなかった。昨年、父ガイウスが重い病を患い、国の未来を憂えた王立議会の決定により、ようやく王城に戻ることができたのだ。

国王派の大臣たちは、病に倒れた国王が失脚したあと、レグルスとの交渉によって多くが王太子派に寝返った。死なばもろともで、いまだに根強く国王を支持し続ける者は、おそらく何か弱みを握られているはずだと、密かに調査を進めさせている。

国王派の残党処理を済ませれば、暗殺の危険は格段に減る。過半数の大臣を掌握して議会に承認させ、レグルスは新国王として立つつもりだ。

病床にありながら、部下にレグルスを暗殺せよという指示を執拗に出し続けているらしい国王も、議会で王位はく奪が決定すれば、さすがに観念するだろう。

そうして、半年前から、レグルスは王都と城に残る王の手先の者をあぶり出して処分しつつ、同時に軍の部下の手を借り、本腰を入れて神子一族の捜索に乗り出している。

調べを進めると、国を出たあとの神子一族の足取りは、隣国ライマール王国を過ぎ、さらに隣のここ、ポルド王国に入ったあたりでどうしてか消えていた。町に部下を入り込ませて調査を進めても、神子たちに関わる情報はそこでぷっつりと途切れたままだ。

子供の頃、神子たちが追放されて間もなく、自らも遠方の城に追いやられたレグルスは、『神子たちは隣々国に着いたところで流行り病に見舞われ、親子ともども天国に行った』と聞かされていた。当時は衝撃を受け、枕を涙で濡らしたけれど、それは偽りだった。

以前、王から閑職に追いやられた側近が、軍に従事するようになったレグルスの元を訪ねて教えてくれたのだ。

『「王太子殿下には死んだと言え」と国王陛下から命じられました。ですが、隣々国で足取りは消え、その後、行方を掴めた者はいないのです』

――つまり、神子たちが亡くなったという証拠は、いまもなお、一つも見つかっていないのだ、と。

レグルスは宮廷魔法士に依頼して、各国のことをよく知る旅鳥の目を借りることにした。

そして、使い魔のオオカミたちは、城に残された神子の衣装の匂いを嗅がせてから、最後に足取りが辿れた場所に放した。

それだけでなく、王太子直属の騎士団の者は、手分けをして身を寄せる可能性のありそうな場所を捜索させ、さらには、痺れを切らしてレグルス自ら捜しに赴いた。

これで、どこにいても見つからないはずはない――そう思っていたのに、彼らの行方は、ようとして掴めないままだ。

国王代理の地位についたレグルスには、やるべきことが山ほどある。城に戻るたび、国中から役人を通じて届けられる王家の所領についての報告書や、サインを求める書類などが山積みにされている。定期的に行われる王立議会では、内乱で荒らされた地方への賠償に粛々と対処し、一時的に停止していた諸問題を話し合う。その一方で、国王から冷遇されていた王太子を認めず、あらゆる手段でレグルスの足を引っ張ろうとする貴族もいて、無駄な労力を消費させられる。

そんなふうに多忙な中でも、レグルスが神子一族の捜索を最優先しているのは、そうせざるを得ない事情があるからだ。

「――ところで、例の魔物の状況はどうだ？」

茶を飲みながら、アルヴィスから神子捜し以外の雑多な報告を受けたあと、レグルスは訊ねた。

「いまのところ変わりはないようだよ。つまり、宮廷魔法士たちが交代で休まず鎮魂の魔法をかけ続けているが、目覚めかけていることには変わりない状態だ」

アルヴィスは肩を竦めて答える。

そうか、とレグルスは顰めた眉根に手をやった。

古くから聖ガルデニア王国を守ってきた神子たちには、いくつかの重要な責務があった。

一つは、国を守るための祈りを捧げること。

祈りのおかげで、神子が国にいる間、ガルデニアでは災害が起こらず、疫病が蔓延するようなことは一度もなかった。

そして、もう一つの大きな仕事は、城の地下深くに封じられた魔物を、特別な歌を歌って眠らせることだ。

――何百年も昔、金狼族の獣人たちは、国中を炎で焼き尽くすほどの強大な力を持つ魔物と戦い、殺すことのできない魔物を捕らえて、地下深くに封じ込めた。

そのおかげで絶滅から救われた人間たちは、金狼族を称えて崇めた。金狼族の祖先たちは民を纏め、魔物が眠りについた土地の上に城を築き、一国の王となった。

それから長い時間が過ぎたいま、太古の魔物を封じた城の地下にある洞穴については、もはや知らない者も多い。

その魔物が、少し前から目覚めようとしているというのだ。

「言い伝えとはいえ、『眠らせるのみで、決して殺してはならない』というのは、なかなか難しい話だな」

困惑した様子で言うアルヴィスの言葉に、レグルスは頷く。

そもそも、レグルスは十歳のときに遠方へと追いやられ、長い間城を離れて暮らしていた。自分が生まれた城の地下にそんな生き物がいることを知ったのは、再び城に戻ったあと、魔物の存在を知る枢機卿に託されたからだ。

王となる者は、魔物の封印についても受け継ぐ必要がある。

王家に伝わる記録によると、その魔物は、どんな強力な武器や魔法を使い、何人もの猛者が襲いかかっても殺すことはかなわず、多くの犠牲者が出た。

そのため、眠りを守り続け、起こさずにいることが最善の手段だという。

それは一見すると巨大な黒い塊のように見える。見張り番に様子を見させているけれど、洞穴の奥で丸まっている魔物は、ここのところよく蠢き、まるで地獄から響くような叫び声を上げることもある。

なんとか眠らせようと、神子が歌っていた鎮魂の歌を、力のある宮廷魔法士たちに歌わせてみても無意味だった。つまり、歌には歌詞や魔力に意味があるのではなく、神子自身の歌声にこそ、特別な力が宿っているということだ。

いまはせめてもと魔法士たちに鎮魂の魔法をかけさせているが、それでいつまで抑え込めることとか。

魔物が目覚めかけているのは、王が神子たちを追放したせいだ。

神子を国に連れ戻さなければ、そう遠からず、完全に目覚める日がやってくるだろう。最後の手段として、言い伝えに背くことも考えなければならないけれど、議会に参加している高齢の貴族たちは、魔物に関する伝承を真剣に恐れていて、王立軍と宮廷魔法士を総動員しての処刑は多数の同意を得られない。今は『ともかく神子を捜して呼び戻し、歌ってもらわねば』という結論に落ち着いた。

国王自身が追放した結果なのだから、父にとっては自業自得だろうが、この尻拭いは王位継承者――つまり、レグルスが引き受けなくてはならないのだから頭が痛い。

神子の追放は、他にも聖ガルデニア王国に多くの変化をもたらしている。

主に、悪い方向ばかりに。

神子たちがいなくなったあとしばらくして、古くから豊かな水をたたえていた大きな川が干上がり、井戸がいくつも枯れる現象が起きた。水は生き物が生きるために必要不可欠だ。幸い、城の地下から湧く水は枯れていない。だが、役人が治水に知恵を絞っても水不足は続き、国内の農作物に多大なる影響を及ぼしている。

他にも、神子追放の数年後から、なぜかガルデニアに生まれる子供は年々減っている。当時はまだ内乱も起きておらず、周辺国との戦争中でもなかった。明確な理由はわからないまま、届け出られた赤子の数はいまやそれまでの半分ほどにまで落ち込み、いまだ回復する様子を見せない。普通、適齢期の夫婦が結婚すれば、子は少なくとも二人、多ければ五、六人生まれてもいいはずなのに、ここ十年ほどはどこの夫婦も子は一人か、よくて二人、なかなか授からないことに悩む夫婦も増えていると聞く。

それを、高齢の神官や議会の重鎮たちは『神子が毎年行うはずの子孫繁栄の祈りを捧げていないからだ』と強く訴え続けてきた。

当初はその意見を信じなかった若手の大臣たちも、いまではすっかり子の減少を神子不在のせいだと信じ込んでいる。そのため、戻ってきた王太子が神子一族には死んだ証拠はないと訴えると、皆驚き、歓喜した。レグルスの神子捜しを後押しし、何か手伝えることはないかと申し出る者も多い。

もちろん、子が生まれないのは国として死活問題だ。だがそれ以上に、神子という確固たる存在が欠けたことで、民の心の平穏が乱れているという事実が、ガルデニアにとって大きな問題だった。

「父上は、本当にとんでもないことをしてくれたな……」

レグルスは、思わず心の中に湧いた本音を漏らす。すると、一瞬びくりとして動きを止めたアルヴィスが、「ああ」と言って二度大きく頷いた。

「神子を追い出したことが、あらゆる大ごとに繋がるとは、まさか国王陛下も思ってはいなかったのだろう。陛下は、神子一族の力を侮っていたのだろうな」

代々金狼の獣人王が治める聖ガルデニア王国は、長年の間、頑強な軍を持つ富める国として栄えてきた。

その王国はいま、言葉通り、足元から揺らいでいる。

「いまから思えば、誰かが王の暴挙を止められなかったのかと悔いるばかりだよ……もちろん、私自身も含めて」

アルヴィスは悔恨を感じさせる声音で言う。

件の神子たちの追放時、レグルスは十歳、彼は二十歳だった。アルヴィスの気持ちもわかるものの、幼い王太子の切実な願いを無視した王は、もし甥が何か言ったところで耳を傾けるような人ではなかったはずだ。

神子たちを国から追い出したあとも、父は傍若無人で身勝手な命令を下し、病に倒れるまで愚かな治政を続けたのだから。

「――まあ、いまさら考えても仕方ないことだ」

過去の暗い記憶を消すように、頭を軽く振り、レグルスは従兄に目を向けた。

「むしろ俺は、お前だけでも王城に残ってくれてよかったと思っている。そのおかげで、俺は国王派の詳しい状況を知ることができた。お前は国王の無茶な命令にも耐えて、ずっとそばに控え続けていてくれた。あの父では嫌なこともずいぶんとあっただろうに」

労りを込めたレグルスの言葉に、彼は一瞬驚いたように目を瞠った。

「いや……そんなことは」

「謙遜するな。城に仕えていた者たちも、お前がいてくれたことで救われたはずだ」

そう続けると、アルヴィスは首を横に振った。

「できる限りのことはしたつもりだが、私は皆の盾にはなれなかった。そのせいで、お前が戻るまでの間に、多くの有能な者たちが地位を奪われ、追放され、または自ら城を去ってしまった……こんな私の苦労など、若くして城から出されたお前の大変さに比べたら、大したことではないよ」

どちらがよりつらい思いをしたということではない。皆、国王の治世下で、それぞれが必死に生き抜いてきたのだ。

「……お邪魔したね。私はそろそろ城に戻るよ」と言って、アルヴィスがゆっくりと立ち上がる。

「ああ、来てくれて助かった」

レグルスが率直に礼を言うと、彼は少し照れたように笑った。

「何かあったらいつでも呼んでくれ」

そう言うと、アルヴィスが部屋を出ていく。控えの間にいるはずのヴィンセントに頼み、来たときと同じように、空間転移魔法を使ってガルデニアの城に戻るのだろう。

この宿屋は、表から見るとごく普通のありふれた建物だが、奥まった場所に三部屋繋がりの貴賓室と、隣接した従者や警護の者のための待機部屋が用意されている。

元々はポルドの王族がお忍びで街歩きをするときの休憩用に造られた宿らしい。目立たないよう表口以外の場所からも出入りができて、いざとなれば川のほうへ退避することも可能な部屋だ。

昔ガルデニアの王家から嫁いだ者がいて、古い縁戚関係にあるポルドの貴族からの紹介で、神子の捜索を始めた頃から借りているが、下手に貴族の表立った宮殿や別宅を使うよりも動きやすく、重宝していた。

アルヴィスが帰っていき、一人になったレグルスは息を吐いた。

昔のことを思い出すと、胸の奥が詰まったような、ひどく苦々しい気持ちになる。

レグルスが城に戻れるまでの間には、紆余曲折があった。

神子たちが追放されたあと、幼かった自分は、父に会える機会があるごとに、神子たちを呼び戻してほしいと繰り返し頼んだ。するとある日の朝、父の側近がやってきて、突然国境近くの古い城に移り住むように命じられた。しかも帯同を許されたのは、ごく限られた使用人たちと数人の従者だけだった。

戦時中でもないときに、帝王学を受ける必要のある王太子としては異例のことだ。

さらに、成長すると、今度は軍の士官学校に入るようにと命じる手紙が届いた。

結果として、実に十二年もの間、レグルスは生まれ育った王都の城に戻れず、厳しい軍での暮らしに明け暮れることになった。

母である王妃アウグステは、親しい友だった前の神子ティレニアとその子供であるルカニアが追放されたあと、体調を崩して実家に戻ってしまった。よほど国王に嫌気が差したのか、それから一度も王城に戻ってきてはいない。レグルスは何度も使者をやり、手紙を送ったけれど、加減はよくないらしい。かなりの時間が経ってから謝罪と様子を気遣う返事が届けられたが、城を出て以来、息子のレグルスにも一度も会ってはくれないのだ。おそらくは神子たちを追放した父を、母はすでに見限ってしまったのだろう。

病に倒れた王の周囲に、心から支えようとする者がほとんどいなかったのは、自業自得だったのだ。

——そして、王妃や王太子である自分、王甥のアルヴィスなどより、もっとも苦しめられた被害者は、長年の間尽くし続けてきたというのに、国を追われた神子たちだ。

レグルスは壁に張られた地図に目を向ける。

「いったい、どこに行ってしまったのか……」

ティレニアは長い亜麻色の髪に紫色の瞳をした妖精のような女性だった。神子の立場に驕ることなく、誰にでも分け隔てなく接する性格で、皆から慕われていたものだ。

息子のルカニアは、月に一度、祈りの儀式の際に会う機会があったが、母似の髪と目の色をしたとても愛らしい子供だった。

神子の直系の血を引く者は、人間よりも神に近い存在だといわれていて、その証拠に、男女の性別を問わずに子を産むことができる。しかも彼らは、普通の人間とつがうことはできない狼獣人の子をも孕める体を持っているのだ。

本来、狼獣人同士でしか子ができないガルデニアの王族にとって、彼らは非常に貴い存在で、神子は代々望まれて王家の花嫁に迎えられ、王との間に子をなしてきた。神子たちは、王家の血を引く血族でもあり、二重の意味で敬われる存在だったのだ。

そのため、神子の子であるルカニアが、生まれながらにして王太子の婚約者として定められたのは、ごく自然な流れだった。

まだ少年だったレグルスにも特に異論はなく、自分はこの子と結婚するのだと、子供ながら将来をぼんやりと楽しみに思っていたくらいだ。

（……どこかの貴族のもとで、密かに保護されて穏やかに暮らしているのならば、それでいい……）

できることなら、所在を見つけて、安全を確認したい。さらに願わくば、国に戻ってきて魔物を鎮めてもらえたら、なおありがたい。だが、神子たちを追放したのはレグルスの父だ。いまさら王家の者が彼らに何かを無理強いできる立場にはないと思っている。

そもそも、追放から十三年もの時間が経っている。場合によっては、もう国を出た全員が亡くなっている可能性もないとは言い切れない。そうだとしたら、せめて王位継承者の自分が心から父の行動を詫び、亡骸を代々の神子たちが眠る霊廟に埋葬してやりたかった。

そして、神子たちの行方さえ判明すれば、改めて今後のことを議会にかけられる。

――礼を尽くして戻ってくれるよう頼み、以前のように国のために祈りを捧げてもらうか。

もしくは、死を確認して、これから先、神子不在の国をどうしていくのかを――。

まだ記憶の奥底にある、ふっくらしたバラ色の頬でにこにこと笑う子供のことを思い浮かべて、レグルスはやり切れないような気持ちになった。

そのときふと、先ほど会ったばかりのリルの顔が思い浮かんだ。

初めて出会ったときは、彼がルカニアである可能性を疑っていた。リルは目の色がルカニアと同じ紫色で、年齢も同じだ。ルカニアと髪の色は違ったが、成長とともに髪色が落ち着くことはあるかもしれない。もしやと期待を抱いた。

しかし、残念なことにリルはルカニアではないとすぐにわかった。

――なぜなら、リルからは魔力の気配をかけらも感じない。

村に魔法士がいるのか、誰かが守護の魔法をかけたらしく、連れている仔山羊のほうに魔力の影響を感じる程度だ。

神子であるルカニアは、神子一族に受け継がれる聖なる祈りの力を母から継承している。

その力は、国一番の魔法士たちが勢揃いしたところで敵わないほど、強力なものであるはずなのだから。

さらに、大きな目印の一つだった一族の紫色の瞳は、ヴァールの町を歩くうちに、捜索の特徴から外さねばならないと悟って、レグルスは落胆した。

ガルデニアには神子一族しかいない紫色の目の者が、なんとポルド王国やサフィリア王国などにはちらほらと見受けられたからだ。珍しくもないため、目の色で捜せばあっという間に数十人も神子の可能性のある者が見つかってしまう。そうなると、内在する聖なる力の気配と、それから髪の色、あとは母似の容貌で捜すほかはない。

(神子一族は、女神のごとき神々しい美貌の持ち主のはずだからな……)

ルカニアはいま頃、どれほどの美貌に育っていることだろう。そう考えてから、レグルスはまたリルのことを思い出して、思わず微笑んだ。

最初に助けたときは、気を失って道端に倒れていた。とっさに魔力を注ぎ込んでどうにか助けられたが、あんな細い体で愚かにも血を売ったと知り、呆れるよりも怒りが湧いて懇々と説教をしてしまった。

整った顔立ちをしてはいるが、リルは美人かというとちょっと違うと思う。だが、人好きのする顔で、はにかむように笑うのがなんとも可愛らしい。

山奥暮らしの彼は、会うと髪がぼさぼさで、小さな枯れ葉がついていたりする。服自体は上質な布を使った仕立てのいい物なので、下山までの道が険しいせいだろう。

レグルスは十代の頃から軍での生活が長いせいか、格式張った城での暮らしは少々息が詰まる。だから、議会に参加できる家柄の貴族たちや、彼らの令嬢や令息たちよりも、同じ軍人か、もしくはリルといるほうが気が楽なのだ。

リルには両親はいないようだ。ばあやと呼ぶ女性と暮らしているらしいが、自分のことについてはあまり詳しく話したがらない。村の話はよくしてくれて、老人が多く、皆で助け合うことでどうにか生活できているという。

ヴァールの宿屋の主人からは、町のそばにそびえる山の奥には、罪びとの家族が集まって暮らす小さな村があると聞いた。推測するに、リルはどうもそこから町に下りてきているようだから、きっと苦労して育ったのかもしれない。

（暮らしに困っているのなら、金貨など気にせず受け取っておけばいいのに……）

一度だけ、山のふもとまで送っていったとき、木のそばに生えていたキノコを目ざとく見つけ、「これ、とても美味しいキノコなんですよ！」と言い、いそいそと採っていた。レグルスにも分けてくれようとしたので、気持ちだけありがたく受け取ったが、村の皆にも分けようと言いながら大事そうに包んでいるのを見て、山で彼がどんな暮らしをしているのかが伝わってきた。

どこから見ても質素な暮らしをしているというのに、リルはレグルスから林檎の代金として渡された金貨を、薬を買った残りのぶん、きちんと返してきた。余ったならばあやへの土産でも買えばいいものを、生真面目すぎる。わけがわからない奴だ、と思う。

　レグルスは最初から、リルに本当の身分と姿を隠している。そのせいで、彼とはこれ以上親しくなりようもないのだけれど――なぜか、リルのことが気にかかる。

　いつも気もそぞろといった風情でぼんやりしているし、歩くのものんびりしていて遅い。放っておくと、最初に見つけたときのように、道端で死にそうになっているような気がして心配だ。

　狼獣人は嗅覚が普通の人間の何倍も優れていて、一度会った相手であれば、多少離れたところにいても匂いで居場所を捜せる。最初に会ったとき、魔力を口移ししたので、すでにリルの匂いははっきりと覚えている。彼が毎月町に下りてくる日を聞いたので、その日に町中を歩けば、だいたいいるところがわかる。そのたびに必ず匂いを辿って会いに行き、レグルスは彼が無事かを確認してしまう。

　会ってからまだ半年ほど。月に一度しか会えないので、会った回数は片手の指を越える程度だ。それなのに、別れるときは気がかりで、そばにいないときも、何度もこうしてリルのことを思い浮かべ、次に無事に顔を見られるときをいまから待ち遠しく思っている。

　彼と会えなくなる日もそう遠くはない。神子に関しては、ポルド王国内やヴァールの町はほぼ捜索し尽くした。捜索のことだけを考えるなら、そろそろ他の町に滞在場所を移したほうが便利だ。それなのに、この宿の貴賓室が使いやすいという言い訳をして、レグルスは定期的にこの町を訪れている。

隣のエルフォルク公国まで捜し終えたら、神子たちが見つかっても見つからなくとも、いったん捜索は終了する。

そうしたら、もうこの町を訪れる理由がなくなる。そう考えたとき、いつもリルのことがレグルスの頭をよぎった。

町で彼とたびたび会っていることに気づいたヴィンセントからは、「気に入られたのでしたら城にお連れになればよろしいのでは？」と、至極当然のように言われた。

（……思い切って、「ガルデニアの城に来ないか？」と誘ってみようか……）

何かを伝えるには少々早すぎるとは思う。けれど、レグルスはどうしてもリルのことが気にかかって仕方がない。

内乱が収まったあとも、まだガルデニアが落ち着くにはほど遠く、国王代理として民のためにすべきことは山積みだ。そんな中、もしこれからも彼が自分のそばにいてくれたら、それだけで安らぎを得られる気がするのだ。

彼に奇妙なほど執着するこの気持ちがなんなのか、まだ正直、確信が持てない。

早くから軍に入れられ、周囲はがさつで筋肉隆々とした猛者ばかりだった。しかも、廃嫡にまではされなかったものの、長い間、ほぼ王太子としての未来は諦めるしかないような状態だったのだ。

そのせいで、レグルスは王太子でありながら、閨の手ほどきも受けておらず、礼儀作法や帝王学も、すべてが十歳までで止まっている。

王太子として生まれ、国王代理の地位についてはいても、王位継承者として足りないことが多くあると痛いほど実感しているところだ。

結婚に関しては、自分に子ができなくても問題はないし、法では同性を伴侶に迎えることも問題はない。

レグルスが何げなく婚約者のことを口にすると、リルはなぜか元気がなくなった気がした。

もしかしたら説明が足りず、誤解されたのかもしれない。婚約は相手が三歳のときに親同士が交わした口約束であり、正式に儀式を行ったわけではない。しかも神子は行方知れずのまま、長い月日が経っている。国を出た神子一族のほうも、いまさらレグルスを大切な一族の末裔の婚約者と見なしてはいないだろう。

そもそも、特別な力を持つガルデニアの神子は周辺国にまでその名を知られている。どこかの国に密かに落ち着いたなら、貴い身分を持つ誰かの保護下にあると考えるのが自然だ。

レグルスの父は愚かなことをしたが、強大で不思議な力と類い稀な美の両方を併せ持つ高貴な神子を欲しがらない者などいない。これほど捜しても見つからないのは、おそらく、他国の者に奪われないよう存在を大切に隠されているからだ。とっくの昔にルカニアはどこかの王族か裕福な貴族と結婚しているだろう。

だから、表向きは魔物を抑え込むためと伝えているが、レグルスが神子たちを捜している一番の理由は、贖罪のためだ。

魔物はどうにかするしかない。ともかく、ルカニアたちが幸せであることがわかればいい。

（……神子たちが見つかっても見つからなくても、エルフォルク公国での捜索が終わったら、この宿を引き払う前に、リルときちんと話そう）

城に来ないかと誘ったら、彼がどんな顔をするだろうと思い浮かべただけで、レグルスはやけに落ち着かない気持ちになった。

ポルド王国の町人を装い、本来の名を名乗らずにいたことについては、真っ先に伝えねばならない。だが、事情を説明すれば理解してくれるはずだ。実はガルデニアの王太子なのだと打ち明けたら、きっと彼は驚くだろう。人間の王が治めるポルド王国では、獣人は比較的珍しいようだ。稀に嫌悪感を抱く者もいるが、リルが狼獣人を嫌いではないといいのだが。

（なんと伝えたら受け入れてくれるだろう……）

ばあやも連れてきていいし、衣食住についても心配はいらない。城では住みやすい部屋と必要な物をすべて用意する。食堂ではつい眺めてしまうほど美味しそうにパイを食べていたことを思い出し、城の料理人は抜群の腕前で、毎日美味しいものが食べられるぞ……とまで誘いの言葉を考えたところで、レグルスはふと、自分がなぜこんなにもリルを連れ帰りたいのかに気づいた。

――遠く離れた隣々国の山奥などではなく、ともかく安全なところで暮らしてほしい。できることなら、いつでもすぐに助けてやれるように自分の庇護のもとで。

それに気づいたとき、あれこれと取り繕おうとする気がどこかに消えていった。

椅子の背に身を預け、ふー、と息を吐いて天井を見上げる。

ルカニアを城に連れ帰りたいと言えば、ヴィンセントは必ず協力してくれる。相手が平民だと知れば驚くかもしれないが、アルヴィスも反対はしないだろう。近しい二人が力になってくれさえすれば、あとのことはどうにかなるはずだ。

身分を明かすよりも前に、まずはただのレグルスとして、正直な気持ちをリルに打ち明けたかった。

――このまま会えなくなるのは嫌なのだ、と。

＊

「今日の買い出しはロンが一緒に行ってくれるそうよ」

朝、目覚めたルカニアが部屋を出ると、すでにばあやは台所で朝食の支度をしていた。おはようの挨拶のあと、彼女は嬉しそうに言った。

「おはよう。ありがたいけど……ヒューゴーのお世話は大丈夫なの？」

「ええ、問題ないわ。ロンが帰るまでの間、私とイヴァンが交代でヒューゴーの様子を見に行くことになったから」

ヒューゴーはロンの祖父だ。まだ元気だが足が悪いので、何かあったときばあやたちがいてくれるなら安心だろう。

先にばあやからエサをもらったミルヒは、台所の隅に置かれた自分のベッドでまったりしている。満足げな仔山羊に微笑み、ルカニアは朝食の支度を手伝った。

昨日、ルカニアが採ってきた果物と引き換えにロンから卵をもらった。その卵とイヴァンに分けてもらったベーコンを焼く。ばあやが手作りしたパンを温め直し、皿に盛った卵料理をテーブルに並べてくれている間に、ルカニアは熱い茶をカップに注ぐ。

こぢんまりとした部屋にいい香りが満ちる。二人は向かい合ってテーブルに着き、感謝の祈りを捧げてから朝食をとった。

「行きはマイロとグレンも一緒だけれど、帰りはリルが一人になってしまうのが心配だったのよ。訊いてみてよかったわ」

焼きたてパンにかぶりつきながら、ルカニアは「帰りぐらい一人でも大丈夫なのに」と呟く。

先月町に下りたときに、父親のグレンに会いに行ったマイロは、「父さんと一緒に暮らしたい」という願いを伝えたそうだ。その後、村に住む祖父母とも相談の上、工場の寮で父親とともに暮らすことが決まった。今日買い出しに行くルカニアと一緒に山を下りて、今後は町に住むことになる。

「……なんだか、リルはここのところ元気がないみたいね」

食べ終わると、朝食の片付けをしながら何げない口調で言われて、ルカニアは心臓が止まりそうになった。

「先月、町から帰ってきてからのような気がするけれど……もしかして、町で何かあったの？」

ルカニアの驚きには気づかない様子で、ばあやは食器を洗いながら続ける。

（どうしよう……）

密かに町で知り合いができ、毎回会っていたことや、その相手に実は婚約者がいたという話は、ばあやには秘密のままだ。

言えるわけがない。そもそも、町で誰かと関わらないようにとあれほど言い聞かされていたのに、偶然ランドルフと出会い、親しくなって、その後もずっと会い続けていただなんて。

狼獣人のばあやは嗅覚が鋭い。だから、町から戻ったあとは、家に入る前に近くに生えている香りの強い葉を手に擦りつけて、ランドルフの匂いに気づかれないようにと気を配っていたつもりだった。

これまで何も言われなかったから、うまく隠せていると思っていたが、そうではなかった。ばあやは何かあったようだと気づきながらも、ただ何も言わずにいてくれたのだ。沈んでいるルカニアを見て気がかりだったろうに、無理に聞き出さずにいてくれた思いやりに感謝する。

言葉を選びながら、なるべく平静を装ってルカニアは口を開く。

「マイロが出ていってしまうと決まって、ちょっと寂しい気持ちになっているからかも」

皿を片づけながらそう答えると、ばあやはため息を吐いた。

「寂しくなるけれど、これればかりは仕方ないわね。マイロの希望が叶うのだし。でも、これで村に残る者はほとんど老人ばかりになってしまったわ」

もちろん、マイロが父と暮らせることを村の者は誰もが喜んでいる。しかし、それとは別で、小さなこの村にとって、若い働き手がまた一人減ってしまうことは死活問題だった。

「心配いらないよ、マイロのぶんも僕が頑張ってなんでもやるから」

ルカニアの言葉に、ばあやが困ったような笑みを浮かべた。

「そんなに気負う必要はないのよ、リル。もし見送りをするのがつらいのなら、今回の買い出しはロンに任せてもいいのだし」

「大丈夫、行くよ」

出発の時間が来てミルヒを連れ、ばあやと家を出ると、杖を突いたり、支えられたりしながら、まだ動ける者全員が村の入り口まで見送りに出てきた。

迎えに来たグレンに見守られながら、マイロは一人一人に挨拶をして抱き合った。村で育った子供が巣立つのを見送るのは、きっとこれが最後だろう。

特に高齢の者たちの中には、もうなかなか会えなくなると覚悟しているのか、涙ぐんでいる者もいて、ルカニアまでもらい泣きしそうになった。

この村に辿り着いたとき、ルカニアはまだ四歳になる前だった。それから十二年余りの間に、働き盛りだった者が年を重ね、何人かは天に召された。

この村に村長はいないが、自然と皆を纏める立場にあるイヴァンが言った。

「マイロ、体に気をつけるんだぞ。またいつでも顔を見せにおいで」

「うん、すぐにまた来るよ。じいちゃんたち、皆も、それまで元気でね」

マイロはそう言って、自分の祖父母と村人たちに笑顔を見せる。

「じゃあ、そろそろ行こうか」とロンが促し、買い出しに下りるルカニアたちと、マイロたち親子の四人と一匹は山を下り始めた。

いつものようにミルヒが先頭を進み、ロンとグレンがそのあとに続く。さらにその後ろを、少し距離を置いてマイロとルカニアが続いた。グレンたちの背中を眺めながら、ルカニアは口を開いた。

「工場の食堂ではいつから働くの？」

「来週からの予定。この間見学させてもらったんだ。賄いがすごく美味しそうだったから、来週が楽しみだよ」

跳びはねそうな勢いで足を進めつつ、マイロが答える。

一緒に暮らしたい、という息子の願いを聞いてグレンは悩み、世話になっている雇用主である工場長に相談したそうだ。

グレンは兄が強盗を働いたことから、無関係の家族にも嫌がらせが続いて田舎町に住めなくなり、幼かったマイロを守るために、クルトの村に移住を決めたようだ。

そんな事情をすべて聞いた上でグレンを雇った工場長は町の名士で、寮の部屋で息子も一緒に暮らせるよう、二人部屋を用意してくれたらしい。

さらには、将来的にはマイロは工場で雇うことを前提に、夕方から食堂で手伝いをしないかと誘ってくれたそうだ。午前中は学校に行き、昼過ぎから夕食の仕込みをする。賄い付きで賃金もちゃんと出て、マイロにとってはいいことずくめだろう。

「これからも買い出しはリルが行くんだよね？　おれも町に買い物に行くから、会えるといいな」

これからの暮らしが楽しみでならないといった様子で、マイロは町に下りてからの話をする。

そうだね、と微笑んで相づちを打ちながら、ルカニアの心は反対に沈んでいた。

来月もルカニアは買い出しに行く予定だ。

町に下りるのは楽しみだし、これまではランドルフに会えるという密かな喜びもあった。

だがいまは、彼のことを考えるだけで、言葉にできないような切なさが湧いてきて、胸が苦しくなった。

——ランドルフには婚約者がいた。

長い間行方不明だと言っていたけれど、いまだに捜しているということは、気持ちが残っているからだろう。

もし、その人が見つかれば、彼は婚約者と結婚してしまう。

そう考えるたび、ルカニアの胸は苦しいほど締めつけられた。

彼は命を助けてくれた恩人だ。町に下りるたびに必ず会いに来てくれたのは、きっと一度死にかけた自分を心配してくれたからだろう。手を引いて歩いてくれるのも、よく転ぶからと気遣ってくれただけかもしれない。ランドルフは普通ではありえないほど親切ない人だから。

だが、会うたびに何か贈り物をくれて、茶をご馳走してくれたり、この間は林檎一個を多額の金貨で引き取って、ばあやの薬代を融通してくれたりもした。そんな行動に、ルカニアはいつしか彼は自分を特別に思ってくれているのではないかと勘違いしてしまっていたのだ。

町でランドルフに会える時間は、山奥で暮らすルカニアにとって、夢のようなひとときだった。

（だって、しょうがないよ……あんなに素敵な人から、優しくされたら……）

ランドルフに婚約者がいると知ってからというもの、ルカニアは彼の気持ちを誤解していた自分が恥ずかしくなった。穴があったら潜って二度と出てきたくない。誰もいなければ思い切り泣きたくなるほどの悲しみに包まれる。

よりによって、決まった相手のいる人にほのかな恋心を抱いてしまった。知らずにいたとはいえ、その罪悪感は計り知れないほどで、そんな身でたびたび会いに来たランドルフは酷いとさえ思う。

無理にも普段通りでいたつもりだったが、結局ばあやには落ち込んでいたことを気づかれてしまっていた。マイロが町に下りるせいだとなんとか誤魔化したけれど、今後は心配をかけないように、どうにかして元気を出さねばと自分に言い聞かせる。

（彼に会ったら、言わなきゃ……）

今日もきっと、ランドルフはルカニアを見つけて声をかけてくるだろう。

いつものようにそれを楽しみに思えないのは、彼に会えば、伝えなくてはならないからだ。

——婚約者が見つかるようにと祈っていること。そして、寂しいけれど、事情があってこれからはもう会うことはできそうにない、と。

当面の間、買い出しに行く日を変えれば、ランドルフと町で会うことはなくなる。

彼にとってはルカニアはただの知り合いかもしれないが、自分のほうは違う。距離を置かなくてはならない——これ以上彼を好きになってしまう前に。

わざわざ別れを告げなくても、目的の婚約者さえ見つかったら、彼はこの小さな町を訪れなくなるはずだ。そして、祖国に新王が立てば、ルカニアはばあやとガルデニアに帰ることになるだろう。

どちらにせよ、ランドルフと会えなくなることは決まっていたのだ。

希望に満ちたマイロの話を聞きながら、悲しい気持ちを押し隠して、ルカニアはヴァールの町を目指した。

ふもとに着くと、ルカニアとロンは橋のところでマイロたち親子を見送った。

「なんだろうな、ホッとしたような、寂しいような気分だな」

目元を赤くしたロンがぼそりと言う。うん、とルカニアも寂しさを堪えながら頷いた。

気を取り直して、二人と一匹は買い出しを始める。ロンが小麦を少し多めに仕入れたいと言うので、荷物運搬担当のミルヒに頼んで、今日は早々に路地裏の物陰で大きくなってもらう。

ロンが作ってくれた迷子防止の赤い革の首輪を着け、手綱を彼が握ると、ミルヒは「メーメー」と不服そうに鳴いた。

「ミルヒは本当にリルが好きみたいだ。なかなかおれには懐いてくれないんだよなあ」

苦笑するロンは少し寂しそうだ。

「いつもうちでエサをあげているからだよ。さ、ミルヒ、帰りに林檎をあげるから、お願い」

ずんずんとルカニアに寄ってこようとするミルヒを撫でて宥める。

「ほら、頼むよミルヒ。小麦は重いからお前が頼りだ」と頼まれてロンに渋々とついていく白い毛並みを見送った。

一人になると、まずは皆からあれこれと頼まれた薬を買うため、メモを手にいつもの薬屋へと向かう。

　だんだんと秋が近づき、少し肌寒くなってきたので、今日はマントを着てきた。母が祖国を出るときに着ていたものだ。装飾は控えめだが、上質な生地を使った仕立てのいい物で、とても暖かい。数少ない母の形見として大切に着ている。

　このマントを着ると、母に守られているような気がして、ルカニアは少しホッとした。


「まいどありがとうございます！　またごひいきに」

　買い物を終え、すっかり顔見知りになった薬屋の店主に見送られる。今回は薬の値上がりがそれほど大きくはなかったことに内心で胸を撫で下ろしながら、ルカニアは店を出た。

　購入した薬を荷袋の中に大事にしまい、次の店に行こうとしたときだ。

　店の前の道にいるものに気づき、身を硬くする。

（野犬……？　いや、これは……）

　犬にしては体格が大きすぎる。山では稀に野生の狼の姿を見かけることもあるけれど、村の中に入ってくることはない。おそらく、山には他に多くの獲物がいるから、あえて反撃を食らう可能性のある人間を襲う必要がないからだろう。

　かなり大きな茶色の毛並みをした狼は、金色の目でじっとこちらを見つめている。

そう、なぜかまっすぐにルカニアを凝視しているのだ。

どうやら自分が標的にされていると気づき、ルカニアの体から血の気が引いた。

狼はぐるぐると唸りながら、何か気になる匂いでもあるのか、ひくひくと注意深く鼻を蠢(うごめ)かして辺りを確認しているようだ。

——どうしてこんな町中に、野生の狼が?

そんな疑問を深く考えているだけの余裕はなかった。

薬屋は、町の中でももっとも栄えている川沿いの大通りから一本入った道にある。幸か不幸か、いまはちょうど人通りが途切れている。

もし、助けを求めて大声を出せば、逆に興奮して襲いかかってくるかもしれない。ルカニアの喉など獣の牙ならたやすく噛み切れる。一瞬ですべては終わるだろう。

ごくり、と唾を呑み込み、ルカニアはまだ薬しか入っていない荷袋を背から下ろして前に回すと抱え込む。落ち着かなきゃ、と心の中で自分に言い聞かせる。

ともかく、狼を刺激しないようにじりじりと後退しながら、どうにかして薬屋に逃げ込もうと頭の中で策を練った。

けれど、最悪なことに、ルカニアが店に戻る前に、中から出てきた客が獣の存在に気づいてしまった。

「うわあああっ!?」

「そ、外に、狼が!!」と声を上げながら、客が店内に駆け戻る。店内の誰かが「護衛兵を呼べ！」と怒鳴るのが聞こえた。

「あ、ま、待って……！」

ルカニアがハッとしたときには遅かった。急いで客が店の扉を閉めるところが目に入る。悲鳴を聞きつけたのか、周囲の店からも、慌てて雨戸や扉を閉める荒々しい音がした。

逃げ込む先を失った瞬間、狼が一歩こちらに近づいてくるのが見えた。ルカニアの背中にどっと冷や汗が滲む。

大きな狼はすっと鼻先を天に向けると、高く吠えた。

予想外の行動に驚いて身を硬くするルカニアの前で、獣は二度、三度と長く吠え声を上げる——まるで、仲間を呼び寄せるかのように。

その吠え声を聞きつけたのか、さらに別の狼たちが姿を現した。いったいどこにいたのか、駆けてきた黒い四頭の獣たちは、最初に現れた大きな一頭に従うみたいにして一定の距離を保ち、ルカニアを取り囲む。

どの獣も牙を剥き、狙いを定めるようにまっすぐにこちらを見据えている。

全力で逃げたところで、狼の脚ならすぐ追いつかれてしまう。

（……今日は、ミルヒがロンと一緒でよかった）

狼たちが飛びかかる寸前のように身を低くする。もう駄目だと、胸の前で手を組み、ルカニアが死を覚悟したときだった。

「――リル!?」

大通りのほうから急いで近づいてくる人影があった。

（……ランドルフさん……!?）

町人たちも獣の存在に気づいたらしく、通りかかる者は誰もいない。当然だ。普通の人間が狼と戦って勝てるわけがない。命が惜しいのは皆同じなのだから。

そんな中、躊躇いもせずまっすぐにこちらに向かってきたのは、険しい表情をしたランドルフと、その後ろからもう何人か――おそらく、彼の部下の男たちだ。

「なぜ、こんなところに妖魔が!?」

部下の男が狼たちを見て驚愕の声を漏らす。

助けに来てくれたのだと思うと、恐怖で竦んでいたルカニアの胸が熱くなった。

狼たちは駆けつけた彼らに向けて威嚇の咆哮を上げる。ランドルフは、こちらに駆け寄りながら腰に帯びた剣を抜いた。

彼らが軍人なのだとしたら、きっと剣の腕も立つのだろう。けれど、ここには狼が五頭もいるのだ。並大抵の腕では歯が立たない。

悲痛な気持ちでいたそのとき、不思議なことが起こった。

ランドルフたちの背後から、ものすごい勢いで白い光の塊のようなものが飛び出してくる。

驚いたことに、それは白銀の毛並みをした狼だった。容赦もなく喉笛に食らいつく。唸り声とともに、茶色い狼の喉から血しぶきが飛んだ。

銀狼はもっとも大きな狼に飛びかかったかと思うと、容赦もなく喉笛に食らいつく。唸り声とともに、茶色い狼の喉から血しぶきが飛んだ。

銀狼を襲おうとした残りの狼たちに、ランドルフが鮮やかな剣さばきで斬りつける。魔力が込められているのか、素早く翻すたびに彼の剣からはまばゆい金色の光が迸る。ランドルフの剣の腕前は、思わず息を呑むほど見事だった。

彼は強い。こんなときなのに、その神々しいまでの剣技の美しさに、ルカニアは目を奪われた。

他の狼たちもランドルフの部下たちの剣にかかる。その頃には、銀狼もまた、もっとも大きな狼を仕留め終えていた。

銀狼は、動かなくなった狼から離れると、なぜかゆっくりとルカニアのほうにやってきた。

あれほどの争いをしたのに、輝く白銀の毛並みは返り血の一滴すらも浴びていない。呆然としていると、銀狼はルカニアの前まで来て匂いを嗅ぐようなしぐさをしてから、その場にすっと伏せをする。

（えっ……？）

まるでよく躾けられた飼い犬かのような行動に、ルカニアは一瞬ぽかんとなる。

ランドルフが手をかざすと、銀狼の姿は煙のように消えた。

唖然としたが、どうやら銀狼は彼の使い魔だったらしい。

（もう、大丈夫……？）

わけがわからないながらも、ともかく危機は去ったようだ。そう思うと、緊張がほどけてどっと体の力が抜けた。安堵のあまり、ルカニアはへなへなとその場にへたり込む。

獣は退治されたとわかったのか、人々がそろそろと店の窓や入り口から顔を出す。怯え切った人々とは裏腹に、ランドルフと彼の部下の男たちだけは泰然とした様子なのが不思議だった。

こちらを向いたランドルフの顔には、なぜか戸惑いのような色が浮かんでいる。

ゆっくりと近づいてきた彼が、片方の膝を突いて手を差し出してくれる。ぎくしゃくとした動きで、ルカニアはありがたくその手を取る。

「ランドルフさん……、あ、あの……」

助けてくれた感謝を伝えなくては。そう考えて口を開きかけたルカニアに、彼が問いかけた。

「……お前の本当の名前は『リル』ではないのか」

ぎくりとする。とっさに引っ込めようとしたルカニアの手を許さずに、彼はぎゅっと掴んだ。親しげに手を引いて町を歩いてくれたいつもとは違う、痛いくらいの力に、ルカニアの体にぶるっと震えが走った。

「俺たちがここに来たのは偶然だ。あらかじめ神子の祭服の匂いを覚えさせていた使い魔の銀狼が、その匂いを見つけた。そして、駆けつけた先に……先ほどの妖魔たちに襲われそうになっているお前がいたんだ」

ルカニアには、妖魔に襲われる心当たりなどない。けれど、いまはそのことを考えている場合ではなかった。

潜めた声で、ランドルフが問い質す。

「お前は、聖ガルデニア王国の神子だったティレニアの息子なのか」

秘めていたはずの事実を口にされ、ルカニアは息を呑んだ。なぜ、彼がそのことを。

「答えてくれ――お前の本当の名は、ルカニアなのか？」

真剣な目で射竦められたが、答えることはできなかった。

どうして彼にわかってしまったのか。混乱の中で、ルカニアはある一つの考えに思い至った。

ランドルフは銀狼の使い魔を操っていた。

ルカニアたちの祖国である聖ガルデニア王国は、金狼の獣人が治める国だ。

「あ……、あなたは、まさか」

『町の人と不必要に関わってはいけません。本当の名前も決して伝えないように』

あなたの命を守るためにと、幼い頃からさんざん言い聞かされてきたばあやの言葉が蘇る。だが、もうランドルフにはバレてしまった。いまさら誤魔化しようもない。

(ばあやは、王が代替わりすれば安全だと言っていた。王は病の床にいると聞くけれど、まだ王位は交代していない……)

もしランドルフが、ガルデニアの国王が出した捜索隊だったらと思うと、気が遠くなりそうだった。

「お前が名を偽っていたのは、国王の追っ手から身を隠していたからだな」

「い、偽ったわけではありません」

ルカニアは震える声で必死に訴えた。

「町では、本当の名を言わないようにと言い含められていましたが……『リル』は子供の頃から、ばあやや身近な人たち皆から呼ばれている愛称なんです」

だから嘘の名を告げたわけではない。けれど、ランドルフはまだ納得がいかないというように、険しい表情を緩めずに重ねて問い質してきた。

「お前が神子なのだとしたら、聖なる力はどうした？」

ルカニアはその問いかけに、とっさに口籠もった。

正体を隠すのであれば『なんのことかわかりません』と言うべきだった。だが逆に、神子の力を失っていることを訊ねられ、答えられずにいたことで、ランドルフはリルがルカニアである、という確信を持ってしまったのだろう。

彼はルカニアの手を掴んだまま立ち上がる。どうしたらいいのかわからないまま、手を引かれて、やむなくルカニアも立ち上がるしかない。

もう安全だと伝わったらしく、次第に道に出てくる町人たちの姿が増えてきた。

「おい、大丈夫か」「怪我人は？」「さっきの狼たちはどこに消えたんだ？」「護衛兵はどうした」と口々に声が上がる。

ざわめきの中で、小さく舌打ちをしたランドルフが部下の男に呼びかける。

「――ヴィンセント」

「ここに」

狼の死体のそばに屈み込んでいた男が、素早くこちらに寄ってくる。

「俺は神子を連れて宿に戻る。妖魔たちの骸を始末し、場の混乱を収めたら、急いで戻ってくれ。お前の力が必要だ」

ランドルフの言葉に、すべてを理解したようにヴィンセントは「承知しました」と頷く。

「あ、あの……」

「話はあとでゆっくりと聞かせてもらおう」

ルカニアが必死で言いかけるも、ランドルフはしっかりと握った手を引いて歩き始めた。

どうやっても振りほどくことができないほどの強い力に、ルカニアは慄きながら連れていかれる。

いつの間にか集まってきた人々の間を、彼はさっとかき分ける。向けられる好奇と恐れが混ざった視線を意にも介さず、ランドルフはまっすぐに宿屋へと足を向けた。

立派な造りの宿の裏口に回り、通路を進む。部屋の入り口には、軍服姿ではないものの、警護らしき者が立っていた。

「ヴィンセントが戻り次第、俺たちは先に城に帰る。皆が揃ったら、連絡係を残してヴァールから撤収する」

手短に告げたランドルフの言葉に、ルカニアはぎょっとした。

城？　城とはどこのことだ？

(ま、まさか……、まさか、ガルデニアに連れていかれる……？)

青ざめるルカニアをよそに、ランドルフは警護の者に向かって続けた。

「あとのことはヴィンセントの指示に従ってくれ」

ランドルフが警護の者に言い、混乱し切っているルカニアを部屋の中に引き入れる。

警護の青年は「で、では、そのお方が……」と言い、ハッとしたようにルカニアの顔を見た。

扉を閉める前、ランドルフはかすかに口の端を上げ「そうだ」と短く答えた。

「やっと神子ルカニアを見つけた」

＊

レグルスは、これまでの人生で一番と言っていいほどの混乱に陥っていた。

問い質したいことで頭がいっぱいだ。村人のリル――いや、やっと見つけた神子ルカニアの手を引いて宿に戻る。いまは何を置いても彼を城に連れて戻らなければならない。

「ま、待ってください、ランドルフさん！」

必死の声に目を向けると、手を繋いだルカニアは、レグルスが名乗った名を呼び、怯えた目をして必死に訴えた。

「僕は、城には行けません。きょ、今日は、村のための買い出しの途中で……、皆が必要な食べ物や薬を持って戻らなくてはいけないんです」

「心配はいらない。買った物は使いをやって村に届けさせる」

レグルスが手を差し出すと、ルカニアはぎょっとしたように荷袋を抱え込み、首を横に振った。

「に、荷物のことだけじゃありません、突然いなくなったりしたら、一緒に町に来たロンとミルヒを心配させてしまいます。村で帰りを待っているばあやも……」

「買い出し後の待ち合わせ場所は、いつもの橋のたもとだろう？　ならば、部下を行かせてきちんと事情を伝えさせる。二度と帰らせないと言っているわけじゃない。ただ、ともかく身の安全のために、いまは俺と一緒に城に戻ってもらいたい。話はそこでしよう」

ルカニアが絶望した顔になる。彼が激しく混乱し、そして怯えていることが伝わってきた。可哀想だったが、先ほどの騒ぎは目撃した者も多い。昼間の町に妖魔が出たことは、そう遠からず人の口を伝って各国の王の耳に入ることだろう。

万が一、警護もない状態で、長い間行方知れずだったガルデニアの神子がこんな小さな町にいると知れたら、狙われることは確実だ。

城に連れて戻れば確実に守ることができる。

だが、ルカニアは納得せず、レグルスの手を振りほどこうとした。

「駄目です……、ごめんなさい、僕は……まだ、ガルデニアには戻れません」

（まだ？）

どういう意味かと詰め寄りたかったが、堪える。次第にレグルスは焦りを覚えた。

ばあやと村が心配だということ以上に、彼にはまだ、ガルデニアに帰れないような事情があるようだ。

おそらくは、神子としての力のことだろう。魔力を持つレグルスにも、彼が持っているはずの強大な力は感じ取れない。よほど高等な魔法をかけて完璧に隠しているのか、それとも、まさか本当に消失してしまったのだろうか。

改めて確認しようとしたとき、扉がノックされた。

答える前に、レグルスはすっと屈んでルカニアの膝裏に腕を回し、彼をひょいと担ぎ上げる。

「お、下ろして!!」

頭を下向きにしてレグルスの肩に担がれたルカニアが、驚いた声で叫ぶ。ほっそりとした体は、想像よりもさらに軽い。

「ヴィンセントなら入れ」

扉に向かって声をかけると、「失礼します」と言いながら入ってきたヴィンセントは、ルカニアを担いでいるレグルスを見て目を丸くした。

「ご苦労だった。すまないが、いますぐに俺と神子をガルデニアの城に戻してくれ」

ルカニアを連れて床に描かれた魔法陣の上に立ち、レグルスは言った。

「かしこまりました。どちらの部屋に?」

空間転移魔法は、発動する魔法士が行ったことのある場所に、魔法陣の中にある人や物を自由に移動させることができるという極めて便利な魔法だ。つまり、聖ガルデニア王国の王都オーキデにある城の中ならば、ほぼどこへでも望む場所に送れる。

会得するのが難しい高等魔法であり、国でも使える者は限られている。天賦の才能に恵まれた上に魔法学校でも首席だったヴィンセントは、そのわずかな数人のうちの一人だ。

「執務室――いや、俺の部屋だ」

「やめて！　僕は行かない!!」

レグルスは、足をじたばたさせて肩から全力で下りようとするルカニアを、逃がすものかとばかりにしっかりと押さえ込む。

「では送ります。後片付けを済ませたら、私たちもすぐあとを追います」

ヴィンセントが言うと、レグルスたちの足元にある魔法陣が光り、明滅する。

魔法陣が強い輝きを放つとともに、ふっと体が軽くなる。

次の瞬間、二人の姿は宿の部屋から消えていた。


一瞬の酩酊にも似た感覚ののちに、頼んだ通り、二人はガルデニアの王城の三階にあるレグルスの私室に着いていた。

レグルスはルカニアを担ぎ上げたまま歩き出す。見慣れた居間を通り抜け、奥の部屋に向かった。寝室に入り、天蓋のついた巨大な寝台の上にルカニアをゆっくりと横たえさせた。

頭を逆さにされた体勢でもがいていたルカニアが上体を起こす。先ほどまで青ざめていた彼の顔はいまは真っ赤で、額に汗をかいている。

懐から出したハンカチで拭いてやろうとして、手を止める。

これまでの自分なら、躊躇うことなく触れていたはずだ。

だが、もう自分たちは『村人のリル』と『町人のランドルフ』ではないのだ。

馴れ馴れしすぎる気がしてレグルスは、「使ってくれ」とだけ言うと彼にハンカチを手渡す。おずおずと受け取りはしたものの、ルカニアはハンカチを握ったまま汗を拭こうとはしない。乱れてしまった髪も撫でて直してやりたかったが、ぐっと堪えた。

「……強引に連れ帰ってきたことは、すまなかったと思う。だが、村に戻らせて、荷物を纏めている間にもし何かあったらと思うと、安易に帰すことはできなかった」

ルカニアは、大きな目に警戒の色を浮かべて、じっとこちらを見上げている。

「もはやヴァールが安全だとは言えない。あの妖魔たちは明らかにお前を狙っていた。我が国の王が放ったものなのか、もしくは別の誰かのしわざかはまだ不明だが、先代の神子ティレニアが触れた物を持つ誰かであることは確実だ」

恐怖を感じたのか、ルカニアが小さく肩を震わせる。

「そのマントは母君のものだろう。今日のお前は、母君の匂いを纏わせている。俺たちが使い魔にしたのと同じように、前の神子の私物を手に入れられる立場にある誰かが妖魔に匂いを嗅がせて捜させたんだ。妖魔は始末したが、戻らないことで何かあったことは明らかだし、追っ手を向けた者はおそらく、妖魔が神子を見つけたと気づいたはずだ」

そこまで言ってから、レグルスは彼の前でふるっと頭を軽く振った。

ルカニアがハッとして息を吞む。

かけていたまやかしの魔法が解けて、レグルスは本来の姿へと戻る。目立たないように変えていた茶色の髪が金髪になり、そして、金色の狼耳と豊かな毛を持つ尻尾が現れた。

「……最後に会ったときお前はまだ小さかったから、きっと俺のことは覚えていないだろう」

衣服から出た尻尾を一振りして、レグルスは言う。

「だが、名乗らなくとも、もうわかっているな。俺の本当の名は、レグルス・ランドルフ・フォン・ガルデニアだ。半年前に父が倒れて……いまは王太子である俺が、王の責務を代行している」

レグルスはそう言うと、驚愕の表情を浮かべるルカニアの前に片方の膝をついた。

「母君は、亡くなったのか」

町で出会った『リル』は、ばあやと二人暮らしだと言っていた。単純に、両親はもういないのだろうと受け止めていたが、まさかあれが前の神子であるティレニアの死を意味していたとは。

ルカニアは無言のまま、じっとランドルフ——レグルスを見つめ、それからうつむいた。

「母は……、僕が七歳のときに亡くなりました。国を離れてから、少しずつ体調を崩すことが多くなっていたんです。ある冬に高熱を出して、山奥にある村まで医者に来てもらうのが間に合わなくて……」

ぼそぼそと言うルカニアが痛ましかった。

「もし、城で暮らし続けていれば、こんなに早く命を落とすことはなかっただろうに。母君が亡くなったのは、父の暴挙のせいだ」

レグルスの言葉に、ルカニアが驚いたように顔を上げる。

「いまさらだが、国王に代わって謝罪したい。父が神子たちを追放したのは、愚かな過ちだった」

真摯な謝罪は、レグルスの本心からの言葉だった。

「あのとき俺が大人であれば、どんなことをしても止めたのにと何度も思った。国を出たあとで神子の一族は親子とも流行り病にかかって亡くなったと聞かされて、当時はそれを信じるしかなく、自分の力のなさを悔やんでいた。だがその後しばらく経ってから、王の元側近が、神子たちが死んだという証拠は見つかっていないという事実を密かに教えてくれたんだ」

そこまで言うと、レグルスは胸に手を当てた。

「追放だけでは飽き足らず、後を追わせて、命まで奪おうとした。愚かな父の行動を、息子として、そして国王代理の地位についた者として、心から謝罪する。本当にすまないことをした」

レグルスは深く頭を下げる。

しばらくしてから、「……顔を上げてください」と声をかけられた。

「あなたは何も悪いことなどしていないのですから」

ゆっくりと顔を上げたレグルスに、戸惑いを残しながらもはっきりとルカニアは言う。

混乱し切っていたレグルスは少しだけ落ち着いたことに気づく。

町人だと思っていたランドルフが、実は自分の生まれ故郷の王太子レグルスだった。その上、有無を言わせずに魔法を使って祖国に連れ戻されては、怯えるのも無理はない。

しかも、彼はつい先ほど獰猛な妖魔たちに襲われかけたばかりなのだ。

騒ぎの元に駆けつけたレグルスたちは、妖魔を斬ったあと、使い魔の銀狼がルカニアが纏っているマントの匂いに反応していることに気づいた。

狼は並外れて嗅覚が利く。あらかじめ嗅がせておいた、国に残された神子の祭服の匂いを、使い魔はしっかりと覚えていた。

本来、妖魔が昼の町に出没することはありえない。しかも、あの妖魔たちは、レグルスたちの使い魔とは異なり、殺気を放っていた。

誰がどんな目的で命じたのかはわからないが、あれらを放ったのは、前の神子ティレニアの私物を手に入れられるほど城に深く出入りし、さらにはレグルスたちよりも先に、身を隠して暮らしていたルカニアの正体に気づいた誰かだ――しかも、その者は『聖ガルデニア王国の神子』の命を狙っている。

（……我が国に、神子に死んでほしい者がいるということか）

のちほど調査させ、必ず相手を見つけ出さねばと決意しながらも、レグルスは改めて、ルカニアを保護できたことに深い安堵を感じていた。

十三年前に完全に足取りが消えたあと、ようやく見つけた。もし見失ったら、もう二度と見つからない予感があった。

そんな恐れから、時間をかけて帰国の同意を得るまではどうしても待てなかった。身勝手な性急さを反省しているが、妖魔が現れるような状況に彼を置いてはおけない。

「まずは、これまでの詫びをさせてもらいたい」

切実な気持ちでランドフルはたたみかけた。ただでさえ動揺しているルカニアをこれ以上怯えさせないよう、できるだけやんわりとした口調を心がける。

「神子一族は、我が国を建国から支えてきた功労者だ。ようやく行方がわかったからには、隣々国の山に住まわせておくわけにはいかない。本当なら、母君もその子であるお前も、この城で何不自由のない暮らしを送っていたはずだ。今後はどのような望みでも叶えるし、ばあややその他の者、連れてきたい者がいれば村から帯同してくれて構わない。育った村のことが心配なら、必要な支援も行おう」

以前、家族はばあやだけだと彼は言っていた。乳母や身の回りの世話をする近しい使用人が一緒に国を出たはずだから、おそらくその中の一人だろう。王城での暮らしを捨てて、追放された元神子のティレニアとまだ幼い神子ルカニアの二人を支えてくれた人々だ。彼らにもじゅうぶんな褒賞を与えなくてはならない。

「俺の責任において、すべて、望みの待遇を用意できるよう取り計らう。だから、またこの城で暮らしてはくれないか？」

そう言うと、レグルスはそっとルカニアの手を取る。

いつも町では彼の手を引いて歩いていたが、『リル』は少しも抗わずにいてくれた。けれど、連れてきた神子のルカニアはびくりと肩を震わせて、瞳からは動揺が消えないままだ。幼かった本人は当時のことを覚えていなくとも、国王が自分たちにした仕打ちを聞いているとすれば、狼獣人に対して恐怖心があっても無理はない。

「……城には戻れません」

少しの間、迷うように視線を彷徨わせたルカニアは、ぽつりと答えた。

「なぜだ？」

「僕にはもうなんの力もないんです」

ルカニアは悲しそうに言った。

「おわかりでしょう。僕には母が持っていたような特別な力はないのです。城に戻ったところで、神子としての務めを果たすことはできません」

「なぜ、力を失った？　神子はすべての力を息子に受け継がせたはずだ。国を出たあと、いったい何があった？」

代々の神子たちは様々な祈りを捧げて、人々の病を治して怪我を癒やし、魔物の怒りを鎮めて眠らせてきた。

そんな、彼が母から受け継いだはずの奇跡の力は、いったいどこへ行ってしまったのか。

「……城を出たあと、旅の間は恐ろしいことが多く起きたと聞きました。僕自身は、まだ幼かったせいか、ほとんどそのときのことを覚えていないのですが……」

ルカニアは一度言葉を切ると、思い切ったように言った。

「たしかに、母の力は僕が受け継いだはずです。でも、やっとクルトの村に落ち着いて、気づいたときには、いつの間にかその力は僕の中からなくなっていたんです」

そう言って、彼は悲痛な面持ちでうつむいた。

その話を聞いて、ふとレグルスは、とある懸念に駆られた。

神子の直系の血を引く者たちは、肉体の特徴として男女の別はあっても、子を孕むことができる体を持っている。類い稀な奇跡の力を持っているのも、際立って美しい容姿も、人間よりも神に近い存在だからだといわれている。だからこそ、国王を含めた王族たちに伴侶として望まれ、長く崇拝される立場に置かれてきたのだ。

子を産むと、その力は誕生した我が子に受け継がれて、母からは力が消えるはずだ。

ルカニア自身の口から力が消えているとはっきり言われて、レグルスはにわかに強い焦りを感じた。

「まさかとは思うが、お前……もう子を産んだのか？」

「こ、子はいません！　相手もいないのに、子ができるわけがないではないですか！」

顔を真っ赤にしてルカニアは答える。そうか、とだけ言いながら、内心でレグルスはホッと胸を撫で下ろしていた。

彼はそういったことと縁遠そうに見えるが、平民の結婚は王族以上に早いこともある。とはいえ、『リル』はレグルスがちょっと手や頬に触れただけでも、林檎のように顔を赤くしていた。十六歳だと聞いた年齢よりも初々しくて、そんなところにも惹かれたのだ。

「不躾なことを訊いてすまない」と謝罪し、つい頭を撫でたくなるのをどうにか耐えた。

レグルスが何を考えているかも知らず、まだ少し頬を赤くしたルカニアは、困惑顔で説明した。

「……力が消えたのがなぜなのかは、僕にはわかりません……わかっていることは、いまの僕はただの人間で、城に戻ってもあなたの役に立てないということだけです」

そこまで言うと、ルカニアは居住まいを正し、先ほど手渡したハンカチを丁寧にたたみ直してこちらに差し出してきた。

「王太子殿下のお詫びの気持ちは、よくわかりました。もう追っ手から命を狙われずにすむとわかっただけでもありがたいことです。早く帰って、ばあやを安心させてやらなくては」

そう言って寝台から下りようとするルカニアの腕を、レグルスはとっさに掴む。

彼が驚いた顔で見上げてくる。

「……そもそも、お前は俺の婚約者だ。力がなくとも関係なく、城に住む資格がある」

虚を突かれたようにルカニアは目を瞬かせ、それから困った顔になった。

「……申し訳ありませんが、僕が殿下と婚約していたことは、初めて知りました」

予想外のことに、レグルスも驚いた。まだ三歳だったのだから仕方ない。しかしそうなると、彼は昔、自分と城で会ったことも一切覚えていないのかもしれないと気付いて動揺する。

「ですが、それは、僕がごく幼い頃の話ですよね。追放を言い渡された時点で、婚約話もなしになったのではないでしょうか。そもそも、王太子殿下の婚約者に選ばれたとしたら、それは、僕が神子の息子だったからで……」

様々な理由を持ち出して逃げようとするルカニアに、レグルスは焦りを感じる。彼の言葉を途中で遮るようにして言った。

「すまないが、どちらにせよ、まだしばらくの間、村には帰してやれない」

きっぱりと言い切ると、ルカニアがぽかんとする。

力がないとわかりさえすれば、すんなり帰してもらえると思っていたらしい。

だが、レグルスには彼を村に帰すつもりはかけらもなかった。

やっと見つけたのだ。

「理由なく神子の力が消えることなどありえない。神子は、その存在も強大な力も、ガルデニアの宝だった。ようやく神子が戻ったが、力がないということが知れたら、ただでさえ数年続いた内乱で疲弊した民を絶望させてしまうかもしれない」

彼の目が罪悪感で揺れる。抵抗はしなくなったルカニアの手をぎゅっと握り、レグルスはもどかしい思いで告げた。

「消えたというなら、取り戻せる可能性もあるかもしれない。まずはどうにかして、その原因を探りたい。それだけではなく、町でお前を狙った妖魔の件もある。狼の妖魔を使役できるのは高い魔力を持つ狼獣人だけだ。つまり、送ったのはほぼ間違いなくガルデニアの民、しかも、お前の母君の匂いのついた物を手に入れられるとなると、城に出入りする者であるとしか思えない」

「でも……まさか」

動揺するルカニアの逃げ場を断つようにしてレグルスは言った。

「父が放った刺客への命令が解けておらず、まだお前たちの命を狙っているということなのか、それともまた別の者なのか……差し向けた者を捜して捕らえるまでは、山暮らしの安全を保障することはできない」

レグルスは決意を込めて告げた。

「ともかく、しばらくの間、この城から出してやることはできない」

「そんな……！」

ルカニアが愕然とした顔になった。

＊

「さあ、ルカニア様、今日はどちらのお召し物になさいましょう？」

ジルがにっこりしてルカニアを衣装部屋に導く。部屋付きの使用人としてつけられたのは、てきぱきと気持ちよく働く黒狼の獣人の青年だ。

「どれを着ていいのかわからないから、選んでもらえるかな」

おずおずと頼むと「もちろんですとも」と言って、ジルは素早くいくつかの衣装を取り出す。ルカニアはジルが選んだ服を大人しく身に着ける。

いつ仕立てたのか、衣装部屋にずらりと並んでいるのは、上質な布に金糸の刺繍などをあしらった手の込んだ衣服だ。他にもマントに夜着に靴など、衣装部屋には日々、新たな服が増えていく。

自分などにはもったいないほどの厚遇だ。

ありがたいことだが、この様子ではしばらくはクルトの村に帰らせてもらえそうにない、とルカニアはため息を吐く。

王城でルカニアが暮らし始めて、すでに三日経った。

城に連れてこられた最初の日、レグルスは「これからまたヴィンセントに頼んで、使いの者をヴァールに飛ばす」と言った。

ルカニアが買った物はロンに渡させ、手紙を書くならそれも届けさせるから、と。

現状に納得し切れないままであっても、他に方法はなく、ルカニアはやむなくロンとばあやに向けて手紙を書いた。

〝ロン、突然いなくなってごめんなさい。町で買った物は使いの人に預けたから、受け取って皆に渡してください。ばあや、少しの間留守にするけれど、必ず無事で帰るから、どうか心配しないで待っていて。毎日ちゃんと薬を飲んでね。愛を込めて。ルカニアより〟

レグルスは言った通り、ロンとの待ち合わせ場所に側近のヴィンセントを行かせ、荷物と手紙を届けてくれたそうだ。幸い、『山羊を連れて橋のたもとで待っている四十がらみの男』というわかりやすい特徴があったため、ヴィンセントはすぐに彼を見つけられたらしい。

ロンに声をかけたヴィンセントは、聖ガルデニア王国において国王の側近であるという自らの身分を明かした上で、大まかな事情を説明した。リル——ルカニアは元々王家に仕えていた貴い血筋の末裔で、王太子の命による各国の捜索を続けて、ようやく捜し出した。現在、王城で賓客として大切に預かっているから心配なきように、と。

その場でルカニアからの手紙を読んだロンは、当然のことながらかなり驚き、動揺もしていたそうだ。もし何かあれば、ヴァールの宿屋に連絡係を残してあるからとヴィンセントはロンに伝えてくれたらしい。

おそらく、ルカニアがいなければ村に被害は及ばないはずだ。しかし、万が一妖魔が襲撃してきた場合に備え、レグルスは数人の部下にふもとの町を見回らせ、それから使い魔の狼たちにも山を厳重に警護させると言ってくれた。

（……ばあや、きっと心配しているだろうな……）

ここのところ、持病のある心臓の具合が落ち着いていたことだけが救いだ。薬もロンに渡してもらえたようだから、欠かさずに飲んでくれますようにと願う。

城に連れてこられてからのこの数日間のうちに、様々なことが起きた。

神子が城に戻った、という話は、あっという間に城の中を駆け巡り、ガルデニアの王城は大騒ぎだったらしい。

まず、着いた翌日の朝、朝食を取ったあと、大聖堂に同行してほしいとレグルスに頼まれた。

「枢機卿が会いたいと言っている。城では母君とも懇意にしていた者だ。もうかなりの年配だから、すまないがこちらから出向いて会ってやってもらえないだろうか」

世話になった枢機卿の話は母からも聞いていたから、二つ返事で応じる。ルカニアはレグルスと彼の部下のヴィンセントに導かれて、大聖堂に赴いた。

思わず息を呑むほど壮麗な造りの大聖堂では、枢機卿と神官たちが待っていた。ここが、母がいつも神子として儀式を行っていた場所なのかと思うと、感慨深かった。

皆がかしずく中、一人だけ立っているのは神官服を着た小柄な老人だ。レグルスに紹介された枢機卿はルカニアを見て目を細めた。

「おお、ティレニア様のご子息どのか……！　ルカニア様がお生まれになったとき、祝福の祈りを捧げたのはこの私めです」

覚えていなかったことに恐縮して、ルカニアは慌てて謝る。

「そ、そうでしたか、申し訳ありません、僕、この国でのことはあまり覚えていなくて……」

「三歳で国を出たのだから無理もないことだ」

レグルスが慰めるように言ってくれる。枢機卿も気を悪くした様子はなく、「よく、よくご無事で戻られた」と目を潤ませた。

「母君であるティレニア様は、我が国に多くの奇跡をもたらし、常に国のことを考えておられた素晴らしいお方でした。関わりのあった城の者たちは少なくなりましたが、亡くなられたと知り、皆、悲しんでおります」

母のことを知る者に会い、ルカニアの胸は熱くなった。亡き母は幼いルカニアにたくさんの話をしてくれたけれど、まだ知らないこともたくさんあるはずだ。もっともっと母のことを知りたかった。

枢機卿からささやかな母との思い出話をいくつか聞いたあと、レグルスは彼に個人的に話がしたいと伝えた。枢機卿は神官たちを下がらせ、広い大聖堂には三人だけが残った。

扉が閉まると、レグルスは「これはまだ内密で頼む」と前置きしてから、ルカニアからなぜか神子の力が失われていることを彼に打ち明けた。

それを聞いた枢機卿はひどく驚いた様子だった。それどころか、足元がふらつき、倒れそうになってしまい、ルカニアは慌てた。

レグルスが彼を支えて椅子を勧め、枢機卿はぎくしゃくした動きでもっとも近い信徒席に腰を下ろす。ルカニアが水をもらいに行こうとすると、彼は大丈夫だと丁重に断り、少し落ち着いてから、悲壮な顔で口を開いた。

「神子の奇跡の力が、子に受け継がれる以外の理由で消えるなどという事例は、歴史の中でも例がございません」

城を出たあとで、何か、力を失うような不測の事態が起きたのではないだろうか、と言われたが、幼かったルカニアには思い当たる節がない。三歳なら多少記憶があってもいいはずなのに、もっとも古い記憶はクルトの村に着いてからのことばかりで、何も役に立てず、心苦しい気持ちになった。

枢機卿は、国王の暴挙を止められず、ルカニアたち一族を守れなかったことを深く悔やんでいるようだった。彼は自分にできることならなんでもすると約束してくれる。

そのとき、大聖堂の入り口の扉が数度叩かれた。奥から出てきた神官が「どなたでしょう」と訊ねると、「近衛隊のニコラスとお伝えください」という答えが返ってきた。

「ニコラスか、入れ」

レグルスが応じてすぐ、茶色の獣耳を持つ軍服姿の狼獣人が顔を出す。

「レグルス様、お話し中のところ申し訳ありません」

どうやら急ぎの用らしく、二人はルカニアたちから少し距離を置いたところで話し始めた。

それを横目に、枢機卿がよろよろと立ち上がる。ルカニアが慌てて手を差し出すと、彼はその手を取って告げた。

「ルカニア様がお生まれになった日のことは、いまでもよく覚えています。あなた様は、間違いなく強大な力を身に宿されたはずです。力を受け継がれたあなたは、赤子の身ではまだそれを制御できず、王都一帯であらゆる植物が芽吹き、花が咲き乱れて……特にお力が強く、ティレニア様が母君から受け継がれたときよりも、さらに大変な騒ぎでした」

なんと、母が生まれたときのことも、彼は覚えていると言う。

「神子が赤子をお産みになると、母君のほうは、ごく普通の人間になってしまわれるのです」

ティレニアはそれでも少しは生まれながらの魔力が残っていたが、本当にささやかなものだったと、悲しそうに言う。それから枢機卿は表情を引き締めた。

「……我々聖ガルデニア王国の神職の者は、古くから神子一族を支えてきました。ですから、皆、これからはルカニア様に我が身を賭してお仕えする所存でおります」

「い、いいえ、僕は、なんの力もなく……、母の子だというだけで、とても崇めてもらえるような存在ではないのです」

慌てて否定するが、枢機卿は枯れ木のような手でぎゅっとルカニアの手を握った。

「ご心配はいりません。きっといつか、奇跡の力は戻るでしょう。どうか神子の力で、ガルデニアに再びの栄光を」

彼は力の復活を信じ切っているようだ。ルカニアはなんと答えていいのかわからないまま曖昧に頷くしかなかった。

しばらくして、ニコラスと話していたレグルスが、枢機卿に手を握られて熱心に訴えかけられているルカニアに気づき、急いで戻ってくる。

やんわりと枢機卿から引き離され、肩を抱かれてレグルスのほうに引き寄せられ、ルカニアはホッとした。

「枢機卿、神子はやっと国に戻ったばかりだ。過大な期待は重荷だろう。力の喪失の件も含めて、急かすことはせずに見守ってやってほしい」

きっぱりと言われて、「もちろんですとも」と枢機卿が何度も頷く。

「我々は戻る。もし何かわかったら、いつでも使いを」

レグルスが言い、ルカニアが枢機卿に頭を下げると、枢機卿はさらに深く一礼した。

混乱を抱えたまま、ルカニアはレグルスに連れられて大聖堂の入り口に向かう。

「裏口は」

レグルスの問いかけに、ニコラスが答える。

「神子様の帰還がどこかから伝わったのでしょう。すでに裏口のほうにも民が集まってしまっています。神官たちが散るように頼んでいますが、効果がなく……」

苦い顔でレグルスが舌打ちをする。

「ヴィンセントはヴァールに行っていて留守か。やむを得ない、最短距離を戻る」

レグルスはルカニアに目を向けた。

「ルカニア、神子に会おうとする者が集まっているようだが、俺たちがいるから何も心配はいらない」

そう言って手を繋がれ、ふいに胸の鼓動が跳ねた。ルカニアは動揺を誤魔化すように、慌ててこくこくと頷く。

神官が両開きの扉を開ける。その場で待っていた警護の者たち以外に、扉の前には十数人ほどの人々が集まっていた。

困り顔の神官たちが必死で入り口を守るように囲んでいる。彼らの向こう側には、貴族だろうか立派な服装の者もちらほらと見える。そして、広い前庭の先に立つ大人の背よりも高い銅製の柵の隙間からは、平民らしき群衆の姿があった。

「神子様！」

誰かが声を上げると、柵の向こうの人々が扉が開いたことに気づいて、どっと沸き立った。柵の間から夢中で手を伸ばし、こちらに押し寄せるようにして皆が群がる。

「どうか、不治の病に侵されている我が息子をお救いください！」

「先の内乱で歩けなくなった夫に奇跡を！」

口々に治癒を求める切実な人々の声に、ルカニアは圧倒される。

「神子様は部屋にお戻りになります。道をお空けくださいますよう」

ニコラスの言葉で、集まっていた人々がいったん勢いを失う。だが、警護の者たちがレグルスとルカニアを囲んで進み始めると、そばからスッと人影が近づいてきた。ふくよかな体格の貴族らしき華美な服の男だ。

「王太子殿下！　神子様が戻られたという噂は本当だったのですね。ぜひともご挨拶を」

遠慮もなしに近づき、上ずった声で言う男の前に、ニコラスがやんわりと立ちふさがる。

「レイネル卿、今はご遠慮ください」

「無礼だぞ！」と言う男に、有無を言わせぬ口調でレグルスが告げた。

「神子は戻ったばかりで疲れている。披露目の機会は正式に設けるから、それまで待たれよ」

王太子でかつ国王代理である彼の言葉に、男は慌てて引き下がる。

「神子様、どうか奇跡を！」

悲鳴のように神子を求める声が上がる中、ルカニアは足が竦んで動けなくなる。

「ルカニア、行くぞ」とレグルスに肩を抱かれ、ほとんど抱えられるようにして、彼の部屋に連れ帰られた。


大聖堂に行ったあのときのことを思い出すと、ずっしりと気持ちが重くなる。

ぼんやりとは理解していたはずだったが、この国には神子を切実に求める人たちがいるという事実を、目の当たりにしたからだ。

しかも、それから部屋に着くまでの間にも、騒ぎを聞きつけたらしく、城にいた他の貴族たちが集まってきてしまった。

「あれが神子か？」「ティレニア様には似ていないな」「いや、これから美しくなるに違いない」「王太子との婚約話は」「なかったことになるのなら引く手あまただぞ」

獣人と人とが入り交じり、ざわめきの中で様々な声が聞こえる。

警護の者たちに囲まれ、足早に進む怖い顔をしたレグルスが一緒だからか、幸い、そばまで来て声をかけられることはなかった。

けれど、誰もが『十三年ぶりに帰還した神子』に興味津々で、初めて姿を見たルカニアを批評し、その力に期待しているのだということだけは、痛いほどよくわかった。

ようやく彼の部屋に帰り着くと、レグルスはいらいらした様子で「部屋の前に警護をつける。外に出るときは俺が付き添う」と言い残して出ていってしまった。

それから、何度かレグルスが部屋に人を連れてきた。

訪れるのは、王家付きの医師や、医療を得意分野とする宮廷魔法士などだ。彼らは神子が再び国に戻ったことを喜び、そして、受け継いだはずの貴い力が消えた理由について調べようとしてくれた。

彼らが訪れるときは、忙しいはずなのにレグルスも必ず同席して、一緒に話を聞く。

その他にも、夕食の時間になると彼は急いで部屋に戻ってくる。続き部屋でルカニアと一緒に食事をとるためだ。

最初の日、広いテーブルと豪華すぎる食事に萎縮してしまい、どこから手をつけていいのかわからずに困っているルカニアに気づくと、レグルスは皿を並べ終えた給仕係とジルを下がらせた。二人きりになると、「これは美味いぞ」「こっちは食べやすい味だ」と皿を目の前に置いてくれる。

食欲旺盛に食べる彼を見ていると空腹を感じ、ルカニアもおそるおそる彼が勧めてくれた料理に口をつけた。ばあやも料理上手だけれど、さすがに城の料理番の腕前は素晴らしいもので、一品一品が味わい深かった。一口食べると、忘れていた食欲が湧いて、一通り皿を平らげた。先に食べ終わっていたレグルスは「よく食べたな」と満足げに笑い、どこかホッとした表情をしていた。

ここではジルが親切に世話を焼き、必要なものはなんでも用意してもらえる。レグルスも、神子だとわかったルカニアの安全に気を配り、常に気遣ってくれる。だが、「村に帰らせてほしい」と何度頼んでも、彼が頷くことは決してない。

ルカニアは大聖堂に行った日から、人々から向けられた応えようのない期待と重責に怯えを感じていた。

(お母様は、神子時代のことを話すとき、『あなたにも、いつか必ずできるわ』と言っていたけど……)

儀式の方法や流れは記憶するぐらい説明してくれた。けれど、神子にしか起こせない奇跡については伝えないまま、あっけなく天国に行ってしまったのだ。

当時はまだ子供でよくわからなかったが、いまならわかる。本当は力を取り戻すことなど不可能で、あれはただ、神子の務めを果たせない哀れな我が子を慰めるために母が吐いた、優しい嘘だったのではないか、と――。

どれだけ願っても力が戻らない自分には、ここで神子として崇められ、厚遇を受ける資格はない。せっかく戻ったはずの神子が奇跡を起こせないただの人間だと知ったときの人々の落胆を思うと、あまりに居た堪れなくてつらい気持ちになる。

これ以上ここにいてはいけないという強い焦りばかりが、ルカニアの中に募った。


その夜、夕食を終える頃、ニコラスが部屋に何かを伝えに来た。まだ仕事が残っているのか、それを聞いたレグルスが出ていってしまう前にと、慌ててルカニアは声をかけた。

「――王太子殿下」

部屋を出ていこうとしていた彼は顔を顰め、「レグルスでいいと言っているだろう」と不満げに言う。

「で、では、レグルス様」

さすがにこれまでのように軽々しく呼ぶわけにもいかず、ルカニアは丁重に名を呼ぶ。

彼は扉を閉めてルカニアのところまで戻ってきた。

「ほんの少しでいいんです、お願いですから、いったんクルトの村に帰らせてもらえませんか？」

レグルスがおや、というように片方の眉を上げる。

ルカニアの願いが、これまでの『村に帰らせてほしい』ではなく、『いったん村に帰りたい』に変化したことがわかったのだろう。

「村の者は皆高齢で、一番若い少年が村を出てしまったばかりです。僕までいなくなって、何か困っていることがあるかもしれないし、育ててくれたばあやと今後のことも話し合いたいのです」

そう言うと、彼はじっとルカニアを見下ろした。

妖魔の出現は恐ろしかったけれど、これまでクルトの村が襲撃されたことは一度もない。以前、この山は聖域だから、と母が言っていた。あの場所で育ったルカニアも、村には悪意を持った者など入れない気がするのだ。だから、一時的に村に戻っても危険はないと思う。

ずっと考えていたことを必死に説明すると、一瞬だけ悩む表情を見せたレグルスは、すぐに首を横に振った。

「すまないが、許可できない。もしも亡き母君の言う通りにあの山が聖域だったとしても、入り込める者がいないわけじゃない。大切なお前を害されてからでは遅いんだ」

彼が『神子』を重要視していることがよくわかる。だが、それと同時に神子としての力を持たないルカニアは、神子を守るために過保護にされればされるほど、もどかしい気持ちに駆られた。

「伝えたいことがあればまた手紙を書いてくれ。ヴィンセントに持たせて、村に誰か使いの者を送る。必要なら、今度は返事をもらってくるように言っておくから」

その答えに、ルカニアは絶望した。

クルトの村までの山道は、初めての者にはかなり険しい。それに、逃げるように山で暮らし始めた人々には怯えがある。外から来た彼の使いが突然村に現れて、すんなり受け入れてもらえるかはわからない。

最初からそう訴えているのに、彼は気にする様子がない。「ヴィンセントは村人のロンと一度顔を合わせている。町に俺の配下の者がいるということは知っているはずだし、追い返されることはないだろう」と言われたけれど、ルカニアには不安しかない。

「……どうしても、ほんのちょっとの間でも、戻らせてはもらえないのですか……？」

ルカニアの問いかけに、レグルスはぐっと詰まったように言葉をなくした。

どうしようもなく悲しい気持ちで目が潤む。ルカニアは必死の思いで彼を見上げた。

そこにいるのは、町で死にかけていた自分を助けてくれた、ちょっと無愛想だが優しい青年ランドルフではなく、聖ガルデニア王国の王太子レグルスだ。

もう馴れ馴れしく接してはいけない相手なのに、彼の目の中に、町で優しくしてくれたときと同じ感情が覗いているような気がして、おずおずと手を伸ばす。

震える指先が、レグルスの仕立てのいい服の袖口を掴む。

「お願いです……少しの時間でいいから、村に帰らせて……」

切実な気持ちで訴えて、ルカニアは彼を見つめる。レグルスは怖いくらいに真剣な顔でじっとこちらを見返してくる。獣人の証しである頭の上の耳がぴくぴくしているのが見えた。

ゆっくりと顔が近づいてくる。間近で見ても、レグルスの彫りの深い容貌は完璧に整っている。高い鼻梁がルカニアの小さな鼻先をかすめそうなくらいの距離になったとき、我に返ったようにレグルスは慌てて顔を離した。

髪をくしゃくしゃと撫でられる。

「も、もう行かなくてはならない。先ほどニコラスが伝えに来たんだが、引退した研究者の中に、過去の神子たちの聖なる祈りの力について、残された史実を纏めた者がいる。手紙と本を送ってくれたから、急いで確認せねば」

レグルスは慌てたようなしぐさでルカニアから目をそらす。

「あとでヴィンセントを寄越すから」と言い置くと、身を翻し、彼はあっという間に部屋を出ていこうとする。

「待ってください、レグルス様……っ」

急いでその背中に声をかけたが、レグルスは戻ってきてはくれなかった。

意気消沈していたルカニアの元に、しばらくしてから、言った通りレグルスの側近がやってきた。

「ルカニア様。ご挨拶が遅れまして申し訳ありません。王太子殿下のそばでお仕えしております、ヴィンセント・セレーノと申します」

落ち着いた雰囲気を持つ頭のよさそうなヴィンセントは、町でも会ったことがある。妖魔の狼たちに囲まれたときにレグルスと一緒に駆けつけてくれて、そのあと、城に送る空間転移魔法を施した、魔法の使い手だ。

あのときは町人を装っていたため、獣耳は魔法で隠していたようだが、城で再会してみると、彼もまた艶やかな銀髪に銀色の獣耳を持つ狼獣人だった。

ヴィンセントが確認したところ、宿の連絡係のところには何も知らせは来ていないらしい。山や村に変化があれば必ずルカニアにも伝えるし、手紙や物品もいつでも届けると言ってくれる。

誠実な彼の言葉にホッとしたけれど、村に帰れない現状に変わりはなかった。

来客も途切れ、レグルスも忙しいようで、詫びの手紙と美味しそうな菓子や瑞々しい果物は届けられるものの、夕食もここ数日はずっと一人だ。使用人のジルがせっせと世話を焼いてくれて、「王太子殿下から何かお知らせが届けば、すぐにお伝えいたします」と言ってくれる。何一つ不自由はないものの、ルカニアの不安は募るばかりだった。

そうして、城に連れてこられて一週間が経った頃、ルカニアは決意を固め、食事をとることをやめた。

「ルカニア様、お体に障ります。どうか一口でもいいから召し上がってください」

今日も、手つかずの昼食の皿に気づき、ジルが食べてくれと涙ながらに頼んでくる。居間のテーブルの上には、毎食食べ切れないほどのご馳走を並べてくれるが、ルカニアは昨日の朝からそれに手をつけるのをやめていた。

「ごめんね、ジル。僕は食べられない。本当にごめんなさい」

絶望した顔のジルが黒い狼耳をしょんぼりと伏せる。彼が下がっていくのを胸を痛めながら見送った。

もう丸一日以上何も食べていない。水だけは飲んでいるけれど、腹がくうくう鳴って頭がくらくらする。だが、いまは耐えねばならない。村に帰るため、自分にとれる方法はこれだけしかないのだから。

せっかく用意してくれた食事をとらないことには強い罪悪感があったが、もうこれ以外に方法がない。村に帰してほしいという願いを聞き入れてもらうための最後の手段だ。

――だが、ルカニアには大きな誤算があった。

覚悟を決めて決行した初めての断食は、想像した以上につらいものだったのだ。

これまで、畑の不作などで、何度か食料の残りを不安に思って食べる量を控えたときはあったけれど、本気で飢えたことは一度もなかった。自分は恵まれてきたのだとしみじみと実感する。

寝室に籠もって空腹に耐えているが、いったい何日我慢できるだろう。ジルはルカニアの様子を伝えるようにレグルスに命じられていたから、食事をとっていないことはそう遠からず伝わるはずだ。ともかくいまは耐えねば、と覚悟を固め、腹が減ったまま横になる。そうしているうち、ルカニアの胸にだんだんと悲しい気持ちが込み上げてきた。

ポルド王国の貴族だろうと思い込んでいたときのレグルスは、とても優しかった。ここ半年は、月に一度、町で彼に会えるのが何よりの楽しみで、買い出しの前日はどきどきしてなかなか寝つけないほどだった。そんな彼に婚約者がいると知ったときは、いまでも忘れられないくらいの衝撃だったのだ。

――だが、その『婚約者』が、まさかルカニア自身だったなんて。

本当なら、淡い想いを寄せていた相手が、幼い頃からの婚約者だったというのだから、喜ぶべきなのかもしれない。

けれど、自分が彼の婚約者だったと知り、湧いたのは、驚きと罪悪感だけだった。

三歳の自分が告げた託宣は、王太子である彼が、祖先が封じた魔物を目覚めさせ、国を滅ぼすという恐ろしいものだった。明確に名を告げたわけではないけれど、ガイウス王には子は一人しかいない。必然的に、『金狼族の王の子』といえば、レグルスのことを指すのだ。

（彼は、『婚約者はもう生きてはいないかも』って言ってた……）

ルカニアが捜し人の一人だと判明するまで、レグルスは半ば神子一族の生存を諦めているようにも思えた。

母に連れられて国を出たのは十三年も前のことで、状況を考えれば無理もない。

しかもやっと見つけたルカニアは、神子としての特別な力をなぜか失ってしまっている。役立たずの神子など、国にとっても彼の婚約者としても不要でしかないだろう。

だからレグルスは、躍起になって神子の力をなくした理由と、その力を取り戻す方法を模索しているのだと思う。

ルカニアも、できることなら母から受け継いだ力を取り戻したい。

生前の母はいつも、「祖国のために祈りましょう」と言って、欠かさずガルデニアの方角に向けて祈りを捧げていた。

追放されたあとも、母は祖国の人々の平和をずっと願っていたのだ。

だから、その思いを知る息子の自分も、祖国の民のために役立ちたい。

ずっとそう思ってきたけれど、ルカニアのいまの気持ちは、正直に言えば複雑だった。

物心ついてからルカニアは、なんの力もないまま普通の人間として生きてきた。神子の力は気づいたときにはすでに失っていたもので、婚約も遠い昔の話だ。

レグルスたちが力を取り戻す方法を模索してくれるのはありがたいけれど、これまでどんなに願っても戻らなかった力がいまさら戻るとは思えない。

自分は神子として崇められるのにふさわしくない。

そう遠からずレグルスが王になり、安全が確保できれば、ばあやを祖国に帰らせてあげたいと思う。その後は働き口を見つけて、これまで通り平民として暮らしながら、国のために祈ることなら自分にもできるはずだ。

ともかく自分には分不相応なこの城を出て、村に帰りたい。

それなのに、レグルスはどう頼んでもルカニアの願いを聞き届けてはくれない。

だから、願いを通すためには断食を決行し、自らの命を秤にかける以外に、ルカニアにはとれる方法がないのだった。

(でも……ああ、本当におなかすいた……)

空腹すぎてつらいが、大人しく用意された食事を平らげていたら、レグルスに切実な気持ちが伝わらない。

彼のほうが根を上げて、餓死するくらいなら村に帰っていいという許しがもらえるまでは頑張らねば……と思いながら、気晴らしに窓の外を眺める。

レグルスの寝室は、小さな中庭に面している。見事な花壇や美しい生け垣があり、中央には葉を茂らせた木が植えられているため、朝方は小鳥たちの囀りが聞こえる。

小鳥たちの目的は、木に生っている果実だ。

（あれはなんだろう……小さいけれど、グラナトの実かな……）

枝に止まった鳥たちは、赤い実をくちばしでつついては食べている。

誰かに見られていないかを気にしながら、ルカニアは誘われるように、ふらふらと庭に出た。食事中の鳥たちの邪魔にならないように、果実がたわわに実った木に近づき、下のほうで熟していそうな実を掴んでそっともぐ。

三つほど抱え、こそこそと寝室に戻ると、祈りを捧げてからかぶりついた。

中からじゅわりと甘酸っぱい果汁が染み出してくる。見た目はグラナトに似ているが、中身はよく熟れた桃のような味で、えも言われぬほどの美味しさだった。一滴残らず啜り、夢中で貪るように食べる。

空腹が続いたせいか、小さな実一つでも腹がいっぱいになり、残りの二つは布に包み、寝台脇にある机の下に隠しておく。

天の恵みだ、と思いながら、中庭にたくさんの実が生ったあの木が生えていたことを神に感謝する。

この実でどうにか空腹をやり過ごし、一刻も早く村に帰してもらえる日が来ますようにとルカニアは祈った。

はあはあ、という荒い息が耳に届く。

朦朧とする意識の中、それがどうやら自分自身の呼吸の音だと気づいたとき、聞こえてきたのは困り切ったようなジルの声だった。

「先ほどお医者様をお呼びしたのですが……」

「医師は誰を呼んだ？　ヴィンス、医師長のエルンストをいますぐここに呼んできてくれ。最優先だ」

やや苛立った様子で命じたのは、レグルスの声だ。

「――ルカニア？」

足音が近づいてきて、寝台の上に横たわっているルカニアの顔をレグルスが覗き込む。

薄暗くなった部屋の中、寝台の脇に置かれた燭台に明かりが灯される。辺りが明るくなると、ルカニアの目に驚いた顔のレグルスが映った。

（……体を、起こさなくちゃ……）

国王代理である彼の前で横になったままなんて無礼だ。頭の中ではそう思っているのに、体がずっしりと重くてどうしても身を起こすことができない。四肢がわずかに動いただけで、ルカニアはどうにもならずにまたぐったりと寝台に身を預け、熱い息を吐く。

レグルスの手が額に触れたことに気づく。ひやりとした感覚があり、続けて首筋に触れられる。

彼の大きな手は冷たくて、とても気持ちがよかった。

「熱が高いな……様子がおかしくなったのはいつからだ？」

「私が気づいたのは、つい先ほどです。午後のお茶をお淹れしようと思って声をおかけしたのですが、何度かノックしてもお返事がなくて……心配になって扉を開けたら、すでに寝台で朦朧とされていたのです」

「昼食のときはいつも通りだったのか？」

ジルの説明を聞いて、レグルスが問い質す。

「昼食は、その、手をつけてくださらなくて……」

「昼から食欲がなかったということか」

「いいえ……実は、昨日の昼食から、召し上がってくださらず……」

「それではまさか、丸一日以上、何も食べていないのか？」

レグルスが憤りを堪えた声で問い質す。

ジルの半泣きの謝罪が聞こえてきて、ルカニアは必死で口を開いた。

「ジルを、しからないで……」

熱い息の合間に頼み込むと、いっそう啜り泣く声が耳に届いて、痛ましい気持ちになった。

　ふいに「この香りはなんだ？」と訝しげに呟き、レグルスが部屋を歩き回り始めた。彼が寝台の脇に屈み込む気配がする。どうやら、中庭でもいできた果実の残りを見つけられたようだ。

「……この実はルカニアが食べたのか？」

「わ、わかりません。ですが、ルカニア様からは寝室に入らないでほしいと頼まれていたので、他の者は足を踏み入れていないはずです」

　部屋の扉がノックされたあと、戻ってきたらしいヴィンセントの声が聞こえた。

「失礼します、医師長をお連れしました」

「お呼びですかな、王太子殿下」

　しゃがれ声の医師に、レグルスがホッとした声で頼み込む。

「ああ、エルンスト。早く診てやってくれ、ルカニアの様子がおかしいんだ。部屋に初夜の果実があったから、もしかすると中庭に実っていたものを知らずに食べてしまったのかもしれない」

（初夜の果実……？）

　熱くて考えが纏まらない頭で、ルカニアはそれが先ほど自分が口にした実の名前なのだろうかと考えた。

レグルスとは別の人物が寝台の脇にやってきた。

「おやまあ、このお方がルカニア様か。大きくなられたことだ」

エルンストと呼ばれた高齢の医師長は、そう呟いて寝台の脇に置かれた椅子に腰を下ろすと、先ほどのレグルスと同じようにルカニアの額に触れた。

「熱が高いようですな。しかし、城にはもっと美味な実が山とあるだろうに、いったいなぜまたあの実を？」

「どうも一日と少しの間、食事を絶っていたようだから、きっと空腹を満たすためだろうな」

「ほう……断食の理由は？」

医師長はルカニアの手首の脈を取りながら問いかける。レグルスは一瞬口籠もった。

「……ルカニアは育った村に戻りたがっていた……俺は、まずは安全な場所で話をと、本人の同意を得ないままここに連れてきた。だから、おそらく話し合いでは埒が明かないと考え、俺が折れるまで断食するつもりでいたのだろう。だが空腹に耐えかね、唯一出られる中庭で、この実を見つけて口にしてしまったのだと思う」

さようですか、と言いながら、医師長が寝台から離れる。何やらぼそぼそと話し合う声が聞こえてきた。

「……では、必要なのは香油と、それから水と清潔な布ですな。あとは薬湯を用意させておきましょう」

「ああ。何かあればまた呼ぶ。来てくれて助かった」

医師長が部屋を出ていくと、レグルスが言った。

「ヴィンス、ジルは部屋付きから外す。しばらくは侍従長のハンスに世話を頼むが、新たな人選はお前に任せる。信頼の置ける者を寄越してくれ」

「承知しました」

出ていったヴィンセントと入れ替わりで、知らない使用人が新たな水差しとグラスを運んできて、寝台脇のテーブルの上にそっと置く。代わりに、渇きに耐えかねたルカニアが飲み干して空になっていた水差しが片付けられた。

「呼ぶまで誰もこの部屋に近づけるな」というレグルスの声のあと、扉が閉まり、室内は静かになった。

潤んだ視界に金色の狼耳が見える。寝台の上で仰向けになっているルカニアのそばに戻ってきたのは、レグルス一人だけだった。

寝台の脇に腰を下ろし、こちらを覗き込んでくる彼の獣耳は、いつもとは違い、半ば伏せている。

背中に手を差し入れられて、ゆっくりと身を起こされる。膝の裏にも彼の腕がかかり、気づくとルカニアは、あぐらをかいたレグルスの膝の上に横抱きにされていた。

朦朧としてされるがままでいると、彼がそばの水差しから直接水を口に含む。顔が近づいてきて、口移しで水を注ぎ込まれた。

レグルスの行為に驚いたが、あんなに飲んだのにまた喉はカラカラに渇いている。求めていた水を飲まずにはいられずに、ルカニアは口を開けた。

ルカニアがこくりと喉を鳴らして飲むと、いったん唇を離した彼が、また水差しの水を含んでから唇を重ねる。ルカニアはレグルスが与えてくれる甘い水を素直に飲み下した。

何度かそれを繰り返し、満足するまで飲ませてくれてから、レグルスがじっとこちらを見つめてきた。

「あの実を見たのは初めてだったんだろう。見た目はグラナトに似ているが、滅多に見つからず、なかなか増えない貴重な木だからな。お前が食べたのは、初夜の果実と呼ばれる珍しい実で、精力を高める効果のある実なんだ」

熱い息を吐きながら、ルカニアはぼんやりと彼を見上げた。

「なぜそんな木が城の中庭に植えられていたのかというと……つまり、国王夫妻が子作りをする際に、必要であれば口にするためだ。わかるか？　自然界にある、とても強い精力剤のようなものだ」

「せいりょく、ざい……」

「ああ、そうだ。体が火照ってたまらないだろう？　それは、あの実を食べたせいだ」

ぼうっとする頭で話を聞いていたルカニアは、ようやく自分が食べた実がなんだったのか、なぜこんなにも全身が熱を持っているのかを理解した。

「先ほどお前を診察したのは、王家付きの医師長エルンストだ。彼に訊ねたが、あの実の効果を中和するような薬は存在しない。ただ、水を大量に飲んでできる限り効果を薄める程度のことしかできない。食べた量にもよるようだが、記録によれば、一つ食べれば一昼夜程度は効き目が残るものだそうだ」

「そ、そんな……」

ルカニアは絶望のあまり泣きたくなった。

体中が火をつけられたみたいに熱くて、どこもかしこもじんじんしている。この状態がそんなに続いたらと思うと、気が遠くなりそうだ。

ルカニアの額に滲んだ汗を、レグルスが労るように指先で拭ってくれる。

「その間、他に少しでも楽になるとしたら……高ぶった体を慰めて、できる限り蜜を吐き出すくらいしかない。エルンストからは、夜の間、医師か看護人をつけるかと訊かれたが……」

治療法もないのにそばについていてもらっても申し訳ないだけだ。ルカニアは重たい頭をゆるゆると振った。

「おそらく、そう言うだろうと思って、断った。そもそも、たとえ医師であろうとも、みだりにお前の体に触れさせるつもりはない」

なぜか安堵した顔でそう言うと、レグルスは顔を近づけて、ルカニアのこめかみの辺りに口付けた。力の入らないルカニアの顧に指をかけ、ゆっくりと自分のほうを向かせる。

いったい何時間経ったのか、あの実を食べたのはまだ明るい時間だったのに、気づけば窓の外はもうすっかり真っ暗だ。彼の背の向こう側にある寝室の窓越し、中庭の向こう側にぽつぽつと明かりが灯っているのが見えた。

「……幼い頃に交わされたものとはいえ、俺たちの婚約は解消されてはいない。だから、たとえお前が認めなくとも、この城で、いまお前に触れることができるのは俺だけだ」

レグルスが何を言おうとしているのかわからない。ルカニアが目を瞬かせると、彼はさらに続けた。

「つらいのだろう？　してほしければ、その口で言ってくれ。なんでも、どれだけでも、お前が望むことをしてやる」

レグルスが言おうとしていることが伝わってきて、ルカニアはにわかに羞恥を覚えた。

燭台の明かりに片側だけを照らされた彼の顔が浮かび上がっている。

これまでルカニアが会ってきた者の中で、一番美しかったのは母だ。レグルスも際立って整った顔立ちをしているけれど、彼の美貌は、儚い花のようだった母とはまったく異なる種類の圧倒的な勇猛さを感じさせた。

意志の強さを表すかのようなくっきりとした眉に、すっと通った鼻筋。切れ長の目と長い睫毛は優美だ。獣人の証しである獣耳と尻尾を魔法で隠し、地味な衣服に身を包んでいたときでも、溢れ出る高貴さは隠し切れずにいた。

無意識のうちに間近にあるレグルスの顔に見惚れていると、彼が顔を寄せてきた。

唇を重ねられ、下唇を軽く啄まれて、ひくっと肩が揺れる。

——彼と口付けをしたのは、これで二度目だ。

最初はヴァールの町中で、死にかけていたルカニアの命を、魔力を注ぐことで繋いでくれたとき。

そして今度はガルデニアの王城で、愚かにも知らずに食べてしまった果実のせいで高ぶったルカニアの熱を鎮めようとしてくれている。

王太子であり、国王代理の立場にある彼はさぞかし忙しいだろうに、こうして時間を割き、他の者に任せることをせず、手ずからルカニアの面倒を見ようとまでする——いったい、どうして。

(……僕は、役立たずで……なんの力もないのに……)

神子の力を失い、取り戻せる兆しもないルカニアの世話をしたところで、彼に得るものなど何もない。

それなのに、レグルスはルカニアを手放さない。それどころか、彼の深い金色の目は、なぜか熱を秘めてこちらを射貫いている。

ギラギラとしたその眼差しは飢えた獣のようで、まるで彼までもが誤って初夜の果実を食べてしまったのかと疑いたくなるほどだ。

先ほど水をたっぷり飲ませてもらったのに、至近距離で見つめられているだけで、また喉が渇いてくる。彼の手でゆっくりと頬を撫でられて、ルカニアの体にぶるっと震えが走った。

「は、あ……っ」

ただ手で触れられただけだというのに、そこにぴりぴりするような淡い痺れを感じて、また呼吸が荒くなる。

熱はいっこうに引く気配もなく、とてもこの先の一昼夜を一人でやり過ごせる気がしなかった。

「望みを言ってくれ、ルカニア」

甘やかすような囁きを耳元に吹き込まれ、唇を硬い指先でなぞられる。ぞくぞくとした疼きが背筋を駆け抜け、熱に浮かされたまま、ルカニアは口を開いた。

「た……、たす、けて……」

溺れる者が差し出された唯一の救いにしがみつくかのように、無我夢中で頼む。

それを聞いた瞬間、彼がかたちのいい口の端を上げるのが見えた。

「ん……、ン……っ」

もうどのくらい口付けをし続けているのだろう。

寝台の上で仰向けにされたルカニアは、覆いかぶさってきた彼に唇をきつくふさがれ続けている。顎をしっかりと捕らえられ、うまく息を吸えずにルカニアが身を捩るまで、レグルスは口付けを解いてはくれない。

「ぅ……っ、……ん、ん」

唇の間から舌が入り込んできて、口内を探られる。彼の舌が竦んだルカニアの舌を誘い出すように搦め捕る。くちゅ、くちゅりといやらしい音を立てて、ねっとりと舌をしゃぶられる。尖った歯で優しく舌を甘噛みされて、ひくんと体が震えた。

何かまだ秘密が残っているのではないかと探るように、レグルスの長くて分厚い舌はルカニアの口の中を舐め回す。拒む力もないルカニアは、執拗に舌を吸われ、何度も擦り合わされても、ただされるがままだ。

濡れた唇を貪られ、じんじんと痺れるくらい舌を舐られて、混じり合った二人の蜜を飲まされる。

レグルスの熱い吐息が頬をくすぐる。

ルカニアは息までも自由にできず、彼の唇に呑まれてしまう。

先ほど優しく啄まれたときとはまったく違う、苦しいほど濃厚な口付けに、ルカニアは翻弄され続けた。

「ん……、は、あ……、はあ……っ」

やっと唇を離してくれたレグルスは、労るようにルカニアの頬に口付けると、肌に手を伸ばしてきた。

城に来てから与えられた、触り心地のいい衣服の前合わせを彼の手が開いていく。しっとりと汗ばんだ肌があらわになる。細身で薄く、男にしては頼りない体だ。

だが、その体を目にした彼は、「綺麗な肌だ」とため息交じりに褒めた。大きな手で胸元から下腹のほうまで撫で下ろされる。普段よりも敏感になった体を熱い手が這い、ルカニアはぶるりと身を震わせる。

「あ……っ」

ふいに、下衣に包まれたささやかな膨らみをそっと手で掴まれて、そこがくちゅりと音を立てた。口を吸われ、少し肌に触れられただけだ。それなのに、すでに下衣から滴りそうなほど前を濡らしていることに気づかされてしまう。

「もう、ここをこんなにしていたのか……つらかっただろう？　いま、楽にしてやる」

甘やかすような声音で言い、レグルスの大きな手が、すっかり高ぶったルカニアの性器を布越しに扱く。

「あっ、ま、待って……っ、あっ、や……めっ、あぁっ！」

ぐちゅぐちゅといやらしい音を立てて容赦のない刺激を与えられ、あっという間にルカニアは上り詰める。堪えようもなく全身が痺れたようになり、一瞬で頭の中が真っ白になった。

「は、あ……、はあ……っ」

初めて人の手によって迎えた絶頂は、信じ難いほどの快感だった。下衣を濡らしたルカニアは、しばらくの間ぐったりとして寝台に身を預け、胸を喘がせることしかできなくなった。

「お前の甘い声を聞いているだけでも興奮するな……そんなに気持ちがよかったか？」

レグルスが身を屈めて囁き、ルカニアのこめかみや頬に何度も口付けてくる。

ぼうっとしたまま素直に頷くと、「まいったな……お前はなんて可愛らしいんだ」と困ったように笑われて、また熱っぽく唇を吸われた。

あの果実のせいなのか、頭が蕩けたようになって考えが纏まらない。ただ体が熱くて、触れてくる彼の唇や手の心地さに浸る。

「ん……っ、ん……」

顎を持ち上げられて、何度も唇を重ねられているうち、離れていく唇が恋しくなって、ぎこちなく吸い返す。すると、口付けはさらに執拗になり、ねっとりと舌を絡めて愛しげに吸われた。

　唇を離した彼が、じっとルカニアの目を覗き込む。

「……このままでは、危険だ」

　彼の言葉の意味がよくわからず、ルカニアは目を瞬かせた。

「この城には多くの狼獣人がいる。俺は、お前を他の者に触れさせたくない。そのために……甘噛みと、それから、匂いづけをしておきたい」

「あま、がみ……？」

「ああ。噛むといっても恐れなくていい、少しも痛くはない。『俺のものだ』という仮の契約をするだけだから」と彼が付け加える。レグルスは請うようにして囁いた。

「それで、お前を守ることができる……どうか、いいと言ってくれ」

「あ、ん……っ」

　頬ずりをされ、唇の端に何度も口付けられる。唇を舐められて、望みの言葉を告げろと急かすみたいにそこを食まれた。

　たまらずに、ルカニアは「い、いい……あまがみ、していい……」とうわ言のように答える。

「匂いづけもしていいか？　他の獣人のオスがお前に惹きつけられないように、しっかりと俺の匂いをつけておきたい」

耳元に囁かれて、許す以外ルカニアに選択肢はなかった。すると、頷くだけでは許されず、「言葉にするんだ」と命じられる。

「ぼ、僕に……レグルスさまの、におい、つけて……っ」

胸を喘がせながらねだると、微笑んだ彼に「いい子だ」と褒められる。すぐに大きな手が動き、下衣に手がかかった。

ひやりとした感触とともに、汗だけではないものでぐっしょりと濡れた下衣を手早く脱がされる。レグルスの熱い手がルカニアの下腹を優しく撫でる。視界に入った、あらわになった薄いピンク色の性器は、一度達したばかりなのにまだ硬さを帯びている。

身に着けている衣服は、もう腕に絡まっている上衣だけだ。半裸にさせたルカニアの体にレグルスが顔を伏せた。

「ひゃ……っ」

まず、手首を取られて、内側に口付けられた。次に腕を掴まれて持ち上げられると、開かせた脇に顔を埋めるようにして吸いつかれる。

「あ、んっ」

ちゅっと音を立てて吸われ、じんとそこが熱くなる。

両脇にされて、なんとも言えないくすぐったさに身を竦める。それから、レグルスは体を下にずらして、ルカニアの下腹の辺りに顔を近づけた。

熱い吐息を感じて、半勃ちの小ぶりな性器を間近から見つめられていることに気づき、顔から火が出そうになる。ルカニアの白い足の付け根に熱い唇を押しつけてから、彼はゆっくりと身を起こした。

今度は脚を持ち上げられ、足首の内側に口付けられる。

「細いな……指先が余る。強く掴んだりしたら、折れてしまいそうじゃないか」

呆れたような声で呟き、彼はもう一方の足首にも同じように唇を触れさせる。

端正な容貌が、自分の足首に寄せられ、ちゅっと音を立ててまたそこも吸われる。

呆然と見入っていると、レグルスは掴んでいた脚を下ろし、ルカニアの頭の脇に手を突いて伸しかかってきた。

「痛くしないから、動くんじゃないぞ？」

そう言って、彼が首筋の片側に顔を埋めてくる。唇が触れたかと思うと、じゅくっと音がするほど強く吸われて、ルカニアは息を呑んだ。

明らかに先ほどまでとは違う。一度顔を上げて反対側の首筋に顔を伏せるときのレグルスの金色の目は爛々と光っている。いまの彼は、獲物に印をつける狼そのものだ。

安易に甘噛みを許したことを後悔したが、いまさら止めることはできない。

「ひっ！」

もう一方の首筋は、いっそう強く吸われて思わず声が出た。

息を荒くしたレグルスがルカニアの身を起こし、背後から抱き込む体勢をとる。彼の胸に背を預けるかたちで、噛むぞ、と告げられ、本能的にルカニアはその腕の中から逃げ出そうともがいた。

だが、頭一つぶんもの体格差があり、力の差は歴然としている。逃げられるわけもなく、背後からあっさりと押さえ込まれた。

首筋に唇が触れ、そっと歯を立てられる。

「ああっ!!」

軽く噛まれただけで、言われた通り痛みはなかった。それなのに、大きな体に抱き竦められて獣の牙でやんわりと甘噛みされると、強烈な痺れが背筋を貫いた。

びくびくと体が震えて、完全に勃ったルカニアの性器の先端から、ぴゅくっと濃い蜜が溢れる。噛まれただけで、性器には触れられていないというのに、達してしまった。

「……これで、ひとまずは安心だ」

満足げに言って、レグルスが噛んだ場所を慰撫するように優しく舐める。

それから、吐き出した蜜でしとどに濡れた性器を大きな手でそっと握られて、ルカニアは身を硬くした。

「もしや、俺の甘噛みでまた達ったのか……?」

「ち、ちが……ぅ」

真っ赤になっているであろう顔で、ルカニアは必死にそれを否定しようとする。だが、彼が手を動かすたびにくちゅっと濡れた音がして、吐精の事実は隠しようもない。

「まったく、お前は可愛らしくて、どうにかなりそうだ」

「あ、あっ」

ルカニアの耳朶に舌を這わせながら、彼がため息を吹き込む。

耳朶を甘く食まれながら、過敏な性器の先をゆるゆると指先で擦られると、瞬く間にそこに熱が集まってしまう。可愛がるみたいに弄られて、直接的な快感に蕩けた熱い息が零れる。

ふと視界に映った自らの性器は、すっかり充血し、震えながら再び勃ち上がってしまっている。

「あ……ど、どうして……？」

たったいま出したばかりなのに、立て続けにまたこんなふうになるなんて。達しても少しも熱が収まらない自分の体の異常さに、ルカニアは羞恥とともに混乱を覚えた。

「言っただろう？　一昼夜程度は効き目が残る、と。まだまだ、これからだ」

囁いたレグルスの手が、ルカニアの白い腿の間を撫でて、小さめの双球に触れる。

「あっ」

彼の大きな手はルカニアの茎と双球とを纏めてやんわりと握り、手の中で優しく揉む。敏感な場所を人の手で弄られる衝撃的な刺激に、体の力が抜けた。

「レグルスさま……、待って……っ、ふ、あっ、あ……っ、やっ」

体をずらされ、今度はしっかりとした逞しい腕に完全に背を預ける体勢になる。閉じられない脚の間に大きな手を差し込まれ、局部をじっくりと弄られている。逃れようもなく、腰をもぞもぞさせながら、ルカニアは甘い喘ぎ声を漏らすことしかできない。

「好きなだけ達かせてやる。その代わり、もっとたくさん、可愛い声を聞かせろ」

かすかに上ずった声でそう言い、彼はすっかり上を向いたルカニアの茎と双球を撫でる。さらに奥にある膨らみを優しく擦られると、昂りの先端からじわっと蜜が溢れ出す。恥ずかしいのに、レグルスの巧みな手が与えてくる刺激に堪え切れなくなる。

「だ、だめ……、ああ、また……っ」

腰の奥から熱いものが湧き上がってくる。ルカニアはびくびくと身をのけ反らせ、恥ずかしいくらいにすぐに三度目の蜜を垂らした。がっくりと頭を彼の胸元に預け、はあはあと荒い息を繰り返す。

体中が滲んだ汗で濡れている。元々体力がないので、こんなに何度も出すとルカニアは疲れ切ってしまう。

それなのに、体の芯に灯った熱はいっこうに冷める気配がない。

どうにか息が整うまでの間、レグルスは、腹から根元にかけてルカニアが吐き出した蜜を、清潔な布で丁寧に拭ってくれた。

申し訳ない気持ちになって、ぎこちない動きで首を捻り、彼のほうに目を向ける。潤んだ視界がレグルスを捉えた。

「ん……」

目が合うと、一瞬動きを止めた彼が顔を近づけてきて、深く唇を重ねられた。彼はもう力の入らないルカニアの舌を吸い上げ、ねっとりと舐め回して美味そうに擦り立てる。尖った牙で優しく舌を甘噛みされると、勝手にびく、びくっと腰が揺れてしまう。

飽きることなく唇を吸いながら、レグルスの手がまたルカニアの体を撫でた。

あらわになっている胸元を揉み、硬い指先が小さな乳輪を撫でる。

「あ……、や……っ」

乳首を摘まれ、くにくにと捏ねられてぷくんと先が尖る。

「っ！」

少し強めにきゅっと捻られて、その刺激にルカニアは喉の奥で喘いだ。唇を口付けでふさがれながら、舌と乳首とを両方弄られると、背筋をえも言われぬ痺れが伝い、またしょうこりもなく性器に熱が溜まってしまう。

悪戯をするようにさんざん乳首を弄られ、腰の奥がじくじくと疼き始める。

あの実にはどれほどの強い効果があったのか。立て続けの強烈な快楽にもはや疲労すら感じ、頭ではすっかり吐き出して早く楽になりたいと思っている。それなのに、何度出しても余計に体が熱くなっていくばかりで、ルカニアは恐ろしくなった。

ようやく口付けを解くと、レグルスの手がルカニアの頬を包んだ。最初は冷たく感じられた彼の手が、いつの間にか自分の頬と同じくらいに熱くなっている。

ルカニアの汗に濡れたこめかみに唇を押しつけてから、彼がふと思いついたように口を開いた。

「……町で会っていた頃から、こんなふうにしたいと考えていた……と言ったら、お前はどう思う？」

「え……」

想像もしなかったことを問いかけられて、ルカニアは目を瞬かせた。おずおずと背後に目を向けると、レグルスはどこか愉快そうな面持ちで続ける。

「初めて会った翌月に再会したときは、純粋に無事かどうか気になっていただけだった。だが、何度目かに会ったとき、食堂でにこにこしながら茶を飲むお前の唇を見ていたら、ふいに、助けるために魔力を注ぎ込んだときの記憶が蘇ったんだ。あのときは、手段を選んでいられないほど切羽詰まった状況だったが……温かくて、蕩けそうなくらいに柔らかかったなと」

そう言うと、レグルスがまた顔を寄せてきて、ルカニアの耳元に唇を触れさせる。

「……知っていたか？　それからは、会うたびに、こうしてまた、俺がお前に口付けたいと思っていたことを」

顔を離した彼は、ルカニアを横抱きにして自らの膝の上に乗せ、その手を取ると、逞しい胸元に触れさせた。

しっかりとした体格の彼は、細身のルカニアに比べて一回り体が大きい。衣服越しの厚い筋肉に覆われた胸板の奥で、心臓がドクドクと激しい鼓動を刻んでいるのが伝わってくる。

「……お前に触れることができて、俺がいま、どのくらい興奮しているかわかるか？」

耳元で囁くと同時に、彼が触れている腰を軽く揺らし、尻の下に何かやけに硬くて大きなものが当たっていることに気づかされる。それがレグルスの性器なのだとわかると、火照っていた頬が、カッと燃えるようにいっそう熱くなった。

胸に当てさせて鼓動を聞かせたルカニアの手を取り、彼は自分の口元まで持っていく。

「今夜のこれは、義務でしているんじゃない」

わかるな？と言いながら、レグルスは手の甲に口付け、指の股をそっと擦る。

「あ……っ」

何度もそうされて、同時に指先を甘噛みされては口に含んでねっとりと吸われる。繰り返し指を弄られて、指先にじゅっと音を立てて吸いつかれ、ルカニアは身悶えた。

手を弄ばれているだけで、触れてはもらえない性器が、彼の愛撫をねだるようにまた上を向いてしまうのがたまらなく恥ずかしい。

発情したままこんなにも熱が引かないなんて、信じられない。

先ほど弄り回された乳首がずきずきと疼く。心臓の鼓動は壊れそうなほど速くなり、放っておかれている性器は、何かされるたび、先端から薄い蜜を垂らし続けていて、もはや触れてほしくてどうしようもないほど高ぶっている。ルカニアの体すべてが、レグルスの与えてくれる甘い刺激を強く欲してしまっている。

「ゆ、ゆび、ばっかり……、いやあ……っ」

あまりに焦らされて耐え切れなくなる。頬を熱くしたルカニアは、半泣きでレグルスの胸元に頬を擦りつけた。

「すまない、指を舐めただけなのに、お前があまりに初々しくて愛らしい反応をするから、やめられなくなった」

苦笑してようやく指を放すと、ルカニアの体を抱き寄せ、彼がつむじの辺りに口付けを落とす。

「ここを触ってほしいのだろう？」

レグルスの指がルカニアの性器を軽く撫でる。

「ひゃっ」

それだけで、ルカニアのモノの先端に浮かんだ蜜がとろりと茎を伝った。

嬉しそうに笑う気配がして、彼が今度こそ手でそこを包んでくれる。緩く扱かれただけで、求めていた快楽に甘い息が漏れた。

ルカニアの反応を見たせいか、尻の下で彼の性器がぐぐっと硬くなるのを感じる。

小さな尻に、布越しの凶器がぐり、と擦りつけられる。

くちゅくちゅと淫らな音を立てて小さな昂りを擦ってくれながら、彼が言った。

「……この可愛い双球の中身が空になって、もう出ないと泣くまで慰めてやる」

「あぅっ、あぁ、んっ」

鼓膜に囁きを吹き込んで、耳朶を甘噛みしながら、レグルスがルカニアの蜜に濡れ、色を濃くした性器の先端を指先でぐりっと擦る。

「あ、うっ、あ……ああっ！」

待ち望んだ刺激は頭の奥が痺れるほど甘い。欲していた快感を与えてもらえる喜びに、ぶるっとルカニアの体に震えが走る。

いつ尽きるとも知れない欲望に恐れを覚えながら、ルカニアは巧みな彼の手に身を委ねた。

＊

「そうか、やはり、神子を娶ると決めたか！」

レグルスの言葉に、向かい側のソファに腰かけたアルヴィスが感嘆の声を上げた。

「ああ」とレグルスは頷く。

「少し早いが、準備が整い次第、ルカニアと結婚したいと思う」

そばに立つヴィンセントは、「レグルス様、おめでとうございます」と言い、何かを噛み締めるように頷いている。

「おや、ヴィンスは嬉し泣きしているのか？」

驚いた顔のアルヴィスがハンカチを取り出して彼に差し出す。それを丁重に断り、ヴィンセントは懐から取り出した自らのハンカチで目頭を押さえている。どうやら本当に湧き上がる涙を堪えているようだ。

苦境をともに乗り越えてきた腹心の部下である彼が、自分の結婚をこんなにも喜んでくれている。レグルスの胸に、少々照れくさいような、温かい気持ちが湧いた。

側近のヴィンセントがそばにいる間にと、レグルスは先ほど、従兄のアルヴィスを城の執務室に招いた。二人が揃うと扉を閉めて、結婚についての話を切り出したのだ。

「本当は、戴冠式と婚約の儀式を同時にすることを考えていたんだ。だが、どうせ数か月後に結婚するなら、結婚式を一緒に行うほうが話が早いと思ってな」

国王派だった数人の大臣も、神子の帰国により態度を変え始めている。議会を完全に掌握できれば、早ければ半年後か、遅くとも一年以内には戴冠式を執り行える。そのときに、ルカニアを名実ともに伴侶にできればと思う。

「そうか、言い訳をしているけれど、本当は早く神子を公に我がものにしなければ心配でたまらないんだろう？」

「アルヴィス様、無理もないことです。このご寵愛ぶりなのですから」

にやにやして嬉しそうなアルヴィスに、ヴィンセントが冷静に返す。

「そうだな、昨日、ジルの件の詫びでミシェルと部屋を訪問させてもらったが、ルカニアは素朴でとても可愛らしい人だった」と言うアルヴィスの頬は緩んでいる。

失態を犯した使用人のジルは、元々はミシェルの部屋付きで、彼女のお墨付きの者だった。アルヴィスからは夫婦でルカニアの元に謝罪に行きたいと頼まれていたが、レグルスは届いたところだった国王派の残党に関する報告書に急ぎで対応しなくてはならず、同席できなかったのだ。

部屋には、レグルスが城に戻ってから呼び寄せ、侍従長の職を任せたハンスもいる。ハンスは母の実家で古くから働いていた使用人で、嫁入りの際に一緒に連れてきたそうだ。その後、レグルスが追いやられた城にも同行し、ずっと仕えてくれた。彼なら信頼できる。

安全の面では、扉の前に警護の者もいるし、問題ないだろうとニコラスに案内させたが、単純に、ルカニアが彼らとどんな話をしたのか気にかかる。やはり無理にでも時間を作ればよかったとレグルスは後悔した。

「いやはや、しかし驚いた。とうとう我が従弟どのが恋に落ちる日が来るとは！」

アルヴィスが嬉しそうに笑う。

「好きに言え」と言い訳のしようもなく、レグルスはどさりとソファの背に身を預けた。

一昨日まで、レグルスは丸二日の間、寝室に籠もっていた。

理由は、ルカニアが知らずに初夜の果実を食べてしまったことだ。

ほぼずっと寝台の上で、体の熱が上がって全身が疼き苦しんでいるルカニアの熱が引くまで、この手で慰めてやった。

他者に触れられたことのないルカニアの反応はもどかしいくらいに初々しくて、思い出すだけでも体が熱くなりそうなほど、レグルスは激しく高ぶった。あれほど興奮した状態になるのは初めてのことで、つい我を忘れてのめり込んだことに自分でも驚いている。

その夜、ルカニアにも何か食べさせねばと、彼が寝ている間に寝室を出て使用人を呼んだところで、待ち構えていたヴィンセントにつかまった。自室の居間で、彼が持参した急ぎの書類に目を通し、いくつか報告も受けたが、残りの仕事は山積みのままだ。

そのせいで、ルカニアの熱が引いたあとは、丸二日ほど、今度は執務室から出られずに書類と格闘する羽目になっているけれど、少しも後悔はない。

あれ以来、夜遅くに戻り、寝顔を見ることしかできていない。

王立軍の大半がレグルスの手にあり、もはや病床の父にとどめを刺す必要はない。国王側の残党を殲滅してガルデニアを平定し、一新した王朝のもとでルカニアを迎えたい。

ふと、ヴィンセントが困り顔で口を開いた。

「戴冠式と婚約のお披露目をともに、という事例は過去にあったと思いますが、結婚式を同日に行うというのは、我が国では前例がなかった気がします」

アルヴィスも頷く。

「そうだな。でも、できないことはないし、利点もある。各国から賓客を招くから、我が国としても同時に行えばかなり予算の縮小になるだろう」

二人の意見を受けて、レグルスは彼らに目を向けた。

「まだ先のことだが、戴冠式も結婚式も、計画を遂行するお前たちとそれに関わる使用人たちが一番大変になるだろう。父のおかげで城の有能な使用人はずいぶん辞めてしまったようだから、これからまた新たに雇い入れる必要もあるな」

そう言ってから、レグルスは二人に向き直った。

「ともかく、まずは溜まった仕事を片付けてから、日を改めてルカニアに求婚するつもりだ。返事をもらえたら、教皇と侍従長、それから財務宮の長官を呼び、先々の儀式に向けて具体的な話をしようと思う。もちろん、お前たちの助けも必要だ」

「従弟どのにとって二重の祝いの日だ。喜んで手伝うよ」

アルヴィスがにっこり笑って言う。ヴィンセントも神妙な顔で頭を下げた。

「私も、せいいっぱい努めさせていただきます」

少し今後のことについて話してから、二人が部屋をあとにする。一人になると、レグルスはまた、自分の部屋にいるはずの青年のことを考えた。

二人には冷静に話をしたけれど、本音では、まだ結婚できないことがもどかしい。できることなら、いますぐにルカニアを伴侶にして、城や国内、そして周辺国にまでそれを知らしめたい。

彼は、神子の奇跡の力を失っていることに負い目を感じているようだ。

手紙なら何通でも届けさせる、呼びたければばあやを城に連れてこさせるとどれだけ言っても、ただ村に帰りたいと訴え続けるのはそのせいだろう。

失った力のことは、神子の歴史とその力の源について詳しい、王城の学者や魔法士に手を尽くして調べさせているが、まだ手がかりはない。けれどレグルスは、もし彼に力が戻らないならそれでも構わないと思っている。

神子不在のせいか、確かにこの十三年の間は自然災害が多い。近年は内乱のせいもあり、民の数も、そして税収も右肩下がりの状態だ。それでも、神子の力なしでどうにかやっていくしかない。

形式的なものでいいから、民の心を落ち着かせるために、ルカニアには帰還した神子として各儀式を執り行ってもらえればありがたいが、無理強いするつもりはなかった。

神子は人々に慕われ、その奇跡の力は、建国以来、長い間この国の大きな守護となっていた。ガルデニアに不可欠な存在だと思う者は多いが、自分がルカニアを求めるこの気持ちは、それとは関係がない。

おそらく、そのあたりをうまく伝えられていないせいで、ルカニアはずっと不安を消し去れずにいるのだろう。改めてきちんと話さねばならない。

（ルカニアは、求婚を受け入れてくれるだろうか……）

ニコラスが扉をノックし、新たな報告書を届けに来た。山積みの仕事を終えたら、一刻も早く部屋に戻って、ルカニアの顔が見たい。

はやる気持ちを抑え、レグルスは残りの仕事に取りかかった。

＊

少し前のこと、レグルスの部屋の居間でソファにちんまりと腰かけたルカニアは、地の底まで落ち込み切っていた。

理由はいくつもあるが——一番は、やはり初夜の果実を口にしてしまったあとの出来事だ。

精力剤の効果があるという果実の熱に浮かされて、時間の感覚もなくなり、やっと疼きが治まったのは今朝だ。朝日の中で目覚めると、寝台の上にいたルカニアは、なぜかレグルスに抱き締められて眠っていた。

驚愕して身じろぎをしたせいか、彼も目を開けた。まだ完全に目覚めていないレグルスは、しばらくの間、硬直しているルカニアの頭を抱え込んでくんくんと髪の匂いを嗅いだり、額や髪に口付けたりしてから、やっとはっきりと覚醒したようだ。

身を起こした彼が水を飲ませてくれようとして「自分で飲めます」と慌てて断る。そのとき初めて、彼はあの果実の効果がようやく消えたことに気づいたらしい。

身を起こしたレグルスの逞しく鍛え上げた上半身は裸で、彼は下しか夜着を身に着けていなかった。ルカニアに至っては一糸纏わぬ姿だ。

おぼろげな記憶の中で、彼が熱を鎮めてくれたときのことが思い出されて、頭がくらくらした。

夜着を渡してくれたレグルスに礼を言い、慌てて着込む。その間に手早くシャツとズボンを身に着け、上着を着た彼は、今後のことを話してくれた。

果実による発情は収まったけれど、城にいた狼獣人たちは、発情したルカニアが放った甘い匂いに気づいてしまったはずだ。

狼獣人は、本能的につがいとなる者に惹かれる。

単に性交をするだけなら、人間や他の獣人とすればいい。だが、子作りに限っては、狼獣人同士か、もしくは狼獣人と子をなせる体を持つ神子一族の直系の者とつがうしかないため、より強く惹かれるのだ。

だから、狼獣人だらけのこの城を、彼らとつがえる体を持つ、神子一族の末裔であるルカニアがうろうろすることは、大変危険だというわけらしい。

「成獣の狼の群れに、一頭だけ世間知らずの羊を放り込むようなものだ」と言われて、ルカニアは首を傾げた。

城に出入りする狼獣人は、ほとんどが身分の高い貴族か軍人ばかりだ。皆、理性ある者たちのはずなのに、そこまで危険なのだろうかと疑問に思った。

それに気づいたらしく、レグルスが付け加えた。

「もちろん、皆突然襲いかかったりしないように自らを戒め、抑制している。狼獣人の女性なら体も大きいし、意に反することをすれば殺し合いになって自分の身も危ういから、そうそう無茶な真似はしないものだ」

そう言われてみればたしかに、狼獣人のばあやはルカニアより背が高くて体力があり、か細かった母よりずっと力持ちだった。おそらくいまも、心臓に問題がなければ、ばあやのほうがずっと元気なはずだとルカニアは納得した。

「神子には本来は特別な力がある。だが、いまのお前には奇跡を起こす力の代わりに、何か身を守るすべが必要だ。王太子の婚約者が帰還したのだと大々的に知らせを出せれば、安易に手を出す者はいなくなるだろうが……」

レグルスがちらりとこちらを見る。婚約の件は、まだルカニアは過去の話として受け入れめている。

「ともかく、身の危険を避けるため、すでにお前が特定の狼獣人のものだという印をつけさせてもらった」

しるし？とルカニアが問い返すと、「覚えていないのか？」と少し驚いた様子で彼は説明してくれた。

狼獣人は伴侶となる者とつがうとき、牙で相手の項を噛む。そうすることで、つがいが発情したときに出す誘惑香が、伴侶にしか感じ取れないものになるのだという。

「お前は人間だから、狼獣人のような発情期が来ることはない。だが、狼獣人は嗅覚が鋭く、発情している者にはすぐに気づく。万が一にもまた同じようなことが起これば、誰も決まった相手がいない神子一族のお前は……城にいる独身の狼獣人すべてを引き寄せてしまうことになりかねない」

だから項を甘噛みし、匂いづけをさせてもらった、とレグルスは言った。

甘噛みと言われても、項を触ってみても傷はないし、痛みもない。匂いづけは、両方の首筋に、両手首の内側と両脇、そして足の付け根と両足首に施したそうだが、自分ではさっぱりわからなかった。だが、ふと夜着の中を覗くと、見下ろした自分の体にいくつもの濃い吸い跡がついていることに気づいて驚愕する。まるで濃厚な情交の名残のようで、慌てて目をそらす。

その様子を見て、レグルスは少し気まずそうに言った。

「お前の意思を確認せずにすまなかったが、永遠のものじゃない。甘噛みと匂いづけは……いわば、匂いが消えれば終わる、仮のつがい契約のようなものだ」

(仮の契約……)

「城でお前の身の安全を守るために必要なことだ。勝手をしてすまなかったが、理解してもらいたい」

そのとき扉がノックされ、侍従長のハンスがニコラスが迎えに来たことを告げた。レグルスはまだ何か言いたそうにしつつも「今日の夕食には戻れそうにない」と言い置いて、慌ただしく部屋を出ていった。

果実を食べた夜は、頭の中が沸騰したようになっていて、ルカニアにははっきりした記憶がない。

夢か現実か曖昧な中で、彼はルカニアの熱が冷めるまでずっと世話を焼いてくれた。とても優しかったし、何度も恋人にするような情熱的な口付けをして、完全に発情が収まるまですべての面倒を見てくれた。

だが、レグルスはもしかしたら、仮とはいえ、自分とつがい契約などしたくなかったのかもしれない。

ルカニアは、忙しい国王である彼の手を煩わせてしまった恥ずかしさと申し訳なさでいっぱいだった。


そんなふうに沈み切っているところへ、意外な来客があった。

部屋を訪れたヴィンセントが、レグルスの従兄夫妻の訪問を打診してきたのだ。

「レグルス様の従兄であるアルヴィス殿下と、その奥方のミシェル夫人が、ルカニア様に謝罪したいとのことです」

レグルス様の許可も得ています、と言われ、なんの謝罪かわからないまま、ともかく応じると、その日のうちに夫妻はやってきた。

「はじめまして、ルカニアどの。私は国王の甥のアルヴィスと申します」

にこやかに挨拶をする緩やかな金色の巻き毛が美しい彼の頭には、金色の獣耳が覗いている。国王の兄弟の子ということは、ルカニアとは曾祖母が同じだ。つまりレグルスと同じように、アルヴィスはルカニアとはとこの間柄らしい。

「こちらは妻のミシェルです」

アルヴィスの紹介で、隣に立っている女性が「はじめまして、神子様」と言ってドレスの裾を持ち、貴婦人の挨拶をする。

ミシェルは落ち着いた色のドレスを身に纏ったブルネットの女性で、茶色の獣耳を持っている。美しい狼獣人同士の夫婦だ。

「わたくし……神子様にお詫びをせねばなりません」

そう言うと、ミシェルが突然さめざめと泣き始めて、ルカニアは仰天した。

話を聞くと、なんでもレグルスがルカニアを城に連れ帰ってきたとき、神子の世話係として誰か信用できる者を、という話を彼女は夫から聞いた。そこで、彼女が自信を持って推薦した使用人が、自らの部屋付きのジルだったそうだ。

「ジルは、神子様のお世話ができるなんて光栄ですと張り切っていました。それなのに、王太子殿下からお叱りを受けることを恐れて、神子様がお食事を召し上がってくださらないことをお伝えできなかったようなのです……使用人の至らなさは、わたくしの責任です。代わってお詫び申し上げます」

ミシェルに深々と頭を下げて謝罪され、ルカニアは慌てた。

「食事をとらなかったのは、僕自身の勝手な行動です。ジルのせいでもミシェル様のせいでもありません。どうかお顔を上げてください」

ミシェルが涙に濡れた顔をおずおずと上げる。

妻がハンカチで目元を拭うのを見ながら、アルヴィスが感謝の目でルカニアを見た。

「使用人の失態を許してもらえてありがたい。心優しいルカニアどの、城での暮らしで何か困り事があったら、我々がいつでも手助けをすると約束する」

申し出に礼を言いつつも、自分はいつまでこの城にいるかもわからないと思う。

(村に帰るための手助けは、頼めないよね……)

ふと思いついたが、すぐに無理だと諦めた。王族である彼らは、ルカニアをここに置くと決めたレグルスの決断に逆らえないだろう。

謝罪が終わった頃合いに、ちょうどハンスが茶と茶菓子を運んできてくれて、三人で茶を飲みながら歓談する。

どうかルカニアと呼んでほしいと頼むと、アルヴィスは応じてくれたが、ミシェルにはとんでもないというような顔で恐縮されてしまう。夫からも促されて、やっと「では、ルカニア様」と、様付けだが名前で呼んでくれるようになった。

当たり障りのない話題をとアルヴィスが気を使ってくれたのか、話はこの国での母の思い出話に終始した。

「ティレニア様は本当に心あるお方だった。年配の神官たちはいまでもたまに漏らすことがありますよ。民が城に助けを求めに来れば、何人とでも会い、できうる限りの救いを与えておられた。あれほどいつも民のほうを向いていてくれた方はいない、と」

ルカニアは、改めて母を誇らしく思った。自分には、この国にいた頃の母の記憶はほとんどない。村に着いてからの母は、だんだんと体調が優れなくなり、家では寝込んでいることも多かった。だからアルヴィスの話は新鮮で、もっと母のことを聞かせてほしいと思った。

「実は、ずっと遠縁ではありますが、我々と高祖母が同じなので、ミシェルも神子一族の血を引いているのですよ。ですから、ルカニアや私とも親戚ということになります」

アルヴィスの言葉に、茶を飲みながらミシェルが嬉しそうに微笑む。

「そうなのです。とはいえ、ガルデニアの王家では、代々神子一族との婚姻が好まれてきましたから、どこかしらで皆血が繋がっているものですけれど」

神子はガルデニア建国の際から、初代国王の傍らに寄り添う存在だったと聞いている。

神子の血と王家の血が混ざり合っているのは、自然な流れだろう。

「ティレニア様もあなたも王族の血を引いていて、れっきとしたガルデニア王家の一員です。気に入らない託宣をしたというだけで、国王の一存で追放などさせるべきではなかった。本当にすまないことをしたと思います」

アルヴィスは悔いるように言う。レグルスもアルヴィスも、王の暴挙を真摯に謝罪してくれた。誰に何を言われても、追放された先であっけなく亡くなった母は戻らない。それでも、こうして過去を悔やんでくれる人が城にいたと知り、喪失の悲しみと憤りがわずかに癒やされた気がした。

ぽつぽつと話をしているうち、アルヴィスが「おや？」と言ってルカニアの胸元に目を留めた。なんだろうと視線で追うと、首から下げたペンダントを見ているようだ。

「これはレグルス様にいただいたお土産なのです」

「……土産？」

はい、と言ってルカニアはリンデーグ土産としてもらった経緯を話す。アルヴィスは、「なるほど、そうなのですね」と言って何度も頷き、なぜかにっこりしている。ミシェルは夫の笑みの理由がわからないのか、ルカニアと同じように不思議そうだ。

アルヴィスに訊ねようとしたとき、扉がノックされた。いったん下がっていたハンスが再び顔を出す。

彼はまずルカニアに頭を下げてから、アルヴィス夫妻のそばに行き、「アレヴィ様がどうしてもご挨拶がしたいそうで、使用人と一緒においでです」と伝える。

「まあ、アレヴィが!?」

アルヴィスは妻と顔を合わせてから、困り顔でルカニアを見た。

「ルカニア、突然で申し訳ないのだが、もしよかったら、我が子も挨拶をさせてもらえないだろうか？」

もちろんですと応じると、使用人を先導するように、少年が勢いよく部屋に入ってくる。

「息子のアレヴィです。五歳になります。さあアレヴィ、神子様にご挨拶を」

母から促されて、金色の狼耳と尻尾のある少年がルカニアのそばに来る。キラキラした碧色の目とふわっとした金髪が父親のアルヴィスそっくりだ。

「神子さま、はじめまして！　アレヴィともうします」

「初めまして、アレヴィ様。ルカニアです」

微笑んでその場に膝を突くと、ルカニアは少年と目線を合わせて挨拶をした。

アレヴィが腕に大きめの籠をかけているのを見て「その籠は何が入っているんだ？」とアルヴィスが訊ねた。

「神子さまにごあいさつしようとおもって、ライジェルとキアランもつれてきました！」

「ええっ!?」

息子の答えにミシェルが驚きの声を上げる。アレヴィが小さな手で籠の蓋を開けると、中からぴょこんと二組の狼耳が飛び出す。籠の中にいたのは、なんと二匹の仔狼だった。

「わあ！」

「このこがライジェルで三さい、こっちのこがキアランで、このあいだ二さいのおたんじょうびがきたばかり！」

驚くルカニアの前で、籠の中から仔狼を一匹ずつ抱き上げて紹介する。アレヴィは二匹を大切そうな手つきでルカニアに差し出した。

落とさないように慌てて抱えると、真ん丸な目をした二匹は、ルカニアの腕の中でくんくんと匂いをたしかめ始めた。少し体が小さい金狼の仔がキアラン、一方銀狼の仔がライジェルと紹介されたはずだ。ふわふわの毛並みにまだ立ち切っていない獣耳が動くたびにふるふると揺れている。仔山羊のミルヒを思い出して思わず頬が緩む。

「ルカニア、すみません。こら、アレヴィ、勝手に連れてきてはいけないだろう？」

「ライジェルたちの乳母は？　家庭教師が来る時間ではないの？」

「もう今日のおべんきょうはすみました！　二人も神子さまに会いたいっていうけど、このかっこうでお城を歩くと怒られるから、カゴに入ってもらったのです！」

堂々と返す息子に、両親は呆れ顔だ。

「ルカニア様、大変申し訳ありません……アレヴィは以前から神子様にとても会いたがっていて……今日も本当は来たがっていたんですけれど、皆で押しかけては騒がしいかと思い、また後日にねと言い聞かせて置いてきたのです」

すまなそうに言うミシェルに、「お父さまとお母さまだけ神子さまにあえるなんて、ずるいです！」とアレヴィはむうっと頬を膨らませている。

「わっ、ひゃ！」

その間も、二匹の仔狼はルカニアの匂いをくんくんと嗅ぎまくり、しまいには頬を両側からぺろぺろと舐め始める。くすぐったさに身を竦めて、ルカニアは笑顔になった。

「こら、二匹ともやめないか。ゾフィー、二匹を連れていってくれ」

アルヴィスがアレヴィたちを連れてきた付き添いの使用人に声をかける。ルカニアは「あ、あの、待ってください」と慌てて言った。

「僕なら構いませんから、どうかこのままで」

「ですが、この二匹はまだ幼く、躾も行き届いていないので……」

「子供なのですし当然です。せっかくこうして会いに来てくれたのですから、アルヴィス様たちさえよろしければ、皆でお茶を飲みたいです」

それを聞いて、アレヴィがパッと顔を輝かせる。渋々ミシェルたちが頷いてみせると、アレヴィはきちんと両親の隣に腰かける。ルカニアは尻尾をふりふりする小さな二匹を抱いてソファに戻った。

アルヴィスによると、狼獣人は、幼少時には獣の姿と獣人の姿を行ったり来たりしながら過ごすものらしく、三人とも、まだ狼の姿でいることが多いのだという。

気の利くハンスが一人分のミルクと菓子、そして二匹用に温めたミルクを運んできてくれる。礼を言う両親の前で、「ライジェルたちも！」と誘ってアレヴィは菓子を食べ始める。二匹もルカニアの腕からぴょんと飛び出し、大喜びでミルクの皿に顔を突っ込んだ。ミルクを飲みながら太い尻尾をふりふりしている二匹のご機嫌さに和む。仔狼を見て頬を緩ませるルカニアに、アルヴィスが苦笑しながら言った。

「この子たちは私の兄と姉の子で、従兄弟同士の間柄なんだが、一緒に育っているのでとても仲がいいのです。毛色は違いますがそっくりでしょう？　レグルスも、幼い頃の姿は私と実の兄弟かと思うほどよく似ていたんですよ」

話を聞くと、ライジェルはアルヴィスの姉が王族である銀狼の獣人との間に生んだ子だそうだ。姉はいま病気の療養で城を離れているらしい。そして、キアランの父親であるアルヴィスの兄は、日々魔物の研究に明け暮れている。母は出産時に亡くなってしまい、どちらの子も両親が育てられる状態ではないので、乳母をつけて、アレヴィと一緒に育てているのだそうだ。

「それではほとんど三人兄弟のようなものですね。寂しくなくて何よりです」

一人っ子のルカニアにとって、賑やかなのは羨ましいことだ。だが、そう言うと、なぜかミシェルがふっと表情を暗くした。

「三人がいてくれて、私たちのところは賑やかなのですが……ルカニア様たちが国を出られたここ十数年の間に、子に恵まれる夫婦はずいぶんと減ってしまいました」

私たち夫婦にもまだ一人しか授からなくて、とミシェルは寂しげだ。アルヴィスがそっと妻の手を握る。不安そうなミシェルは、縋るような目を、夫ではなく、なぜかルカニアに向けた。

「ですが、ルカニア様がお戻りになられたからには、また新たな命を授かる者も増えるはずです！」

自分がこの国に戻ることと、子宝の数がどう関係しているのかさっぱりわからない。どういうことなのかと不思議に思っていると、ミシェルは驚くべき話を教えてくれた。

ガルデニアでは、古くから神子が年に一度行う子宝祈願の儀式がある。

明確に子が生まれなくなったのは、神子たちが国を追われた翌々年から——つまり、神子がその儀式で神に祈りを捧げなくなった頃からだ、というのだ。

そんな、と思ったが、ミシェルは至って真剣そのものという顔をしている。アルヴィスは冷静に言った。

「たしかに、我が国に生まれる子は減っている。昔から、一部では神子は不要だと言い張る者もいた。その後、神子不在の時を過ごして、いまは神子の力を求める声が高まっている状態だ」

「皆、奇跡の力の偉大さを改めて実感したのですわ。それにもう一つ、神子様には大切なお役目もありますし……」

「？　それはどんなことでしょう？」

「ミシェル。そんなにあれこれ言っては、戻ったばかりのルカニアを困らせてしまうよ。神子の責務について知らないことは、枢機卿かレグルスがきちんと話すだろう。すべてはもっと城での暮らしに馴染んでからのことだ」

喜々として説明しようとした妻の言葉を、アルヴィスがやんわりと止める。

ミシェルが「そ、その通りですわね。ルカニア様がお戻りになられたのが嬉しくて、大変失礼いたしました」と慌てて謝ってくる。

話しているうち、ルカニアのそばに、ミルクを飲み終えた二匹の仔狼がとことこと寄ってくる。すぐそばでミルクで濡れた口元を舐め合う二匹を微笑ましく眺める。

どうやらアルヴィスには、自分に神子の力がないことが伝わっているようだ。けれど、神子の奇跡を熱望するミシェルのほうは、まだそれを知らずにいるらしい、アルヴィスがこの場で伝える気配もないので、おそらくはあえて伝えずにいるのだろう。

もしかしたら、力がなくなった理由を探している間は伏せておくようにとレグルスが言ってくれたのかもしれない。そうだとしたら、気遣いがありがたいと思った。

ミシェルは神子への期待を隠さない。遠縁とはいえ、自分が神子一族の血を引いていることにも、大いなる誇りを抱いているようだ。

「神子様が不在の間は、枢機卿様のご判断で、わたくしを含めた神子の縁戚の者が、交代で儀式を遂行していました。ですが、かたちばかりの儀式にはなんの効果もないのです。誰よりも神子一族の血を濃く引いておられるルカニア様でないと、奇跡は起こせないのですわ。どうか、神子様の聖なる祈りの力で、この国を救ってくださいませ」

切実な面持ちでミシェルに頼まれて、ルカニアはどうしていいかわからなくなった。

そのとき、菓子を食べ終えたアレヴィが手を伸ばし、テーブルに残った菓子をハンカチで包んだ。母の横からそっと抜け出して、ルカニアと二匹のそばにやってくると、ハンカチを開き、焼き菓子を小さく割って二匹にあげ始める。

そうしながら、アレヴィが小声で話しかけてきた。

「ねえねえ、神子さま。あのね、ぼく、お願いがあるのです」

「なあに？」とルカニアは耳を寄せる。菓子のお代わりが欲しいのかななどと思っていたが、アレヴィの願いは意外なことだった。

「ライジェルのあしをなおしてあげてほしいのです」

（あし？）

銀色の仔狼に目を向ける。ここ、とアレヴィの小さな手が指さしたのは、ライジェルの後ろ脚だった。よく見ると生まれつきなのか事故によるものなのか、毛に包まれ、ぽってりとして太い仔狼の可愛い脚には少し骨に歪みがあるようだ。普通に歩いていたから気づかずにいたが、これでは速く走ることは困難だろう。

「たまに痛いみたいでかわいそうなのです。お母さまが、神子さまがもどってきたら、きっとなおしてくれるっていってました」

「あっ、アレヴィ!?」

息子の密かな頼み事が聞こえたらしく、ミシェルが慌てている。アレヴィは母の言う通り、戻ってきた神子に奇跡を起こしてもらい、ライジェルの脚を治してもらおうと考えてここに来たようだ。

「ごめんね、アレヴィ様。ライジェル様も……、僕……」

「――アレヴィ」

ひどく申し訳ない気持ちで、どう説明したらいいか迷っていると、アルヴィスがそれを遮るように息子を呼んだ。

「さっきも言っただろう？　神子様はまだ戻られたばかりなんだ。ライジェルのことを思うお前の気持ちはとても素晴らしいことだが、お願い事をするのは早すぎるぞ」

「はあい……ごめんなさい、神子さま」

父親に窘められたアレヴィはしゅんとしている。首を横に振りながら、謝りたいのは自分のほうだとルカニアは思った。

その後、おやつを食べ終えた二匹と一人が部屋で追いかけっこを始めたので、茶会はお開きになった。もっと遊びたがってじたばたする二匹を使用人が籠に収め、アレヴィは父と母に両手を引かれて帰っていく。

それをルカニアは切ない気持ちで見送った。

（お母様だったら、すぐにでもあの脚を治してあげられたのに……）

神子は祈りを捧げれば、どんな怪我であっても治すことができたという。命に関わる病は、奇跡の力をもってしても治せないものもあるが、一時的な熱や不調程度ならたちどころに癒やしてやれるはずだ。だからもし、ルカニアに力が備わったままであれば、いま頃ライジェルの骨の歪みもまっすぐにしてやれたはずだった。

アレヴィの願いを聞いて、きょとんとしているライジェルが可哀想だった。神子の末裔だというのに、無力な自分が、ルカニアは情けなかった。


突然静かになった部屋で、それからもルカニアは考え続けていた。

なんの力もなくとも、母から言われた通り、民のために日々祈りを捧げることだけは続けてきた。しかし、その祈りになんの意味もなかったということに気づかされてしまった。

祈りの力で民に子を授けるどころか、神子の力を失ったあとでも母にはできた、小さな花を咲かせたり、かすり傷を治したりなどといった、ほんのささやかな生まれながらの魔力すらもルカニアにはないのだ。

城にいることがつらい。

神子様、と期待を込めて呼ばれ、崇められることが苦しいほどに居た堪れない。

もし、自分の何かを差し出すことで神子の力が戻るなら、なんだって喜んで捧げただろう。

困っている人がいるなら助けたいと思うからこそ、無力な自分に期待をかけられることが悲しくて、ルカニアは自分に対する深い落胆を感じていた。


ともかく、力がないことを知っているレグルスが、自分への期待をなくして、この城から解放してくれたらいい。

そう思って、ルカニアは彼が部屋に戻り、話を聞いてもらえる機会を待ち望んでいたが、その日もレグルスは夕食には戻ってこなかった。

おそらくはルカニアの世話に丸二日集中していたせいで仕事が溜まっているのだろう。

では明日なら、と思っていると、よほど忙しいのか、翌日も彼は姿を見せなかった。

食事はルカニア好みの薄い味付けのものばかりが並び、たまにニコラスやヴィンセントが王太子殿下からだという差し入れを持ってきて、困っていることはないかと訊いてくれる。それなのに、肝心のレグルスは姿を見せてくれないのだ。

戻りを待っているということだけは伝えてもらっているけれど、あまり無理を言うことはできない。

『どうかまた聖なる祈りの力で、この国を救ってくださいませ』

一人でぼんやりしていると、ミシェルの期待に満ちた言葉が耳の中に響く。

母もばあやも、なんの力もなくとも、ルカニアをとても可愛がってくれた。だから、心の底に罪悪感を抱きながらも、できる限り前向きに生きてきたつもりだ。

けれど、こうして祖国に戻って初めて、考えないようにしていた強い疑問を覚え始めた。

(僕は、なんのために生まれてきたんだろう……)

ルカニアは父を知らない。どんな人なのか生前の母に訊ねると、素晴らしい人だったという以外には教えてもらえず、母亡きあとにばあやに訊いてみても、彼女も会ったことがないとすまなそうに言っていた。

神子が城で守られて暮らしていたことを考えると、行きずりの相手とは思えない。もしかすると、既婚者など、名を口に出してはいけないような相手だったのかもしれない。

そうして生まれたルカニアは、幼い頃にこの口が下した託宣で、国を追われる事態を引き起こした。更には、持っていたはずの力をなくし、多くの人を救ってきた母が、異国の山奥の村で身を隠して暮らし、病であっけなく天に召されるのを見送ることしかできなかったのだ。

そしていまも無力なまま、周囲の人の期待には一つも応えられていない。

密かに数え切れないくらい願ったところで、力は戻ってこない。

こんな自分の存在に、いったいなんの意味があるのだろう？

（……ばあやに会いたい）

『愚かなことを考えるのはおよしなさい』といつものように呆れ顔で叱ってほしい。

贅沢な暮らしや、崇められる立場など、自分が与えられていいものではない。村に帰ってばあやたちに会い、孝行しながらひっそりと暮らしていきたい。ルカニアは切実にそう願った。


「――では、のちほどお迎えにあがります」

三匹の仔狼を部屋に送り届け、使用人のゾフィーが深々と頭を下げる。

「はい、お預かりいたします」と言って、ルカニアは飛びついてきたキアランを慌てて抱きかかえる。アレヴィとライジェルは先に部屋の中に駆け込んでいる。ライジェルはさすがに全力では走れないようだが、脚の負担を軽減しながら、上手に歩き回っている様子でホッとした。

沈んだ気持ちの中、ルカニアの日々の救いは、毎日遊びに来てくれるようになった三人、いや三匹の仔狼たちだった。

最初にアルヴィスたちと面会した翌日の昼過ぎのことだ。

どうやって入ったのか、きょとんとした金狼の仔狼——キアランが突然居間に現れて、ルカニアとハンスは仰天した。

知らせをやると、慌てて使用人たちが迎えに来てくれたが、どうも王家の血を引く仔狼たちは相当に強い魔力を持って生まれるらしい。特に一番幼いキアランは、教わってもいないというのに空間転移魔法が使えるらしく、唐突に城の中をぽんぽんと移動してしまうことがあるのだという。

「驚かれたことでしょう、本当に申し訳ありません。キアランにはよく言い聞かせておきますから」

その夕刻にアルヴィスが謝罪に訪れて、事情を説明してくれた。

「いいえ、少しも迷惑などではありません。魔法の使い方はそのうち覚えるでしょうから、よかったら、三人にはいつでも来ていいよと伝えてください」

喜んでお相手をさせてもらうと伝えると、驚いた顔をされたが、社交辞令などではないとわかると、アルヴィスはとても喜んでくれた。

そして、その翌日から、午後のおやつの時間に三匹がルカニアのところに遊びに来てくれることになったのだ。

そんな日々ももう三日目だ。最初の日は頑張って人形をとっていたアレヴィも、その後は仔狼の姿でやってくる。一人と三匹で中庭に出て追いかけっこをしたりボール遊びをしたりと、くたくたになるまで遊ぶ。子供とはいえ獣人の体力は侮れないもので、ルカニアはその時間だけは、悩み事を忘れて三匹との遊びに没頭した。

しばらく遊んだあと、ハンスが三匹にミルク、ルカニアには茶を運んできてくれた。料理番が作ってくれたおやつは、小さなケーキや花のかたちをした焼き菓子で、三匹は大喜びでがっついている。

「もう少ししたら、ゾフィーがお迎えに来る頃だね」

時計を見ながらルカニアが言うと、アレヴィが嫌だと言うように「ウー」と不満げに鳴く。キアランは飲み終えていないミルクの皿から顔を上げ、ライジェルはまだ帰らない、というようにもそもそとソファに置かれたクッションの下に潜り込んだ。

「ごめんね、僕ももっと皆と遊んでいたいんだけれど……待ってるから、また明日もおいで？」

三匹を手招きすると、不満そうなまま、それでもそれぞれがふっさりした太い尻尾をふりふりしてこちらに寄ってくる。そばに来た三匹は、幼い獣特有の太く短いぽってりとした脚で、ルカニアの膝を奪い合う。しばしの喧嘩ののちに、小さな二匹を腕に抱っこして、アレヴィを膝の上に乗せることでどうにか落ち着いた。

重たいが、仔狼のまだふわふわの毛並みと温かな鼓動が心地いい。甘えてくる三匹を撫でていると、安らぎに満たされた。

そろそろ三匹も帰ってしまうと思うと、急に寂しさに襲われた。

「……今日も、レグルス様はお戻りにならないのかな……」

独り言を言うと、膝の上でまったりしていたアレヴィがむくりと起きて、こちらに顔を向けた。

ハンスによると、夜遅く戻ることもあるようだが、ルカニアが目覚める頃にはいない。最初はそれほど仕事に忙殺されているのかと思っていたが、五日もとなるとさすがにわかる。

――彼は、ルカニアを避けているのだ。

忙しいレグルスに手ずから世話を焼かせて、国王代理の責務を数日間滞らせ、顔を合わせれば帰りたいと言うばかりの自分に、きっと嫌気が差したのだろう。

ともかく力を取り戻す方法が見つかるまでは距離を置こうとしているのではないか――。

「どうしたらいいんだろう……」

ルカニアの呟きに、腕の中にいる二匹もこちらを見上げる。

ライジェルがぺろぺろと必死でルカニアの頬を舐め始めて、いつの間にか涙が零れていたことに気づいた。笑おうとすると、いっそう悲しみが込み上げてくる。この子たちの前で泣いてはいけないと思うのに、止められなくなってしまった。

神子として必要とされているのに、母のように、皆の期待に応えられない。

その上、恥ずかしい姿を晒して、優しかったレグルスにもとんでもない迷惑をかけてしまった。彼に呆れられたかもしれないと思うと、どうしようもなく胸が苦しくなる。

努力でどうになることなら、どれだけでも頑張るつもりだ。けれど、力を取り戻す方法がわからず、そもそも、そんな方法などどこにもないのかもしれない。

無力で愚かな自分にはこの城にいる資格などない。いますぐここから消えてしまいたいくらいに、ルカニアは深く自分の存在を恥じていた。

アレヴィが慰めるようにルカニアの手を舐め、ライジェルとキアランが両頬の涙をせっせと舐め取ってくれる。

「ごめんね、ありがとう……」

どうして泣いているの？と訊ねるみたいに、キアランが目を覗き込んでクーンと鳴く。

「……僕、クルトの村に帰りたいよ……」

仔狼たちの優しさに、余計に涙が溢れてきて、無意識に願いが口から零れ出た。

呟きを聞き、ルカニアにくっついていた三匹が顔を見合わせる。

三匹は唐突に、揃って遠吠えを始めた。

「え……っ、ど、どうしたの皆？」

腕に抱いた二匹と、ルカニアの膝の上に乗ったアレヴィの可愛らしい吠え声が、部屋の中に細く長く響く。

ルカニアが目を丸くしていると、部屋の扉がノックされる音がした。部屋の中での遠吠えを怒られるのかもしれないと思い、慌てて三匹を宥めようとしたときだ。

「わ……っ」

ふいに視界が暗くなり、同時に座っていたソファの座面の感触がふっと消えて、足元までもがぐらりと揺らいだ。ルカニアは三匹を落とさないようにとっさに纏めて腕に抱え込む。どうにか倒れず、床に尻もちをついて、深く息を吐く。

「み、みんな、だいじょう……」

腕に抱いた三匹に怪我がないかを確認しようとして、ハッとして辺りを見回す。

「ええーーっ!?」

信じ難いことに、ルカニアは、一瞬でクルトの村の見慣れた家に戻っていた。

——しかも、三匹の仔狼とともに。

久し振りに戻った家の中は整頓されているが、ばあやの姿がなかった。

テーブルの上には『ルカニアへ』と自分に宛てた手紙が置かれていた。万が一家に戻ったときのために、ばあやが書いておいてくれたものらしい。急いで中を読むと、自分もガルデニアに戻る、ミルヒは連れていくから心配しないように、元気で会いましょう、というようなことが書いてあって、仰天した。

(行き違いになってしまった……)

まさか、城であのまま待っていたら、ばあやに会えたなんて。

ちらりと仔狼を見ると、三匹は初めての家の中を興味深げにくんくんしながら歩き回っている。

村に戻れたのは、おそらくキアランのしわざではないかと思う。ルカニアが漏らした切実な願いを聞き、それを叶えようとして空間転移魔法を発動させてしまったのだろう。正直に言うと、村に帰れたのは嬉しい。だが、混乱もしている。肝心のばあやがいないばかりか、予想もしないことに、三匹の仔狼連れで帰ってきてしまったのだから。

「ど、どうしよう……」

三匹は、ガルデニア王家の血を引く子供たちなのだ。しかもこの子たちは、国王であるレグルスが独身で子がいないいま、王位継承順位でも上位にあるはずだ。

誘拐、という言葉が頭をよぎってルカニアの顔から血の気が引いた。いま頃、迎えに来た使用人のゾフィーが子供たちの姿が見当たらないことに気づき、城は大騒ぎになっているかもしれない。村には帰れたものの、のんきに喜んでいられる状態ではなさそうだ。

もう日が暮れかけていて、いまから三匹を連れて山を下りるのは危険だ。ともかく、明日の朝一番で山を下り、ヴァールの宿屋にいるレグルスの配下の連絡係を訪ねて、どうすべきか相談しようと決める。

貯蔵庫には保存食はあるけれど、幼い三匹の夕飯になるようなものがない。ともかく、戻った報告もかねてルカニアはイヴァンの家を訪ねようと決めた。


「リル！　ああよかった、帰ってきたのか！」

家を訪ねると、イヴァンが驚いた顔で迎えてくれた。

「ごめん、心配かけて。着いたら家にばあやもミルヒもいなくて、さっき置き手紙を読んだところなんだ」

ルカニアは大はしゃぎしてさっぱり言うことを聞いてくれないキアラン一匹を抱き、そばにあるイヴァンの家を訪ねた。あとの二匹には家から出ないように言い含めて、留守番をしてもらっている。

イヴァンは突然帰ってきたルカニアに安堵して、無事の帰宅をとても喜んでくれた。それから、食べ物がないことを伝えると、山羊ミルクにパン、出来たての野菜スープを快く分けてくれた。

「アンナが発ってからまだ三日も経っていないから、まだ城には着いていないだろう。リルが戻ってくるなら、もう少し出発を待っていればよかったのになあ」

ガルデニアに向かったばあやには、ロンが同行しているから心配いらないという。ルカニアが唐突に連れていかれたと知り、村の皆が動揺したり、憤ったりしていたらしい。ばあや一人を行かせられないとロンが言い出し、その間彼の祖父のヒューゴーは皆で面倒を見ようということで話が纏まったそうだ。

「そうだったんだね。皆にもお礼を言いに行かなきゃ。イヴァンも、本当にありがとう」

「いいや、無事だったならそれでいいんだ。アンナは、突然リルがいなくなって倒れないか心配だったが、ガルデニアに行ったとわかったら、どうしてか元気いっぱいでね。自分も祖国に戻ると決めてからは、やけに生き生きとした様子で準備していたよ」

イヴァンは不思議そうに笑っている。ルカニアも不思議だったが、ばあやのことが一番心配だったので、元気だったと聞いて心底ホッとした。皆にも戻ったことは伝えておくから、明日にでも会ってやってくれと言われて頷いた。

家に戻り、「今夜はこの家で休んで、夜が明けたら町に下りようね」と三匹に伝える。

仔狼たちには、温めた山羊ミルクに小さくちぎったパンを浸して出す。三匹は喜んで綺麗に平らげてくれた。

皆が食べ終えてから、ルカニアもスープを飲んだが、イヴァン手作りの山の実りを使った素朴な具材のスープは懐かしい味がしてとても美味しかった。

村に帰ってきた実感がやっと湧いてくる。

明日は山を下りなければならないからと、食事が済むと、早々に休む用意を始めた。

洗ってしまわれていた毛布を取り出して、ルカニアは皆で眠れるようにベッドを整える。

そのとき、床で転がって遊んでいたアレヴィがぴくんと獣耳を立てた。

他の二匹も揃って獣耳を立て、玄関のほうを見つめている。三匹は玄関に向かうと、扉の前で立ち上がり、カリカリと引っかき始める。どうやら誰か来たようだ。

(イヴァンかな……？)

何か言い忘れたことでもあったのかもしれないと、ルカニアは扉を開けようとした。

「飛び出しちゃ駄目だよ？」と言い置いて、そっと扉を開ける。扉の前には人の姿はない。

しかし、開いた途端、その隙間からキアランがぴょんぴょんと勢いよく駆け出していってしまう。

「キアラン様、待って！」

言うことを聞いてくれたアレヴィとライジェルに待っているよう言い含め、ランプを手にルカニアはキアランを追いかけた。

小さな姿は山を下りる道のほうへと消えていった。もう辺りは真っ暗で、迷子になったら捜しようがない。

「キアラン様、どこにいるの？　お願いだから戻っておいで！」

必死で叫ぶ。イヴァンたちの手を借りたほうがいいかも、と思ったが、村の者は皆高齢だ。暗い山道を歩かせて、怪我でもしたらと思うと頼るのは難しい。

泣きそうな気持ちで捜していると、ふいに、山道を上ってくる人影があった。

（こんな時間に、町から……？）

身構えつつ、ランプでそちらの方角を照らす。ざくざくと足音が聞こえて、大柄な人影が近づいてくる。

その頭には――狼耳が見える。

まさか、そんな、と思っているうち、その人物は足を止めて、こちらに目を向ける。

「レグルス様……」

呆然としてルカニアは呟く。

どう考えても、こんな山の中に一人で現れるはずがないのに。

ガルデニアの王太子は、尻尾を振ってご機嫌なキアランを片方の腕に抱いて、ルカニアの前までやってきた。

わけがわからないまま、ルカニアはキアランを受け取り、レグルスを連れて家に戻った。懐いているようで、アレヴィたちも突然やってきたレグルスに大喜びだ。

「お前たちがいなくなったと報告が来て仰天したが、すぐにヴィンセントに頼んでヴァールに飛ばしてもらったんだ。定宿にしていた宿屋の主人に訊ねたら、何度か呼ばれて山に入ったという年寄りの医師を紹介されて、村までの道も教えてもらえた。たしかに、なかなか険しい道だったな」

椅子に腰を下ろしたレグルスは、足元に纏わりついたりよじ登ったりする三匹の相手をしながら、ここにやってきた経緯を説明してくれた。

「あの……どうして、僕たちが村に戻っているとわかったのですか？」

火を熾し、茶を淹れながらルカニアは訊ねる。

キアランが空間転移魔法を使ったとき、部屋にはルカニアと仔狼たちだけしかいなかった。まだ子供のあの子が、一人と三匹を纏めて隣々国の村まで飛ばせるとは思わないのが普通ではないか。

一瞬口籠ったあと、レグルスは言った。

「……魔法士に捜させると、この子たちが城にいないことはすぐにわかった。もし、三匹も仔狼を連れたお前が城を出ようとすれば、門番に止められてすぐに見つかる。そうなると、魔法でどこかに向かったとしか思えなかった。その場合、お前が戻りたいと願う場所は、この村しかないだろう」

そう言われてみればもっともだった。ルカニアが納得していると、レグルスは脚によじ登ってきたキアランをひょいと持ち上げた。

「空間転移魔法を使ったのは、キアランのしわざだな。まさか、行ったこともない場所に飛ばせるなんて先が思いやられるが、成長すればこいつは末恐ろしい魔法士になるだろう」

「アウッ」

可愛い声で鳴くキアランはどこか自慢げで、レグルスは苦笑している。また迷惑をかけてしまったというのに、彼は少しも怒っていない様子だ。

「……勝手に帰ってしまってごめんなさい」

レグルスの前に湯気の立つカップを置いて、ルカニアは言った。腰を下ろすことはせず、距離を置いて立ったままで話す。

「キアランのせいじゃないんです。自分が嫌になって、どうしても村に帰りたくなって、僕がそう呟いたから」

「……なぜ、嫌になったんだ？」

怪訝そうな彼に、ルカニアは正直な気持ちを伝えなくてはと思った。

「僕は城にいてもなんの役にも立ちません。皆に期待されているのに、切実に奇跡の力を必要としている人がいるのに……神子としてのお役目を果たせないんです」

もし、自分に母から譲り受けた力があれば、何日だって祈り続けた。

国のために、命ある限りの力を使い、人々のためにせいいっぱい尽くしただろう。

けれど、奇跡の力はない。どこかに消えてしまった。それを知れば、皆、期待したぶんだけ落胆するはずだ。

いまは優しくしてくれるレグルスだって、そのうち祈ることしかできないルカニアに愛想を尽かすかもしれない。

彼の口から「いらない」と言われるのはつらすぎる。

だから、それより前に、自分から村に帰ってしまいたかった。

「——ルカニア」

うつむいていたルカニアは、気付けばぎゅうっとレグルスの腕に強く抱き締められていた。

「お前がそんなに追い詰められていたなんて、気づけずにいた」

すまない、と囁かれて、ルカニアは目を瞠る。

「俺がお前に呆れるなんて、ありえない。強引に連れ帰って、村に一度戻りたいという願いを聞き入れなかったのは、たしかに、やっと見つけた神子をもう見失うわけにはいかないという理由もある。だが、たとえ神子の力が戻らなかったとしても、お前を村に帰すつもりはなかった」

「え……」

「伝えるのが遅れたせいで、苦しい思いをさせた」

レグルスは体を少し離して、腕の中にいるルカニアをじっと見下ろす。

「お前が神子だとわかる前のことだ。神子たちについては、ポルド王国の向こう側のエルフォルク公国まで捜し終えたら、いったん捜索隊を引き上げさせる予定でいた。その前に……最後にお前に会いに行き、我が国の城で暮らさないかと言うつもりでいた」

予想外の話に、ルカニアはぽかんとする。

レグルスは、真剣な眼差しでルカニアを見つめて続けた。

「まだ会って半年だが、俺は、お前のことが気になって仕方がなかった。王城に戻ってからは多くの貴族と会う機会があった。縁談を勧められたことも数え切れないほどあった……だが、身分が申し分なく、美しい狼獣人の令嬢に会ってもさっぱり心が動くことはなかった。長く軍隊暮らしをしてきて、色恋と関わりのない暮らしを送りすぎたせいで、そちらに向ける感情が麻痺しているのかもしれないと、ヴィンスから困り顔で言われていたほどだ」

側近のヴィンセントの顔を思い出す。彼ならたしかにそれくらいは遠慮なく言いそうだ。一瞬苦い顔をしたあと、レグルスはさらに続けた。

「だが……お前のことだけは、どうしても気になった。会うとすぐに転びそうになって、放っておいたら死んでしまいそうで、いっときも目を離すことができなかった。しかも、体が弱いくせに、ばあやの薬代のために血を売ろうとしたりと行動は無茶苦茶だ。俺は、そんなお前が食べたり飲んだりしているところを見るとホッとしたし、別れるときはまた一か月後まで会えないのかとげんなりした。そばにいないときも、お前が安全でいるかが気になってイライラしたり、会えないときはなぜだか胸が苦しくなった。唐突に、すぐにでも城に連れて帰りたいという謎の衝動に駆られたりすることすらあった。これまでは、目的に向かい、すべてを思った通りに進めてきたというのに、お前に会ってから俺の心の中は混乱してばかりだ」

彼はルカニアの手を握り、熱くて大きな手で包み込む。レグルスがもう一方の手でルカニアの頬に触れた。

「俺はこれから暴政や内戦で傾いた国を立て直さなくてはならない。王太子として国と民とを守る義務があるから、この山では暮らせない」

別れの言葉かと一瞬身を竦めると、レグルスはまったく違うことを言った。

「だがお前と、それからお前の大切な人たちのために、城に住みやすい場所を用意することなならできる」

驚いてルカニアは目を瞠った。

「で、でも、僕には、神子の力が……」

「力はなくてもいい」

レグルスはきっぱりと断言した。

「あるに越したことはないが、なくなったものは仕方ない。神子かどうかには関係なく、俺はただ、お前と一緒にいたい。つまり、一生の話だ……わかるか？」

——よくわからない。

ぼうっとしたまま、正直に首を横に振ったルカニアを見て、彼は驚くほど優しい笑みを浮かべる。それから、少し困ったように言った。

「つまり、俺は、お前に、求婚しているんだが」

「求婚……」

レグルスはいきなりすぎる。ルカニアの頭の中は、大混乱に陥っていた。

神子のはずなのに力のない役立たずだと地の底まで落ち込んでいた気持ちが、唐突に雲の上に放り投げられたかのようだ。

「答えは？」

「ちょ、ちょっと、あの……少し、少しだけ、待ってください」

「わかった。どのくらい待てばいい？　とりあえず、俺がお前の婚約者であることは認めてくれるな？　子供の頃にした親同士の口約束などではなく、改めて、正式な婚約を交わして、周辺国に向けても公にしたい」

一日でも早く、と言われて、もうルカニアは泣きそうだった。

いいな？と急かされて、もうこくこくと頷くほかはない。

それを見て、ようやくレグルスはホッとした顔になって息を吐いた。

ルカニアが淹れたぬるくなった茶をごくごくと飲み干すと、彼はカップを置く。

「町にヴィンスを待たせている。ミシェルが心配で卒倒しそうになっていたから、急ぎで使い魔を送り、城にも皆の無事を知らせてもらおう」

そう言うと、レグルスが自らの尻尾の毛を数本、無造作に抜く。次の瞬間、毛を載せた彼の掌の上に白い光の塊が生まれた。彼がフッと息を吹きかけると、光はその場で大きな白銀の狼に変わる。町で妖魔に襲われたとき、助けてくれた銀狼だ。

使い魔の狼は、現れたと同時にレグルスの前に伏せた。

「姿を隠してヴィンセントのところに行ってくれ。皆無事に見つかったから、明日の朝には宿に向かう、と」

御意、とばかりに白銀のオオカミは一瞬で姿を消す。不思議な出来事に驚いていたルカニアは、ハッとして慌てて小さな三匹がどこにいるのかを捜した。

すると、初めての場所を冒険して疲れてしまったのか、いつの間にか仔狼たちはレグルスが座っていた椅子の上で丸くなっていた。ひとかたまりにくっつき合って、くうくうと可愛らしい寝息を立てている。すでに熟睡しているのを見て、ルカニアはホッとした。

「今日は俺も、こいつらと一緒にここに泊まらせてもらっていいか？」

扉が開いたままの続き部屋のベッドを見て、レグルスが言う。

「え、ええ、もちろんです！　じゃあ、ええと、イヴァンに寝間着を借りてきます、それから、急いでばあやの部屋のベッドを整えるので――」

「いや、寝間着は不要だ。寝る場所も皆一緒で構わない」

そう言うと、彼はマントを取り、腰に帯びていた剣を外す。それから、ルカニアの前でさっさとすべての衣服を脱いでしまう。目の間であらわになる逞しい男の肉体に呆然と見入っていると、一瞬ふっと空間が揺らいだような不思議な感覚がした。

気づくと、つい先ほどまでレグルスが立っていた場所には、驚いたことに金色の毛並みの大きな狼がいた。深い金色の目は人形（ひとがた）をとっていたときの彼と同じものだ。

彼に合う大きさの寝間着がないし、皆で寝たほうが暖かいので、たしかにこのほうが効率がいい。

レグルスは熟睡している仔狼の首根っこを一匹ずつ丁寧にくわえて、トットッと軽快な足音を立ててルカニアの部屋の寝台に運んでいく。ハッと気づいて、最後のアレヴィだけは慌ててルカニアが抱いて移動した。

寝間着に着替えてから、ルカニアも寝台に潜り込む。足元の毛布の上には、大きな金色の狼の毛に埋まるようにして、小さな金と銀の仔狼たちが熟睡している。

ランプを消して毛布にくるまると、大きな狼があくびをして、眠りに入るのが見える。足元の辺りが三匹の熱でぽかぽかと温かい。

じわじわと込み上げてくる安堵に包まれ、ルカニアは気を失うように眠りに落ちた。


翌朝、二人と三匹で朝食を済ませたあと、ルカニアは再びイヴァンの家を訪ねた。今度は人形に戻ったレグルスも一緒だ。

イヴァンには、ばあやともども昔から世話になっている。いわば村の纏め役のような人だとルカニアが説明すると、「ならば、まずはその人物に挨拶をせねばな」とレグルスが言い出したのだ。

レグルスがよく言い聞かせたので、三匹の仔狼は渋々留守番してくれている。

「突然押しかけてすまない、俺はレグルスという。聖ガルデニア王国の者で、ルカニアの婚約者だ」

予想外の名乗りをした彼に、ルカニアは驚きのあまり声を上げそうになった。

しかも、訪問の前にまやかしの魔法をかけ、金狼の獣耳と尻尾は隠しているものの、彼は本当の名を告げてしまった。

（……隣々国の王太子の名を、イヴァンが知りませんように……）

顔を熱くしながら、ルカニアは心の中で祈る。

どう見ても高貴な身分であるレグルスの突然の登場に、イヴァンはぽかんとしていた。

「手ぶらで来てしまったので、さっき獲ってきた。よければ村の皆で食べてくれ」

早朝に目覚めたレグルスは、ルカニアたちが起きるより前に、狼の姿のまま、山で狩りをしてきたらしい。そのときに仕留めたという立派な鹿を軽々と担いできて、イヴァンに渡している。

「や、やあ、これはありがたい！　干し肉にすれば、しばらくは食べ物に困らないよ」

予想外の客人と、あまりにも大物な差し入れに、しばし呆然としながらイヴァンはやっと我に返ったようだ。

「リルにお迎えが来た日、ロンが使いの人に事情を聞いたと言っていたよ。それがこの人なんだな」

イヴァンによると、突然いなくなったルカニアについて、ロンはなんと『迎えに来たのは幼い頃に決められた彼の婚約者だ』とヴィンセントに聞いていたらしい。たしかに嘘ではないし、そのおかげでルカニアが唐突に仔狼連れで戻ってきた、その『婚約者』までもが現れても、事情を察して穏便に受け入れてもらえた。

無駄に皆を心配させずにすんでよかったが、少々複雑な気持ちだ。

ルカニアが仔狼を送りがてらガルデニアに帰り、ばあやの到着を待つことを伝えると、イヴァンは目を潤ませた。

「そうか、やはりすぐに帰るのか。せっかくだから鹿料理を振る舞いたいところだが……その子らを送っていくのなら仕方ない。それに、皆で生まれ故郷で暮らせるのが一番だからな」

しみじみと言われて、故郷に帰ることができない彼らの気持ちを思うと切なくなる。家族同然の彼らに、また必ず会いに来るからという約束を交わしてイヴァンの家を出た。

「お前の親代わりであるばあやに会えなかったことが残念だ。まあ、待っていればガルデニアで会えるのだろうが」

レグルスの言葉に、ルカニアは笑顔になる。

「ぜひ、会ってもらいたいです」

「ばあやは城では神子の使用人か乳母だったのか？」

「いえ、母の親友だったと言っていました。そうだ、ばあやは銀狼の獣人なんですよ」

それを聞いて、レグルスが眉を顰めた。

「銀狼……？　どこの家の者だろう。ばあやの名前は？」

「アンナです。苗字は、ええと、たしかリートベルクだったはず」

ルカニアが言うと、怪訝そうだったレグルスが一瞬動きを止めた。

それから、はーっと深いため息を吐く。

「どうかしたのですか？」

母たちが城を出たとき、レグルスは十歳だった。もしかしたら、当時城で働いていたというばあやのことも知っているのかもしれない。

「……なんでもない。挨拶できる日が楽しみだ」と彼は苦笑する。

不思議に思ったが、三匹を留守番させているので急いで家に戻る。

町の宿屋では、皆の戻りをヴィンセントがいまかいまかと待っていることだろう。

出発の準備をして、レグルスがアレヴィとライジェルの二匹を、ルカニアがキアランを抱き上げる。母の墓参りを済ませてから、イヴァンの呼びかけで出てきてくれた村人に見送られて、皆で山を下りた。

＊

宿で待っていてくれたヴィンセントの空間転移魔法で、二人と三匹の仔狼は無事にガルデニアの王城へと戻った。

すると、待ち構えていた使用人たちがすぐさま迎えに来て、三匹を預かり、アルヴィス夫妻の元に連れていく。心配のあまり、ミシェルは床に伏せてしまっていると聞き、ルカニアは申し訳ない気持ちでいっぱいになった。

三匹を無事に連れ帰ると、残った気がかりは、ガルデニアに向かったというばあやたちのことだった。

レグルスは部下に命じ、ポルドからガルデニアへの街道の要所に人を送り、通りかかればすぐに見つけられるように手はずを整えてくれることになった。

『男女二人連れで、仔山羊か、もしくは大人の山羊を連れている』という特徴を伝えてある。山羊を連れている者はそう多くはないだろうから、ガルデニアに着く前にはきっと見つけ出せるはずだ。

城に戻るとすぐ、レグルスは来月に改めてルカニアとの婚約の儀式を行うと決めた。

「お前が求婚に頷いてくれたら、戴冠式と同時に結婚式を執り行うつもりだ」と真顔で言われて、ルカニアは気が遠くなりそうだった。

ルカニアはどうにか彼の婚約者であるということを受け入れられたばかりだというのに、彼は気が早すぎる。

今後のことをまだ悩んでいると、レグルスはルカニアを新たな部屋に連れていった。

これまでは有無を言わせず彼の私室に置かれていたのにと不思議に思っていると、彼は言った。

「お前が結婚を承諾してくれるまでの間は、けじめとして部屋を分けようと思う」

新たに用意してくれたルカニアの部屋は、レグルスの部屋の並びで数部屋先にある、とても立派な客間だった。居間と寝室の二間続きになっていて、寝室に繋がる広々とした浴室まで備えつけられている。

レグルスの部屋も豪奢だったけれど、元々王太子の生まれで、国王代理という立場でもある彼の部屋に遜色ないほどの立派な部屋にルカニアは気後れしてしまう。

「あのう、こんなにすごいお部屋を用意していただかなくても……」

「何を言う？　お前は我が国の神子一族の末裔で、しかも俺の婚約者でもあるのだぞ。新しい城を一つ建てたっていいくらいだ」

不思議そうなレグルスの言葉に、ルカニアはとんでもないと震え上がった。

一つ安堵したのは、こちらの部屋付きの使用人として、レグルスの部屋でも世話になり、すでに顔馴染みのハンスが来てくれたことだ。

「こちらのお部屋でもルカニア様のお世話をさせていただきます」

年配のハンスは物静かだがとても気の回る人で、ルカニアが困る前に何もかもを用意してくれる。新たな部屋に緊張していたが、彼の顔を見て、ルカニアはホッとした。ハンスを寄越してくれたレグルスの配慮に感謝した。

扉がノックされ、「失礼します」と言ってヴィンセントが部屋に入ってくる。

「俺は仕事に戻らなくてはならないが、心配だから今日はヴィンセントを置いていく。扉の前には警護の者をつけておくから」

ハンスもいるというのに、レグルスはわざわざヴィンセントを呼んだらしい。

出ていってしまいそうになる過保護な彼に、ルカニアは急いで声をかけた。

「ま、待ってください、レグルス様」

足を止めたレグルスに訴える。

「僕……、アルヴィス様とミシェル様に、お詫びをしに行かなければなりません」

不可抗力とはいえ、自分は小さな三匹を連れたまま一晩行方不明になってしまったのだ。事情は伝えてもらっているはずだが、少しでもあの子たちが怒られないようにしたい。できることなら、少しでも早めに、自分の口からいきさつの説明と謝罪をしておきたかった。

伺っても構わないか訊いてもらいたいと頼むと、「ならば、アルヴィスにこちらの部屋に来てくれるように伝えておく」とレグルスは応じてくれる。

あとをヴィンセントに頼み、彼は部屋を出ていった。

しばらくして、ハンスが茶と茶菓子を運んできてくれた。テーブルにカップを置きながら、そっと伝えてくれる。

「午前中の議会が終わり次第、アルヴィス様がこちらにおいでになるそうです」

早々に謝罪できそうなことに、ルカニアはホッとした。

「わかりました。ありがとう、ハンス」

「では、僭越ながら、レグルス様が不在の間、私がお相手させていただきます」

そう言って、向かい合わせに座ったヴィンセントが恭しく頭を下げる。ルカニアも「こ、こちらこそ、よろしくお願いします」と言ってぺこりと頭を下げた。

何度も彼の空間転移魔法の世話になったが、ヴィンセントと会うときにはいつもレグルスがいたから、二人だけで話すのはこれが初めてだ。

ヴィンセントについては、レグルスの腹心の部下であり、難しい魔法を使える魔法士でもあるということくらいしか知らない。

「――ルカニア様。改めて、この城に戻ってきてくださり、ありがとうございます」

なぜか礼を言われ、ルカニアはきょとんとした。無謀な行動を窘められるならばともかく、自分は礼を言われるようなことは何もしていない。

「あなたが帰ってきてくださって、本当によかった。アレヴィ様たちとともにあなたの姿が見えなくなったとわかったときの、レグルス様の狼狽えぶりときたら……」

茶の入ったカップを手に、しみじみとした様子でヴィンセントは言う。

「ここ数年の間……国王陛下の半ばご乱心されたとしか思えない統治で、民は皆翻弄されていました。レグルス様が発起なさらなければ、もうこの国は終わりだったのです。レグルス様は多くの貴族から支持され、国民からも絶大な人気がおありで、間違いなく、これからのガルデニアを導いていかれるお方です。どうかルカニア様、レグルス様のおそばで力になって差し上げてください」

深々と頭を下げて頼まれる。ルカニアは慌ててヴィンセントに顔を上げてもらいながら「僕にできることがあるなら、なんでもします」と答えた。

できることなら、レグルスの支えになりたいと思う。

――役立たずの神子でも、彼がそばにいることを許してくれるのなら。

午後になると、レグルスから伝言を聞いたアルヴィスが、ルカニアの部屋を訪れた。

「遅くなってすまなかったね。今日はいろいろと決めることが多くて」

交代でヴィンセントが部屋を出ていく。ハンスがアルヴィスのぶんの茶を運んできた。

ミシェルは子供たちの無事を泣いて喜んだそうだが、今日はまだ体を休めているらしい。おそらくは多大なる心労のせいだろうと、ルカニアは身の縮む思いがした。

「アルヴィス様、お詫びが遅くなってしまいましたが、昨日はご心配をおかけして、本当に申し訳ありませんでした」

ルカニアが頼んだわけではなくとも、三匹とともに勝手に国外に移動したことには変わりない。

今回の件は安易に自分が口にしてしまった望みのせいだ。決してキアランのせいではなく、むしろ、村に帰らせてくれたあの子の思いやりをありがたく思っていると伝える。

だが、アルヴィスのほうからは、幼いキアランの魔力が暴走しがちだということをもっと気にするべきだったと、逆に謝罪された。

「一報を聞いたときは驚きましたがね、実は、すぐに行方はわかると思っていたんですよ」

どういうことだろう、とルカニアが首を傾げると、アルヴィスは微笑み、ルカニアが服の中に隠して首から下げている守り石のペンダントに目を向けた。

「その紫色の石はね、離れていても持っている者の居場所がわかるという、我が王家の秘宝なのです」

「え!?」

予想外の話にルカニアは仰天した。

なんでも、この守り石は大きな宝石をいくつかに分けたもので、魔力を持つ者が占えば、かけらを持つ者の居場所や状況を知ることができるそうだ。

「で、でも、これはリンデーグで人気の土産とのことで、レグルス様が買ってきてくださったもののはずです。何かの間違いでは……?」

動揺しつつルカニアが訊ねると、アルヴィスは首を横に振った。

「近頃リンデーグ帝国で人気なのは、紫ではなく青色の宝石ですからね。おそらく、王家の宝物だと言うとあなたが恐縮すると思い、土産として渡したのではないでしょうか」

（そうだったんだ……）

たしかに、土産物として渡されたからありがたく受け取ってしまった。けれど、真実はどうやら違ったようだ。

「もしかして、返そうなどとは思っていないでしょうね?」

アルヴィスに訊ねられて、ルカニアは正直な戸惑いを打ち明けた。

「そんな大切な物を、僕が持っていていいのかと」

自分はそんな貴重な宝物をもらっていい身ではない。しかし、ルカニアの言葉に、「もちろんですとも」とアルヴィスは頷いた。

「どうか持っていてください。レグルスが他でもなくその石をあなたに渡したのには、理由があるはずです」

「そうなのでしょうか……」

ええ、とアルヴィスは断言した。

「しかも、そのおかげで、今回レグルスは即座に君たちを追うことができたのですからね。渡した本人も、まさかこんなにすぐに役に立つとは思わなかったでしょうが……肌身離さずに持っていてくれて本当によかった」

茶を飲みながら、彼は思いついたように言った。

「一度、ヴィンセントも連れて村まで行けるといいですね。そうしたら、この城と村とを一瞬で行き来できるようになる。それなら城に住んでいても安心でしょう？」

一瞬ぽかんとして、それから、ルカニアは納得する。

（……そうか、そんなことが可能になるんだ……）

ヴィンセントは、魔法陣のある場所から、一度足を運んだことがあるところに一瞬で飛ぶことができる。彼に空間転移魔法を使ってもらえばすぐにでも村に帰れるようになるのだ。驚愕の便利さだ、とルカニアは驚いた。

「実は昨日、あなたたちを迎えに行くときにも、ヴィンセントを同行させれば村から城にすぐ戻れるだろうと言ったのですが、レグルスが難色を示しましてね。『事情のある者たちがひっそりと暮らしている村に、他国の者が突然押しかけること自体、好まれないはずだ。ともかく、今回はルカニアたちを無事に連れて帰れればそれでいい、何人もで訪れて村人を怯えさせるのは本意ではない』と言って」

（レグルス様が……）

国王代理の彼が、使いを寄越すのではなく、供も連れずにたった一人で山にやってきた理由と、その気遣いを知って、ルカニアの胸はじんとなった。

「あなたとレグルスとの婚約は、城の皆が歓迎して、結婚を待ち望んでいます。先々、戴冠式を行うとき、一緒に結婚式もしたいと考えていると聞きました」

「あ、あの……婚約はしたのですが、結婚についてはまだ……」

ルカニアが戸惑いながら言うと、アルヴィスは驚いた顔になった。

「おや、迷っていらっしゃる？　どうしてですか？　レグルスに何か問題でも？」

「いいえ……その、僕は神子だった母の子ですが、そもそも山育ちで、レグルス様のお相手として自分がふさわしいとはどうしても思えなくて……」

アルヴィスはその不安を笑い飛ばした。

「レグルスは使用人に命じて、城の宝物庫からその宝石を選んで持ってこさせた。そして、あなたの居場所がいつでもわかるようにとわざわざ渡したんです。彼はこれまで、恋愛の話が出たことが一度もない。恋人はもちろん、どこかの娼館に愛人がいるという話も、使用人に手をつけた話も聞いたことがないんですよ。そのレグルスが、君が神子だとわかる前から、『城に連れて帰りたい者がいる』と私たちに打ち明けていた。それだけでも、あなたへの執心ぶりがわかるというものでしょう」

アルヴィスは、神子一族が国を出たあと、レグルスが、国王からどんな仕打ちを受けてきたのかを話してくれた。

「……王太子の身でありながら、たった十二歳で彼は士官学校に入れられた。国王は神子を追放した自分の決定に歯向かった息子を不快に思っていたようです。その後、入隊した軍では、王族ではなく一兵卒として、かなり酷い扱いを受けたと聞きました。そこから彼が実力で成り上がり、軍で頭角を現すと、今度は密かに刺客が送られて、命を狙われるようになった。つまり国王は、息子を城に呼び戻すことなく、殺すつもりだったんです」

信じ難い話にルカニアは愕然とする。

「それでも彼は城に戻ってくるためにただ黙々と、軍での功績を重ねてきた。生き残れたのは私の父――国王の兄です――が内々に手を回したこともあるが、それ以上に彼自身の努力の結果です。彼がこうして城に戻れたのは、王が病に倒れたからですが、それは一つのきっかけにすぎない。あのまま内乱が続いていたら、間違いなく王太子軍は王立軍を打ち破って城を取り戻していただろうと思いますよ」

苦々しい様子でアルヴィスは言う。

「……私自身は、あまり体が強くなかったので、軍には入らずに城に残りました。ある意味では国王におもねることで、粛清されずに生き残ったんですよ。少しでもレグルスの状況をましにできればと常に思っていましたが……それでも、ガイウス叔父上の不興を買いそうなときは、彼がどんな厳しい状況に晒されても、黙っているしかありませんでした」

それもまたつらいことだったろう、とルカニアは思う。

ふとアルヴィスは皮肉な笑みを浮かべる。

「私の父はね、弟である国王と対立したことで、ありもしない罪を着せられて遠方に追いやられて、名を汚されたまま、そこで亡くなりました」

「え……」

ルカニアが衝撃を受けていると、彼は視線を伏せる。

「王太子の身でありながら、一軍人からのし上がるしかなかったレグルスや、親友である元神子を追放されて、別居を選んだ王妃殿下に比べたら、私は歯がゆい思いをしたとはいえ、城でのうのうと暮らしてきたんです。でも、そんな私をレグルスは少しも蔑むことなく、『城に残る者も必要だった』と労ってくれました」

王が病に倒れ、城に帰還したレグルスは真っ先にアルヴィスの父の墓に参ったという。

『あれほど力になってくれたのに、助けられなかった。すまない』と、彼の父の墓に謝ってくれたそうだ。

「彼が王位についたら、素晴らしい王になると確信しています。私は生涯、レグルスを支えるとすでに固く誓っているんです」

――ルカニアが村で身を潜めていた間、レグルスは国のため、必死に戦っていた。

村に着き、奇跡の力が消えてからは追っ手の気配もなく安穏と暮らしていた。そんな自分に比べ、十年以上もの間、王の手の者を躱しながら軍の中で生きることは、考えられないくらいに大変だったはずだ。

「レグルスがあなたを城に連れて戻ってくれて、本当によかった。城の者は、誰もがあなたがた二人の幸福を心から願っているんですよ」

微笑むアルヴィスの言葉に、ルカニアは零れそうになる涙を必死で堪えていた。

再び城に戻ってから、レグルスは毎日、どんなに忙しくともルカニアの部屋を訪れるようになっている。

部屋を分けた意味はあまりない気がしたが、毎夜夕食をともにしても、婚約中のためか、眠るときは自分の部屋に戻っていく。

だが、変わったこともあった。

部屋を出る前に、彼は「いいか？」と確認してから、ルカニアの項を甘噛みし、必ず匂いづけをする。「二度とお前が不安にならないようにしたい」と言い、毎日仮のつがい契約をして、もう自分のものであるという証しをルカニアに刻んでいくのだ。

今夜も夕食を終えると、レグルスはルカニアの体を抱き寄せた。服は脱がされないので、匂いづけは両手首と項の両側だけだが、そのぶん丁寧に口付けられる気がする。硬くて逞しい体に抱き締められ、宝物にするように優しく唇で触れられて、甘く歯を立てられると、心臓が壊れそうなほどどきどきする。

最後に額にそっと口付けてから、「いい夢を」と言って、レグルスは名残惜しそうに部屋をあとにした。

彼に強く執着され、ルカニアは戸惑いとともに、深い安堵を覚えていた。

レグルスは、いまも諦めずに調べてくれているようだが、神子の力が消える前例はなく、取り戻す手立てもやはり見つからないようだ。

だが、力がなくてもいい、と断言してくれたレグルスの言葉で、ルカニアはまるで憑き物が落ちたかのように心が軽くなっていた。いつか、特別な力がないと広く知られたら、民から糾弾されるかもしれない。けれど、レグルスが、ただの『リル』としてそばにいることを望んでくれるなら。

――いまはともかく、自分にできることをしよう、とルカニアは決めた。

事件が起きたのは、そんな日々の最中のことだった。

「また王都で数人、国王派の残党を捕らえた」

ある日、夕食をともにするために訪れたレグルスが言い、ルカニアは眉を顰めた。

数少ない国王派の者たちは、レグルスが先の戦でほとんど処分した。だが、ここのところ、その残党が再び発起する気配があるらしく、警戒を強めているところだという。

そのためか、もう外出禁止ではなくなったものの、部屋の外に出るときには、ルカニアにも警護の者がつけられるようになった。

ここのところ、ルカニアは自ら望み、週に何度か枢機卿の元に、神子が行う儀式について教えてもらいに行っている。

神子の責務は様々にあった。地下の魔物に鎮魂の歌を歌い、豊穣や子宝祈願の祈りを捧げる。民と面会して人々の苦しみを取り除き、病や怪我を治す祈りも欠かせない。

どれも神子にしかできず、だが、無力なルカニアが行っても無意味なものばかりだ。

「神子が施す奇跡は多くありますが、もっとも大切なのは、年に一度、王に捧げる未来の託宣ですな。これまでの託宣は、長い歴史の中で一度も外れたことがありません」

(一度も……)

枢機卿の言葉に、自分が幼い頃に告げた託宣のことが頭をよぎった。

レグルスは気にしていないと言ってくれたけれど、やはり、不吉なことこの上ない。

『金狼族の王の子が、祖先が封じた魔物を目覚めさせ、この国を滅ぼすだろう――』

託宣を伝えた本人は、何を言ったのか覚えていない。さらに、続けて告げようとした言葉があったそうだが、国王に遮られて幼いルカニアは途中で口籠もってしまったそうだ。

もちろん、なんと言おうとしたのかはまったくわからない。

(でも……レグルス様が国を滅ぼすはずなんてないし……)

国王の子は彼一人だ。他に金狼族の王の子、となると、前王の子となるが、彼らはもう皆天国に行っている。レグルスに異母兄弟などがいれば話は別だが――。

そう思ったとき、ふとアルヴィスが言っていた言葉が頭をよぎった。

『レグルスも、幼い頃の姿は私と実の兄弟かと思うほどよく似ていたんですよ』と。

(たとえば……アルヴィス様がもし、国王陛下の兄上ではなく……国王陛下自身の子供だったとしたら……?)

急に不安になったが、浮かんだ考えをぶんぶんと頭を横に振って打ち消す。レグルスを支えると言っていた彼が、国に害を及ぼすはずはない。

いま自分がすべきなのは、余計な考えに惑わされることではない。

枢機卿とともに、心を込めて午後の祈りを捧げる。

特別な力はなくとも、せいいっぱいルカニアは祈った。

――どうか、この国に平穏が続きますように、と。

落ち着かない気持ちで部屋に戻ると、ちょうど使用人がいつものように小さな三匹を連れてきてくれた。日によってまちまちなのだが、今日は皆仔狼の姿だ。

結局あれからミシェルにはこっぴどく叱られてしまったようだが、可愛い三匹は懲りずにルカニアの部屋に遊びに来てくれる。

そのおかげでか、ルカニアも少し体力がついてきたみたいで、じょじょに足元がふらつかなくなってきた。

血の巡りがよくなったのか、辺りがよく見えるし、いろいろなものが不思議と輝いて見えるほどだ。

間近に迫った婚約の儀式の支度も整った。不安はすべて消えたわけではないが、自己嫌悪の中に沈み込み、強張っていた心がだんだんとほどけ始めていた。何よりも、恋心を抱いていたレグルスが、神子だからではなく、ただの村人だった自分を想っていてくれたと知ったことが、ルカニアを勇気づけてくれた。

そして今日も、ひとときの間悩みを忘れて、ルカニアは仔狼の遊び相手に集中した。庭師が留守にしているのか中庭の草木はここ数日でやけに伸びて、あちこちにあった蕾が開きかけている。

追いかけっこの次はかくれんぼをしようということになり、皆ではしゃぎながら中庭と部屋の中を行ったり来たりしているうち、おやつの時間になる。けれどどこを見回しても、鬼だったアレヴィの姿が見当たらないことに気づく。

「アレヴィ様？　どこにいるの？　もうかくれんぼは終わりにして、おやつを食べよう？」

ライジェルたちも出てきて一緒に捜してくれる。しかし、鼻の利く仔狼二匹が困り切って同じところをうろうろし始める。この二匹に見つけられないとなると、部屋にも中庭にもいないということになる。

もしかしたら、知らない間に一匹だけで扉から外に出てしまったのかもしれないと思うと血の気が引いた。

「と、ともかく、レグルス様たちに知らせなきゃ……」

城の中はあまりにも広大で、隠れるところなど数え切れないほどある。小さな仔狼が一匹でうろつくには危険すぎる場所だ。

レグルスは政務中のはずだが、これは緊急事態だ。もし他の子もいなくなってしまったらと思うと、あとの二匹を置いていくのが不安で、ハンスに頼み、執務室にいるレグルスに急ぎで状況を知らせてもらう。

諦め切れず、見落としがないかと部屋中を歩き回る。その後ろを、二匹がとことことこと心配そうについて回っている。

再度捜し尽くして途方に暮れたとき、ルカニアはハッとした。

幼いながら、キアランの魔力は魔法陣もなく三匹と一人を飛ばせるほどに強大だ。

「キアラン様、もしかして……アレヴィ様のところに飛べたりする？」

きょとんとしてから、キアランは「クウン」と困ったように鳴いて首を傾げた。

ミシェルから先日の空間転移魔法の使用を怒られた際に、『もう勝手に魔法を使って遠くに行ったりしないこと』という約束をさせられたそうだから、たとえできてもしてはならないとわかっているのだろう。

「そっか、無理を言ってごめんね。大丈夫、僕がちゃんと捜すから――」

そう言いかけたとき、キアランがぴょんとルカニアの膝の上に乗ってくる。

「ウー、アウ、アウッ！」

キアランが何か吠えて訴えている。ライジェルが慌てて駆け寄ってくるが、間に合わない。次の瞬間、足元が崩れるような感覚がして、ルカニアはキアランとともに、暗闇の岩場のようなところに投げ出されていた。

「わあああっ!?」

転がりながら、キアランが怪我をしないよう慌てて抱え込む。

どうにか身を起こして、急いでルカニアは暗い中で仔狼の様子を確認する。キアランがなんともないとわかると息を吐いた。

どこかからごうごうとやけに不快な音がして、生ぬるい風がどこからともなく吹き上げてくる。

どうやら洞窟の一部のようで、道が奥のほうまで続いている。そちらからかすかな光が差しているのを感じて、ルカニアは小さなキアランを抱いたまま立ち上がった。

(こんなところに、アレヴィ様がいるの……?)

だが、知らない村に飛ぶことができたキアランが、城の中でアレヴィのいる場所を間違えるはずはない。とはいえ、いったいここがどこなのかルカニアにはさっぱりわからない。

不安な気持ちでそろそろと進むと、ふいに天井が高くなり、開けた場所に出る。

洞窟の突き当たりの地面にはぽっかりと深くて大きな穴が開いている。端のほうに分厚い金属製らしい蓋のようなものが見える。左右に分かれて開いたその中からこの音が聞こえているようだ。

いったいこの音はなんなのだろう、と思っていると、穴の向こう側に座り込んでいた誰かが立ち上がるのが見えた。黒狼の獣人だ。

「……ルカニア様?」

「……ジル? ジルなの?」

怪訝そうな様子で立っていたのは、城に連れてこられたとき、最初に部屋付きで世話をしてくれた使用人のジルだった。

なぜ彼はこんなところにいるのだろうと不思議に思ったが、知った顔に会い、ルカニアはホッとした。

「大変なんだ、実はいま、アレヴィ様の姿が見えなくなってしまって――」

良いながら駆け寄ろうとしたとき、腕に抱えたキアランが「ウー！」と強い唸り声を上げた。

とっさにルカニアは足を止める。ジルは足元にある籠の中に手を差し入れ、何かを取り出した。

「――アレヴィ様!?」

ジルが掴み出したのは、ぐったりしている仔狼だった。毎日のように会っているから、すぐにそれがアレヴィなのだとわかる。

「ご安心ください、まだ死んではいません」

ジルは淡々とした様子で言う。

「この子たちがあなたの部屋に毎日行っていることを知ったので、食べ物でおびき寄せて、眠り薬を仕込んだおやつを与えただけです。だから、まだ眠っているだけ」

キアランを抱きかかえたまま、ルカニアは唖然としていた。

「眠らせて、誘拐したってこと……？」

「その通りです。でも、殺すつもりはありません。ただ、あなたが不注意で見ていなかった間の事故として、死なない程度の大怪我をさせるつもりだったんですよ。そうしたら、あなたとアルヴィス様ご夫妻の間に亀裂が入るでしょう？　その後、あなたに奇跡の力がないとわかれば、ミシェル様の態度も変わるかもしれません。きっと、レグルス様とアルヴィス様の仲もぎこちないものになるでしょうね」

「ジル、いったい何が目的なの？」

彼の言っていることがわからなくて、ルカニアは必死の思いで問い質した。

「あなたを亡き者にすることで、レグルス様とアルヴィス様が決定的にぶつかり、どちらか、もしくは両方が大怪我をするか、死んでもらえたらと思っている方がいらっしゃるのです。だから少しずつ追い詰めて、様々な罪をなすりつけて、最終的にあなたには自害していただくつもりでした」

「なぜ……？　誰かが僕を恨んでいるってこと？」

ジルはなぜかにっこりと笑った。

「あなたを恨んでいるわけではありません。私がお仕えしている方は、あなたに執着している息子と、自分を切り捨てた甥を憎んでおられるのです」

息子と甥——。

「ジルは、国王の手先だったのか」

彼はそれを否定せずに微笑んだ。

まさかの事態にルカニアは驚愕した。そんな人物がルカニアたちの部屋付きとして働いていれば、どんな小細工であってもし放題だったろう。

すでに、アレヴィがいないという連絡はレグルスのもとに届いているはずだ。部屋にライジェルしかいないとなれば、きっと彼は緊急事態だと気づいてくれる。

助けが来るまで、アレヴィに危害を加えられないように時間稼ぎをしなくては、とルカニアは焦った。

「部屋付きを外されてから、これまでの間、どうしていたの？」

ルカニアが食事をとっていないことを隠していたとして、彼は部屋付きの職からを外された。その後のことは聞いていないけれど、元々ミシェル付きだったなら、元に戻されたのだろうと思っていた。

「私は解雇されました。ミシェル様に懇願しましたが、話も聞いてもらえず……城の侍従長が哀れんで、下働きでよければと言って仕事をくれたんです。それがなんとこの魔物を地下で見張る、世話係の仕事だったんですよ」

くすくすとおかしそうに笑うジルにゾッとする。つまりこの地下の穴の中にいるのが、太古の昔に封じられたという件の魔物らしい。

「あなたが食事をとらないと言い出したとき、私は内心で歓喜しました。だけど、このまま死んでくれたらと思ったのが馬鹿でした。もっとじっくりと時間をかけて、ちゃんと殺しておけばよかったのに……」

そのとき、ジルに掴まれたままぐったりしていたアレヴィが、ひくひくと手足を動かした。ちゃんと生きていることにホッとする。どうにかしてアレヴィを助けなければ、とルカニアは悲壮な思いで考えを巡らせた。

たとえ国王派だったとしても、ジルがなぜここまで酷いことができるのかわからない。

じっと仔狼を見下ろした彼は、ふと空虚な目でルカニアを見た。

「……十三年前、幼いあなたが王太子の誕生日に授けた託宣を聞いたときは、驚きました。『金狼族の王の子が、祖先が封じた魔物を目覚めさせ、この国を滅ぼすだろう――』これは、私のことだと」

ジルは小さく笑って続けた。

「私の母は黒狼の獣人で、国王陛下の部屋付きの使用人でした……私は、母と陛下の間に生まれた子供なんです」

(ジルが、レグルス様の異母兄……!?)

あの託宣の『金狼族の王の子』とは、レグルスのことでも、アルヴィスのことでもなかったのか。

ジルの発言が事実なら、王の子は、もう一人いたのだ。

驚くべき発言のあと、ジルはにわかに暗い顔になった。

「父は、母が孕んでいるとわかると、わずかな慰労金とともに城を追い出しました。王都の片隅で働きづめの母の元で育った私は、いつか父が王族の一員として迎え入れてくれると信じて、様々な行儀作法を学び、国の歴史についても頭に叩き込みました。黒魔法の才能に恵まれていたので、妖魔を飼いならして、いつか父の役に立てればとさえ思っていたんです。けれど、母が亡くなった知らせを送ってもいっこうに音沙汰がなかった。どうにかして父に会うために、伝手を辿り、やっとの思いで使用人となって城に上がったんです。努力し続け、ミシェル様に召し上げられたあとも機会はなくて、ようやく面会が叶ったのは、病に倒れた父が離宮に追いやられてからのことでした」

そのときのことを思い出すかのように、一瞬うっとりとした顔をする。ふいに、ジルは据わった目をして言った。

「私を呼びつけた父の望みは『どうにかしてレグルスを殺せ』という、ただその一つだけでした。そうしたら、お前を王太子にしてやると言われて、私は王太子の暗殺を決意したんです。でも、彼は魔力が強くて、殺すどころか、殺意を持って近づくことすらできず……そんなときに、密かにあとをつけさせていた妖魔から、彼にヴァールの町でたびたび会っている平民がいることを知ったんです。あなたのことですよ」

ルカニアは腕の中のキアランを守るように抱え直す。

「あなたを殺せば、王太子に隙ができるかもしれない。そう思って妖魔に襲わせましたが、まさか神子だとは気づきませんでした。襲撃は失敗しましたけれど、その後、幸運にも王太子が連れ帰った神子の世話係になったんです……レグルス殿下が思った以上にあなたにご執心だとわかって、心が躍りました。もし神子が死んだら、彼も苦しみ、さぞかし荒れるだろうと。国王にあっさり捨てられてぼろぼろになるまで働いて亡くなった母のためにも、ただ殺すだけではなく、王の子に復讐をしなければと」

そう言うと、ジルは仔狼を持っているのとは逆の手を穴のほうにかざす。魔法を使ったのだろう、彼が手を揺らすと地鳴りがして、半開きだった蓋が完全に開いた。

ジルは、目覚めかけて手足をひくひくさせているアレヴィを、よりによってその穴の上に差し出す。

「何をするの!?　やめて!!」

思わずルカニアが悲鳴を上げると、ジルは冷たい目をして言った。

「この子を魔物のいるところに投げ込まれたくなかったら……そうですね、代わりにあなたがこの穴に飛び込んでください」

予想外の指示にルカニアは息を呑む。怯えたことに気づいたのか、ジルはわずかに哀れみを感じさせる顔になった。

「この魔物はね、建国の頃からここに閉じ込められているんです。大聖堂の図書室にある禁書を密かにひもといて知ったのですが、こいつは初代ガルデニア国王の実の弟で、私と同じ、黒狼の獣人だったそうなんです。彼には金狼の兄がいて、ある娘を兄と取り合った末に奪われ、絶望のために闇に落ちたのだ、と。娘は兄を愛していたけれど、弟の魂を救うために命を捧げようとして、神に救われ……その娘が天に呼ばれて、最初の神子となったのだとか」

ジルはルカニアをじっと見据える。

「結局、兄はすべての財産を継ぎ、神子となって戻ってきた愛する娘と結ばれて、二人の子は代々の王として敬われているのに、この弟は死ぬこともできないまま、ずっと地獄みたいな穴の中で生かされ続けているんですよ。可哀想でしょう？　同じ兄弟なのに。私とレグルス殿下も、同じ父の子で兄弟なのに、天と地ほども違う……まったく受け入れられません」

さあ、早く、とジルに急かされて、ルカニアは覚悟を決めた。

抱いていたキアランをそっと足元に下ろして、「いい？　すぐに助けが来るからね」と囁いて、頭を撫でる。キュウキュウと鳴いてキアランが足に纏わりつこうとするのを駄目だよと言って遠ざけた。

ジルに伝えなければいけないことがある。

「先に、アレヴィ様を安全なところに戻してください」

ジルが肩を竦めて、仔狼を無造作に隅のほうへ放ろうとする。すると、いつの間に目覚めていたのか、アレヴィが暴れ出し、思い切りジルの手に噛みついた。

「あああっ！　何をする、こいつ……っ!!」

カッとなったジルは、アレヴィを穴に向けて思い切り投げ落とす。

「アレヴィ様っ!!」

とっさにルカニアは穴に駆け寄り「神様」と呟く。何も考えられないまま、仔狼を追って飛び降りていた。


覚悟を決めて飛び込んだが、穴は信じられないほど深くて、どこまでも落ちていく。小さなアレヴィを抱き留めて助けることなどできるはずもなかった。

恐怖の中で、これまでの出来事が脳裏を一気に駆け巡る。母やフランたちをなくした悲しみ、奇跡の力を求める人々を助けられなかった悔い。

そんな中でもっとも強く思ったのは、どうしてレグルスの求愛を素直に受け入れられなかったのだろう、という深い後悔だった。

気づけば、熱いのか冷たいのかわからないものにルカニアは包まれていた。ふわふわとして、ぬるま湯の中を漂っているかのようだ。

深い穴に落ちたはずなのに、痛みも苦しみもなくて、ただ心地がいい。もし天国があるのなら、きっとこんな場所だろう。

たゆたっていると、誰かの優しい声が聞こえた。

〝何が望みだ？〟

どこかで聞いたことのある声だった。

ふいに、先ほどの洞窟での光景が思い出されてハッとする。

『アレヴィ様を……穴に投げ込まれた仔狼を助けていただきたいのです』

〝承知した〟

『それから、置いてきたキアラン様は無事ですか？』

〝怪我はないが、困っているようだ〟

アレヴィとルカニアが穴に落ち、おろおろしているキアランの様子が目に浮かぶ。このままではジルに危害を加えられてしまうかもしれない、と焦りを感じた。

そのときルカニアは、穴の底にうずくまっている巨大な存在に気づいた。

その黒い塊は、もう獣人の姿でも狼の姿でもない。ただ死を待つように静かに呼吸し、そして、深い悲しみに包まれている。兄に落とされて地下に閉じ込められた魔物の心の中がなぜだか伝わってきて、ルカニアは泣きたい気持ちになった。

『彼を救ってあげることはできないのでしょうか？』

〝いまは、そばにさらなる悪意の塊がいて私には難しい。だが、お前にならできるだろう〟

さらなる悪意の塊とは、もしかしてジルのことだろうか。

『僕にはそんなこと……』

困惑するルカニアに〝ルークの寄る辺なき魂のために歌を捧げてやればいい。それは、お前にしかできないことだ〟と優しい声が囁いた。

ルークというのが、あの魔物の名前なのか。

『でも、僕の歌では……』

〝心配はいらない〟と声は即答した。

〝お前の祈りは私に届く。困ったときは祈ればいい。私の手で叶えられるぶんだけ叶えてやろう〟

『……じゃあ、これまでの祈りにも、意味があったということなのですか？』

ルカニアが戸惑って訊ねると、優しい声が、まるで当然だとでもいうように笑みを含む。

声は続けた。

〝ティレニアがこちらに来たあとは、私の使いを送っておいただろう？　幼いお前が困らないように、仮の姿でそばにいて、いつもお前を助けていたはずだ〟

(使い？　誰のことだろう？)

この人は母と同じところにいて、祈ればその願いを聞き届けてくれる。

いったい誰なんだろう。

頭の中がぼんやりしていて考えが纏まらない。一つだけ、どうしても気になることがあって、ルカニアは問いかけた。

『……どうして、そんなによくしてくれるのですか？』

かすかに、頭を撫でられた気がした。

〝お前はティレニアと私の宝だから〟

そう言われたかと思うと、意識が一瞬遠のく。

『あなたは、まさか――』

訊ねる前に、一気に水中から引き上げられるかのように、感覚が鮮明になった。

気づいたときには、ルカニアはきょとんとしたアレヴィを腕に抱き、穴のそばにしゃがみ込んでいた。心配していたのだろう、キアランが大喜びで回りを走り回っている。

「なっ、なぜ!?　穴に落ちて死んだはずなのに……っ」

すぐそばに立つジルが、ぎょっとした顔で戻ってきたルカニアたちを見る。

腰に帯びていた短剣を抜き、襲いかかってこようとするジルから二匹を守らなければと、ルカニアは立ち上がった。

二匹は牙を剥いて必死で彼を威嚇している。

するとと通路のほうから駆けつけてくる足音がした。

「ルカニア!!」

「アレヴィたちも無事か!?」

事態に気づいて捜しに来てくれたのだろう、走ってきたのは、レグルスとアルヴィス、それからヴィンセントだ。さらにその背後から、警護の軍人たちも駆けつけてきた。

舌打ちをして闇雲に剣を振りかぶろうとするジルとルカニアたちの間に、素早くレグルスが立ちふさがる。ヴィンセントが急いでキアランとアレヴィを抱き上げ、ついてきた使用人に渡している。もう二匹は安全だと思うと、それだけでも膝から崩れ落ちそうなほどホッとした。

「ジル、どうか、もうやめてください」

落ち着いて彼に向き直り、ルカニアは言った。

「お母様とあなたの悲しみは、よくわかりました。ですが、これをお母様の復讐のためだと言うのは、もうやめてください」

「何を言う！　お前に何がわかるのか!!」

憤怒の形相で怒鳴るジルに、レグルスたちが剣を向ける。

このままでは彼らにジルは斬り捨てられてしまう。その前にどうしても伝えなくてはと、ルカニアは急いで言った。

「あなたのそばに、悲しみに満ちた魂がずっと寄り添っています。涙を零して、この子を助けてほしいと頼んでいます」

ジルがカッと目を瞠る。目の前にあるレグルスの肩がかすかに揺れた。

「ですから、決してお母様のせいにしてはいけません、お母様は、復讐なんて少しも望んでいないんです」

ジルを見つめ、ルカニアは彼のそばにいる母の願いを、息子にそのまま伝えた。

「お母様は、ノーラさんとおっしゃるのですね。ジルには幸せになってねと何度も言ったのに、どうして、と深く悲しんでおられます。どうか私の子供を助けて、と僕にお願いしています。そして、ずっと、どうかこの仔狼たちを傷つけないであげて、とあなたに一生懸命に頼んでいるんです……とても優しい方だったのですね」

憤りを込めたジルの目から、ぼろぼろと涙が溢れる。お母さん、と呟いて、彼はその場に膝を突いた。

「いまさら……どうにもならない……、父は、失敗した私を殺すだろう。ただ、息子として、一言だけでも、愛情の籠もった言葉が欲しかっただけなのに……、何もかも、終わりだ……」

ぶつぶつ言う彼に、ルカニアが何か言葉をかけようとしたときだ。

ふいに穴のほうからボコボコと奇妙な音がし始めた。

「なんだ？」

アルヴィスが顔色を変えた。

「まさか魔物が……!?」

「おそらく、揉め事に反応しているんだ。このままじゃまずいぞ」

後方から怯えたような誰かの声が聞こえる。

「魔法士は穴に封印魔法をかけろ！」

レグルスが鋭く声を上げると、魔力を持つ軍人たちがいっせいに穴に向けて呪文を唱える。

けれどすでに遅く、ずっと深いところにいたはずなのに、穴から真っ黒な闇の塊が現れる。魔物がゆっくりと身を振ると、あちこちに黒い小さな塊が飛び散った。

「うわあああっ、熱い!!」

そばにいた軍人が腕を押さえてのけ反る。小さな塊は、火傷するような熱を持っているようだ。レグルスが剣で塊を払っている間に、ヴィンセントが結界を張る。愕然としていたルカニアは、ハッとして、慌てて怪我をした軍人のそばに行くと、傷に手をかざした。

「こっちに来るなっ、ぎゃあああっ!!」

誰かが叫び声を上げて、皆がそちらを振り向く。

大きな黒い塊となった魔物は、ぬるりと手を伸ばして、一番近くにいたジルを取り込もうとしている。アッと思ったときには彼を丸ごと呑み込んで、ぶくりと膨れ上がった。

「なんていうことだ……！」

ボコボコと巨大化して、洞窟の天井までをも突き上げるほどの大きさになった魔物は、今度はルカニアたちのほうに進み始めた。

「これはまずいぞ。怨嗟を抱えた者とあれが同化したら、ますます巨大化して……し、城が壊されてしまう……！」

アルヴィスが怯えたような声で呟く。ミシェルやライジェルたちのことが心配なのだろう。彼の指示で、後方の軍人が、人々に城からの避難を呼びかけに行く。

「ああ……痛みが取れました、ありがとうございます、神子様」

怪我が癒えた軍人に安堵し、微笑んでルカニアは立ち上がった。

「……ルカニア？　まさか」

目が合ったレグルスに頷き、ヴィンセントの結界から出たルカニアは魔物に向かって足を進める。

胸の前で手を組み、目を閉じた。

「ルーク殿下とジル、そして、ノーラさんの魂に捧げます」

ルカニアは鎮魂の歌を口ずさみ始めた。幼い頃に母に繰り返し教えられてから、忘れることのなかった歌だ。

ささやかな歌声は、洞窟の中で反響して、大きく響く。すると、ボコボコと蠢いていた塊が、一瞬、苦しみもがくように膨らんだ。魔物は爆発するみたいにあちこちが弾け、そのたびにこちらにも真っ黒な熱の塊が飛び散る。ヴィンセントの守護魔法がかかっていなければ、皆大怪我をしていただろう。

それなのに、結界の外にいるにもかかわらず、ルカニアの体は、なぜか少しも傷つけられることがない。

一部は、レグルスの魔力を帯びた剣が、目にも留まらないほどの速さで叩き切ってくれている。そして残りは、きっとあの声の主の守護が。

守られていることに感謝し、三人の魂のためにただ歌い続けているうち、不思議なことが起きた。

「おおお……っ」

その場にいた者たちから慄きの声が上がる。

膨らみ切った巨大な塊を、穴の中から一本の金色の枝が貫く。その枝はどんどん伸びて、いつしか黒い塊を完全に突き破る。幹がめきめきと太くなっていき、一気に枝が広がる。

天井まで伸びた数え切れないほどの金色の枝は、洞窟の天井を覆うほどに成長し、気づけば黒い塊を完全に消し去っていた。

歌い終えたルカニアは、すべての力を使い果たして、ふらりとして倒れそうになった。その体をレグルスが素早く支えてくれる。ホッとしたように彼は大切にルカニアの体を抱え込んだ。

「あ……、あそこに」

ルカニアは目を瞠り、震える手で、洞窟に生えた金色の巨大な樹を指さす。

一本の枝の途中に、小さな黒い塊が引っかかっているのが見えたのだ。

「なんだあれは？」

怪訝そうなレグルスが命じると、軍人の一人がおそるおそる木に登り、その塊を持って戻ってきた。

「仔狼……？」

レグルスが愕然とした声を出す。大樹の枝に引っかかってすやすやと眠っていたのは、生まれたてのような小さな小さな、黒い仔狼だった。

「……これが、魔物とジルの魂が生まれ変わった姿か」

複雑そうに笑うレグルスに、ルカニアは頷く。仔狼を受け取ってそっと抱き締めると、小さく無垢な生き物は、ミルクを求めるみたいに鼻をひくひくと蠢かした。

ふと気づくと、ずっと泣いていたノーラの魂が、何かに導かれるかのように天に昇っていくところが見えた。彼女は礼を言うように微笑んでいる。

「……力が戻ったのだな」

そのことを伝えると、感慨深く言う彼に、ルカニアは無言で頷く。

助けてくれた声の主のことを、レグルスにはあとで話そうと思う。

——新しい命が今度こそ愛を注がれ、光に満ちた人生を送れるように。

そして、ノーラの魂が安らかな眠りにつけますようにと、ルカニアは心の中で祈りを捧げた。

＊

「まさかジルが異母兄弟だったとは、知らなかった」

レグルスは、父の行動の顛末を苦い顔で受け止めていた。

離宮で軟禁状態にある国王は、ジルに王太子の暗殺を命じていたと認めることはなかった。けれど彼は、前の神子ティレニアが、国を追放されて数年後に他国の山奥の村で亡くなったことを知らされると、急激に弱った。

それまでは病の床からでも国王派の者に指示を出し、王位を奪われるものかと威勢を保っていた。しかし、もはや起き上がるどころか、話すことすらもできなくなったという。

レグルスが父を断罪する必要はもうなくなった。

ジルと魔物の一件があったその翌月。王は監視の軍人とほんの数人の使用人たちが見守る中、王城から遠く離れた離宮で、身勝手な人生の幕を静かに閉じた。


怒涛の出来事が幕を閉じたあと、王位を手にしたレグルスはルカニアを再び自分の部屋に移すと決めた。

「もう結婚前のけじめなどどうでもいい。お前の命が危険に晒されるのは、二度とごめんだ」

部屋の警護を強化して、大聖堂に行く際も護衛を増やす、と硬い顔で言う。力も取り戻したし、神の加護もある。それほど心配をする必要はないと思うけれど、彼のすることをルカニアは拒む気にはなれなかった。

「――レグルス様」

「なんだ？　客間に戻りたいという願いなら聞けないぞ」

彼の部屋に連れてこられたルカニアは、ジルの一件から警戒が解けず、眉を顰めて言うレグルスに思わず微笑んだ。

「違います、僕、お伝えしなければならないことがあって」

なんだ、と言われて、ルカニアは一つ息を吸ってから、覚悟を決めて口を開いた。

「この間、村で……その、求婚、してくださいましたよね」

「ああ」

断ると思ったのか、彼の顔がいっそう険しくなる。ルカニアは急いで続けた。

「……お受けしたいと思います」

レグルスは一瞬びくりとして動きを止め、それからまじまじとルカニアを見つめた。

どきどきしながら見上げていると、彼はなぜか慌ててルカニアから目をそらす。

「あ、ああ、そうか、それはよかった」とぎこちなく言って、レグルスはそのまま、急いで部屋を出ていってしまった。


その日の午後も、いつものように大聖堂に行き、枢機卿に教えを乞うた。

力が戻って一週間が経っている。神子が行うべき様々な儀式についてルカニアを教え導きながら、枢機卿は少々困り果てた顔で言った。

「ルカニア様が取り戻されたのは、歴代の神子の中でも屈指の類い稀なるお力のようです。そのため、あー、少しばかり、制御のほうを学んでいただきませんと」

「ごもっともです」とルカニアは冷や汗をかきながら身を小さくする。

ルカニアは、力を取り戻したあとから、午前中は、城を訪れる人々を貴族や軍人、平民と曜日ごとに分けて癒やすことになった。人々は殺到するが、深く感謝されてやりがいがある。癒やしの力は暴発しようがないのだが、それ以外の祈りが、まだ制御にはほど遠いものなのだ。

枯れた井戸がまた滾々(こんこん)と湧くようにしてほしい、という願いを叶えれば、水が高く噴き上がって、一週間経っても止まらないという苦情が届く。

この果物を豊作にしてほしい、と言われて祈れば、他の作物が植えられている畑や家々にまで侵食し、とても収穫し切れないほど莫大な量を実らせてしまったりもする。

（こんなに加減が難しいなんて……）

もちろん、適度に叶えて喜んでもらえることもあるのだが、治癒以外の願いはなかなかに困難で、枢機卿が苦言を呈するのも納得だった。

「どうか落ち込まれませんように。やっと戻ってきた大切なお力なのですから、焦らず、ゆっくり慣れていかれたらいい」

枢機卿に慰められて、はい、とルカニアはぎこちない笑みを作った。

警護の者に付き添われて部屋に戻ってきたルカニアは、一人で夕食をとりながら、今度は別のことでしょんぼりしていた。

レグルスからは、「すまないが、夕食の時間には戻れない」という伝言が届けられていた。

（もしかしたら、レグルス様は、もう僕と結婚したくなくなったのかも……）

勝手に喜んでくれるはずだと思い込んでいた。だが、決断するまであれこれと悩み、待たせすぎて、呆れられてしまったのかもしれない。

悄然としたまま湯浴みをする。夜着に着替え、眠る支度を済ませた頃、ようやくレグルスが部屋に戻ってきた。

慌てて迎えたルカニアに頷き、彼はハンスを下がらせる。

急いた様子で手を引いて寝室に連れていかれ、寝台に腰を下ろすように促された。

レグルスの表情が硬いので、ルカニアの胸に不安が湧いてきた。

もしや、結婚どころの話ではなく、婚約を破棄すると言われるのではないか。悲しい気持ちで想像していると、彼が口を開いた。

「……結婚すると言ってくれてから、お前のことで頭がいっぱいで、もうどうにもならない」

こちらを向いたレグルスの苦しげな表情と言葉に、ぽかんとする。

「父の死もあり、正式な婚約の儀式は延期で、結婚するのはもっと先だ。だが、とてもそれまで待てない。いますぐに項を噛んで、お前を俺のつがいにしたい」

強張っていた体から力が抜ける。

切羽詰まった顔で言われて、ルカニアは自分の懸念が無駄なものだったと知った。

「ルカニア？」

息を吐いたルカニアを見て、今度はレグルスが戸惑った顔になった。

嫌われたのでは、呆れられたかも、と不安に駆られていた気持ちが消えていく。彼の目をじっと見つめ、ルカニアは告げた。

「……噛んで、ください」

いいのか、と息を詰めて確認され、こくこくと頷いた。

「僕を、あなたのつがいにしてくださ……あっ⁉」

ルカニアが言い終える前に、彼の腕が背中に回ってきて強く抱き寄せられた。

荒い息で口付けられ、貪るように舌を吸われる。

「んん……っ」

レグルスがどんなに自分を欲していたのかが伝わってくる。濃厚な口付けを受け入れながら、ルカニアはこれから彼のつがいにされる恐れと期待でいっぱいになった。

口付けを解いたレグルスは、膝の上に後ろ向きに抱き上げたルカニアの手とうなじに唇を触れさせる。そして、いつも仮契約で甘噛みをするときと同じように、項を噛もうとしたが――。

「……できない」

呟きに驚いて、ルカニアが彼を振り返ると、レグルスも困惑した顔でこちらに目を向ける。

「つがいの契約を交わすときは、本来、発情しているときに噛むものだ。これまでは、お前に甘噛みしかしてこなかったし、俺も本気で噛むのはこれが初めてだが……まだ発情し切っていないところに牙を立てると、傷つけてしまいそうだ」

普通は、交尾の最中に噛むものだから、と言われて、ルカニアは顔が真っ赤になるのを感じた。

「おそらく、こういうときのために、初夜の果実が植えてあるのだと思うんだが……」

ちらりと中庭のほうに目をやる彼に気づく。確かにあの果実を口にすれば、たとえ花嫁にその気がなくても発情させて、すんなりつがいの契約を交わすことができるだろう。

「あ、あの実は、もう食べません！」

いくら達しても熱が引かず、苦しいほどの発情に悩まされたことを思い出し、ルカニアは慌てて訴えた。

「ああ、そうだな……」

だが、果実なしで、いったいどうしたらスムーズにつがいにしてもらえるのだろう。もじもじしていると、レグルスが膝に乗せたルカニアの体を愛おしむように抱き締めた。びっくりして思わず息を呑む。

緊張をほどいて、項を噛んでもらえるようにしなくてはと思うのに、彼の硬い胸板と体温を感じて、逆に胸の鼓動が激しくなっていく。

「……お前が村人のリルだったときから、惹かれていた」

囁きながら、レグルスがルカニアの耳に口付け、指先で優しく髪を梳く。

「別れ際にはいつも、どうしたらお前を城に連れて帰れるだろうかと考えていた」

ルカニアはもう、彼の言葉には真実しかないと知っている。

「ずっと気を張って生きてきたが……ヴァールの町でお前とわずかな時間を過ごすときだけ、なぜだか不思議なくらいに気持ちが楽になった」

そう言われて、頬を撫でられて頤を取られ、おずおずと背後に顔を向ける。

金色の目がじっとルカニアを見つめている。

「……俺は、どうやら自分で思うよりもずっと、お前のことが好きらしい」

何かを答える前に、唇が重なってくる。何度か啄まれて、深く舌を呑み込まされ、口内を探られた。

「ん、ぅ……」

「誰よりも、お前のことを愛しく思っている」

口付けの合間に彼が熱っぽく囁く。抱き竦めていた手が、ルカニアの胸元を撫でる。夜着の前をはだけられて、首筋から胸元を大きくて熱い手で撫で回される。

探り当てた乳首をきゅっと摘まれて、ルカニアの肩がひくんと震えた。

その反応に気をよくしたのか、彼の硬い指先が、柔らかくて小さなルカニアの乳首を執拗に捏ねる。硬くなった先端をくりくりと擦られて、勝手に腰がびくびくと浮いてしまう。

「あっ、あ……っ」

顔や首筋に何度も繰り返し熱っぽい口付けをされながら、敏感な乳首を弄られているうち、だんだんと体が熱くなっていく。

「口付けと、乳首だけで勃ったのか……お前は本当に可愛いな」

レグルスが嬉しそうに呟き、夜着越しのルカニアの性器をそっと握り込む。

「ひゃ……っ」

今夜はあの実を食べてはいないのに、自分の前がすっかり反応してしまっていたことに、ルカニアは動揺した。

噛んでもらうために発情しようとしているのだから、これでいいはずだ。だが、彼の手に触れられ、恥ずかしいほど簡単に熱を上げる自分の体に、ルカニアは羞恥を感じずにはいられなかった。

優しく扱くレグルスの手で、そこに熱が溜まり、息が上がってしまう。

「あう、あ、あっ、レグルスさま、ま、待って……っ」

布越しの性器の先端を巧みに擦られながら、すっかり尖った乳首を少し強めに摘まれる。堪える間もなく、ルカニアはぽたぽたと蜜を放っていた。

はあ、はあ、と荒い息を繰り返す。いい子だ、と囁かれて、耳朶を甘噛みされる。レグルスの歯は尖っていて、軽く噛まれただけでも刺激が強く、全身に淡い痺れが走った。

達してもまだ熱は引いていない。少し怖いけれど、早く項を噛んで、つがいにしてほしい。

朦朧とした頭で、そのときを待っていると、ルカニアの項に口付けた彼が、ふと動きを止めた。

「――今日は、やめよう」

「え……」

唐突に言われて、目を瞬かせる。振り返ると、レグルスはルカニアの体を抱き締めて、深くため息を吐いた。

「熱が上がっても、まだお前の体は強張っている。本音では、つがいになることにまだ恐れがあるのだろう？」

「そ、そんなこと……」

頬を撫でられて、そっとこめかみに口付けられる。

「無理をしなくていいんだ。急かしてしまい、すまなかった。結婚を受け入れてもらえたことで、舞い上がってしまった……。急ぐ必要などない。いまは甘噛みだけでじゅうぶんだ。つがいになるのは、もっと時間をかけよう」

無理をしたつもりはなかったが、確かに怯えはあったかもしれない。それでも、ルカニアは、愛しい彼の望みに心から応えたいと思っていた。

「レグルス様、大丈夫だから、どうか噛んでください」

「駄目だ。いま噛んだら傷つけてしまう。俺は、お前に怪我をさせたくない」

そう言われて、ルカニアは絶望する。ごめんなさい、と謝ると「勝手に焦った俺のせいなのだから、謝らないでくれ」と苦笑する気配がした。

背後から抱き竦められたまま、何度もこめかみや頬に口付けられる。顎を取られて唇を吸われ、深く重ねられる。愛情の籠もった触れ合いに、再びルカニアの体に熱が灯ってい く。

「ん……、あ……っ」

口付けをしながら、彼の手がルカニアの体に触れる。

ツンとなった乳首を弄られ、もう一方の手が昂りに絡められ、優しく扱かれる。

一度出したというのに、そうして触れられているうち、またすぐにルカニアの性器は半勃ちになってしまう。

与えられる快感に身を任せていると、柔らかな内腿を撫でたレグルスが、ふいに呟いた。

「……濡れているな」

「え」

そっと尻の狭間に指が触れる。その呟きと触れられた感覚で、いつの間にか、自分のそこが蜜でしっとりと濡れていたことに気づかされる。

狼狽えるルカニアの肩を撫でながら、レグルスが言った。

「何もおかしなことじゃない。神子は性別にかかわらず、子を孕める体を持つ。こうして蜜で濡れるのも不思議ではないだろう」

「で、でも、こんな……僕は、男なのに」

「我が国の神子は神から遣わされた存在だ。本来は男も女もなく、半分は天界の生き物だと言い伝えられているほどだからな」

その話は、生前の母から聞いていた。しかし、自分の体がこうなることにルカニアは混乱を隠せない。だが、なぜか彼は嬉しそうに言った。

「初夜の果実を食べたときは、あれほどまで興奮していても、ここが濡れはしなかったのに……どうしてだろう？　甘噛みを繰り返したから、お前の体が変化したのだろうか……」

レグルスが、どこか興奮した様子でルカニアの唇を吸う。口内を舌で探られ、きつく舌を吸われる。

「ん、う……ぅ」

頭がぼうっとするほど濃密な口付けをしながら、彼の指がルカニアの蕾を撫でる。自分のそこが、先ほどよりもさらに、滴るほどの蜜で濡れていることがわかった。

「少しずつ、準備をしよう」と言い、彼の指が確かめるようにそこを弄る。

くちゅりという蜜を捏ねる音とともに、指先が押し入ってきた。

「っ……」

じわじわと少しずつ指を呑み込まされる。苦しさはあれど、たっぷりと濡れているせいか傷つくことはなさそうだ。

痛みはないか、とかすかに上ずった声で訊ねられ、ルカニアが頷くと、彼がさらに深く指を押し進める。時間をかけて中を押し広げ、そこをゆっくりと慣らしていく。

「お前のここは、きつくて熱いな……指が蕩けそうだ」

感嘆するような囁きとともに、指が二本に増やされる。

「あ……っ、ん、ん……っ」

ルカニアの狭いそこは、くちゅくちゅと音を立てて蠢かされるたびに、レグルスの指に絡みつき、ぎゅうぎゅうと締めつけてしまう。

「う、ぅ……っ」

彼の胸に背を預ける体勢で、中にある膨らみをじっくりと捏ねられる。執拗に弄られて、その刺激が背筋を伝い、ルカニアの全身に甘い痺れが走った。

耳朶に口付けられ、嬉しそうな彼の囁きが鼓膜に吹き込まれた。

「本当に可愛い奴だ……ここを弄られるのが、そんなに気に入ったのか……？」

雄の指で初めての後孔を犯され、尻を捩ってひくひくと悶えている。

その様を、明らかな欲情を滲ませてレグルスの金色の目が眺めているであろうことが、見なくてもわかる。

甘噛みをしていいかと訊ねられて、朦朧としたまま頷く。

いつものように項に口付けをされてから、軽く歯を立てられる。同時に、後ろに呑み込まされたままの指をぐりっと動かされた。

「あ、あっ！」

衝撃に身を強張らせたルカニアの前から、蜜がとろりと溢れ出した。達しているのに、レグルスの太くしっかりとした指がぐちゅぐちゅと音を立てて、ルカニアの後ろを犯し続ける。

激しい刺激に、ひくひくとした震えが止まらず、絶頂から下りてこられない。

やっと指を抜いてもらえたときには、すっかり脱力して、体に力が入らなくなっていた。

ぐったりしたルカニアの手首を持ち上げ、内側に匂いづけをしながら、レグルスが囁いた。

「愛しいルカニア……ゆっくりでいいから、俺のものになる覚悟をしてくれ」

——自分こそ、早くレグルスのものになりたいと思っているのに。

朦朧として遠くなる意識の中で、ルカニアは必死にそう訴えようとしていた。

*

国王の死により、まだわずかに残っていた国王派の大臣や貴族は、城から一掃された。

レグルスは国王代理から正式に聖ガルデニア王国の王位についた。戴冠式は三か月後に盛大に執り行われる。そして、十三年ぶりに国に戻った神子ルカニアとの結婚式も、同じ日に挙げる予定だ。

国にとって最大の祝い事が二つも重なる。祝賀のために今年は税が軽減され、式の日には王城から祝い品や食べ物が民にも振る舞われる予定だ。

ようやく国を守る神子が戻り、次々と明るい話題が続く。長く暗い時を耐えた聖ガルデニア王国の民の間では、ここのところいつも二つの儀式の話題で持ちきりだった。

そんな中、ルカニアのたった一つの心配事は、ガルデニアに向かったはずのばあやとロン、そしてミルヒの行方がさっぱり掴めないことだった。

ヴィンセントに頼んでたびたびクルトの村にも確認してもらっているが、村にも帰っていない。

どこか途中の街に滞在して寄り道をしているにせよ、山羊を連れた旅人は目立つはずなのにと不安になる。

教皇立ち会いのもと、延期されていた婚約式を無事に終えたある日のことだ。

「仔山羊連れの一行が王都に着いたという知らせが届いたぞ」とレグルスから伝えられ、ルカニアは安堵で胸を撫で下ろした。

ばあやとロン、ミルヒも皆無事で、いまはとある館で休んでいるらしい。すぐにも会いに行きたかったが、長旅で相当疲れていることだろう。数日のんびりしてもらい、様子を見てから、また改めて会いに連れていってもらうことになった。

一安心したところで、意外な招待が舞い込んだ。

レグルスの母である王太后の実家から招きを受け、ルカニアは彼とともに館を訪問することになった。

リートベルク家はガルデニアでも屈指の資産家で、由緒ある名家だという。

レグルスの母との初面会、しかも相手は王太后とあって、ルカニアは心臓が破裂しそうだった。

王太后は、ルカニアたちが国を追われた頃に体を壊してしまい、長く療養生活を送っていたらしい。ルカニアの母と親しかったそうだから、追放騒ぎによる心労もあったのかもしれない。

「『弱った姿を息子に見せたくない』と言ってずっと面会を断られていたから、俺も母上にはずいぶん会っていないんだ。やっと許しをもらえてよかった」

緊張しているルカニアとは裏腹に、母と再会できる喜びからか、レグルスは楽しそうに笑っている。

「きっとお前とも気が合うと思う」と言われたけれど、山奥の村育ちの自分が王都の貴婦人と話が合うものだろうか。ルカニアには不安しかないが、相手は大好きな母の友人で、しかも愛するレグルスの母君だ。できることなら気に入ってもらいたいと、必死でハンスに教わった正しい挨拶の仕方を頭の中で復習する。

出発の時間が来て、レグルスに手を取られたルカニアは、王家の紋章が輝く金馬車に乗り込んだ。前後を国王の近衛隊の騎馬に警護されながら、馬車は王都オーキデの街中を進んでいく。広大な美しい前庭の向こう側に、かなりの規模のまるで宮殿のような建物が立っていることに目を白黒させる。

館に着き、使用人に案内されて、豪奢な設えの応接間に通される。

そこでは、落ち着いたドレスを纏った上品な雰囲気の貴婦人が待っていた。

なぜか、彼女のそばの椅子には、強張った顔で正装したロンと、さらにその膝には、毛をふわふわにされてレースのケープを纏ったミルヒまでもがちょこんといるではないか。

「母上、お元気で何よりです」とレグルスが貴婦人に言い、腕を広げて抱き締める。

驚いていたルカニアは、その女性の顔をよく見て、さらに仰天した。

「レグルス、立派になって……リルも、無事で本当によかった」

微笑んでいる王太后は、銀狼の狼耳を持つ獣人だ。その彼女はどこからどう見ても、明らかにルカニアの育ての親であるばあやにそっくりなのだ。

ルカニアが混乱し切っているのを見て、「意地が悪いな。早く説明してやるべきだろう」とレグルスが呆れ顔になる。

「お前のばあやの本名はアンナ・アウグステ・フォン・ガルデニア。彼女は貴族のリートベルク家の生まれで、前王の王妃であり、現王太后——つまり、俺の母上だ」

「……前の、王妃殿下……？」

「そうよ、リル」

美しいドレスを纏って、驚くほど生き生きとしてはいるが、ばあやは村にいたときと変わらないいくったくのない様子でにっこりと微笑んでいる。

「驚かせてごめんなさいね。でも、いつかは言おうと思っていたのよ」

ちょうど茶と茶菓子が運ばれてきて、ルカニアは勧められるがままソファに腰を下ろす。

話を聞くと、ばあや——王太后アウグステは、夫である前王ガイウスが神子一族に追放を命じたとき、彼らとともに国を出ることを決意した。

表向きは「王妃は体調が優れず実家に戻った」という話になっていた。だがその実は、ティレニアたちと運命をともにし、彼女亡きあとはつましい暮らしの中で、その高貴な手でルカニアを育ててくれたのだ。

ばあやの正体にいつから気づいていたのか、レグルスは驚く様子もなく笑っている。

すっかりくつろいで茶を飲んでいるロンに目を向けると、「おれも驚いたよ」と苦笑いを浮かべている。彼の隣にいるミルヒだけはいつもと変わらず、特別に果物の盛り合わせをもらってしゃくしゃくと美味しそうに食べているのを見て緊張が解ける。

王太后はレグルスと並んだルカニアを見て、感慨深げに微笑み、「あなたには、いろいろ伝えなければならないことがあります」と言った。

「……国を出たあと、巨大な聖なる力を目印に、私たちはガイウスの手の者から追われて、何度も皆の命が脅かされていたの。あなたが攫われかけて、命を守るためにクルトの村に身を隠そうと決めたとき、そこに向かう前にティレニアと話し合ったのよ」

ルカニアはまだ幼くて、神子の力を隠すことはできない。他の魔法士に頼んだとしても、力があまりに大きすぎて、完璧に隠すことはできそうもない。力を持ったままでいては、必ず追っ手に見つけ出されて、おそらくはルカニアも彼女も殺されてしまう……だったらいっそのこと、ルカニアの力を封じましょう、と。そしてこれから会う人には、彼女はただの幼子の母、私はその友人だと伝えようと。

思い出すような目をして、しんみりと王太后は言う。

「暴漢に攫われかけたり、火事に遭ったりと、何度も恐ろしい目に遭ったせいでしょうね。小さかったあなたは怯えから、まだうまく使いこなせずにいた聖なる力を暴発させて怪我をしたこともあった。新たな暮らしのため、これから成長していくリルのためにも、身分も力も隠して新たな暮らしをしましょうという結論になったのよ」

アウグステはそう言うと、「やっと伝えられたわ」と言って、肩の荷が下りたように息を吐いた。

母は神に祈り、アシェルとフランの手も借りて、自らに残ったわずかな魔力をすべて使い果たし、我が子に封印の魔法をかけた。

『ガルデニアに新たな王が立つそのときまで、聖なる力を眠らせておくように』

ルカニアは生まれ持った魔力も強く、それごと封じるためには、かなり強い魔法が必要だったそうだ。幸い封印魔法は成功し、神子の力はルカニアの中に完全に閉じ込められた。

しかし、強固すぎる魔法のおかげで、ルカニアはささいな祈りの力さえも使えなくなり、精霊を呼び集めることも使役することもできない上に、それまでの記憶を失って、普通よりも体の弱い子供になってしまった。

それを申し訳なく思ったけれど、命には代えられない。クルトの村に着いたあと、やっとここなら安全だと確信した母とばあやは、自然の中でルカニアを守りながら生きていこうと決めた。

(僕の力、封印されていたんだ……)

驚くルカニアを見て、王太后は悪戯っぽく言った。

「あなたを守らなければという思いから、村の外の人々との交流を避けるよう言い聞かせてきたけれど……まさか、ヴァールの町でレグルスと出会ってしまうなんてね」

「言いつけを破ってごめんなさい」

身分を隠したレグルスと密かに会っていたことを思い出し、ルカニアは身を縮めて謝る。

「いいのよ。ガルデニアから遠く離れた町で偶然再会するなんて、もうこれは運命だったのでしょう。レグルスがあなたを城に連れ帰ったと聞いたとき、神の意思を感じてむしろホッとしたくらいよ」

笑みを浮かべたあと、王太后は、なぜかため息を吐いた。

「だけれど、私も年ね。すっかり嗅覚が衰えていたみたい。リルが町で我が息子と会っていたというのに、その匂いにちっとも気づけないなんて」

しょんぼりしている王太后に、ルカニアは慌てて説明した。彼の匂いを消すために、触れられたところに匂いのある草を擦りつけてから家に戻っていたと。それを聞くと、王太后は「そうだったの」と笑顔になり、息子を睨む。どうしてなのか、レグルスが困り顔で天を仰いでいるのを見て、ルカニアは首を傾げた。

「……二人ともが、こうして無事に育ってくれたのは、奇跡ね」

しみじみと言うと、王太后はさらなる事実を打ち明けた。

アウグステが神子一族とともに国を出たのは、理由があった。彼女は当初、神子たちに追放を命じたガイウスをどうにかして翻意させようとした。幼かったレグルスもまた母の味方となった。

するとガイウスは『神子の追放に同意しないのなら、レグルスを廃太子とする』と言い出したのだという。アウグステは愕然とし、息子の将来と身分を守りたいと思った。だが同時に、親友であるティレニアたちへの処罰には、たとえ殺されたとしても同意することなどできなかった。

どうしても耐え切れなくなったのは、夫が追放するだけでは飽き足らず、神子一族に対して刺客を送ろうとしていたことを知ったときだった。彼女はやむを得ず、神子たちとともに城を離れる決意をした。

王妃の地位と贅沢な暮らしを捨てて、彼女はティレニアたちのあとを追うことを決めたのだ——神子たちを追っ手から守り抜くために。

アウグステは目を細めて、無事に生き抜いて成長し、王となった息子を見つめた。

「ああ、レグルス……城に置いていかざるを得なかったことで、あなたにもとてもつらい思いをさせたとわかっています」

すると、レグルスは首を横に振った。

「母上が動いてくださらなければ、父上が命じた追っ手にルカニアたちは殺されていたかもしれません。昔は知らずにいたから、見捨てられたのだと思い込んでいたときもありました……ですが、いまは、十三年前の母上の決断を尊敬します」

アウグステの目に涙が滲む。レグルスは前国王似のようで、親子の容貌は似ていないけれど、二人の芯の強さはそっくりだ。

「許してくれて、ありがとう。……離れている間に、こんなにも立派になって……私は、あなたの母となれたことに感謝します」

親子が固く抱き合うのを見て、ルカニアの目にも涙が溢れた。

泣くのを堪えているうち、ふとこちらを見ているミルヒの真っ黒な瞳と目が合った。

そうだ、と大切なことを思い出す。

洞窟で助けてくれた優しい声は、〝私の使いがいつもそばで助けている〟と言っていた。

最初はばあやかと思ったが、王妃だった彼女が誰かの使いのわけはない。すると、残りの可能性は一人――いや、一匹しか考えられなくなる。ルカニアは躊躇いながら、小声でこっそりと訊ねた。

「ミルヒ……もしかして、神様に遣わされて、僕のところに来たりした？」

「メエエエー！」

ミルヒがすっくと立ち上がる。四肢を踏ん張って立つと、同意を表すかのように、いつもより甲高い声で鳴いた。

やっぱり、とルカニアは唖然とした。不思議そうな皆に、魔物と対峙して命が危なくなったときに助けてくれた声のことと、彼が〝使いを寄越した〟と言っていたことを話す。

もしかしたら、ルカニアの父は、人知を超えた存在なのではないか、と。

それを聞いた王太后は、しみじみとした様子で頷いた。

「ティレニアは、あなたの父親について、私にすらはっきりとは教えてくれなかったのよ。だけどあなたがおなかに宿る少し前に、好きになった人がいるという話だけは聞いていて、『神様と結ばれた』と言っていたわ。言えないお相手なのかもとあまり追及せずにいたけれど――本当に神様だったなら、あなたの聖なる力が普通の神子とは違うのも納得ね」

王太后の言葉に、ルカニアは呆然とした。

――自分は、母が神との間に授かった子供だった。

普通に考えれば、母の正気を疑いたくもなる話だが、自分はまさにその声を聞き、直接命を助けられたのだ。

これまで、神子の力がないときでも、神に守られていたのかと思うと、いろいろ納得がいく。神の子でなければ、きっと死んでいたであろう場面がルカニアの脳裏にいくつも思い出された。

そばで毎日寄り添ってくれる存在ではなかったけれど、ルカニアの父は、ずっと我が子を支えて特別な守護を与え続けてくれたのかもしれない。

おそらくは理解を超えた話なのだろう、ロンは密かに目を瞬かせて茶をがぶ飲みしている。地下で取り戻したルカニアの力を目の当たりにしたレグルスのほうは、もはや何も驚くことはないといった顔で静かに受け止めているようだ。

ルカニアは、泰然としている仔山羊の前にそっと跪く。

「ミルヒ、いままでいろいろ助けてくれてありがとう。僕はこれからガルデニアのお城に住むことになるんだけど、もしよかったら、これからもそばにいてもらえる？」

「メー！」

ルカニアが頼むと、ミルヒはぴょんとすごく嬉しそうに跳ねた。

「山盛りの新鮮な林檎を用意させねばな」とそれを見たレグルスも笑っている。

賢いミルヒはきっと、城の三匹の仔狼たちのいい遊び相手になってくれる。そう思うと、神の使いの仔山羊を連れて城に戻ることが楽しみになった。

王太后は使用人を呼んで冷めた茶を淹れ直させる。ソファに腰を落ち着けて茶を飲みながら、改めていろいろと話を聞くと、ルカニアには、まだ知らないことがたくさんあった。

母たちは、山に身を隠した神子たちの存在を、決して国王の追っ手に嗅ぎつけられないようにする必要があった。だから、祖国にある王妃の実家とのやりとりをする際も細心の注意を払っていた。

王妃はまず、アシェルたちに命じ、ヴァールで布製品を扱う店に協力者を作り、刺繍製品の売買を通じて上乗せされた金貨を得られるようにした。もし何か伝えたいことがあれば、リートベルク家からは、店より「買い手からのお礼状」として、王妃からは「手入れのための注意書き」として、手紙のやりとりをしていたそうだ。

（あの店の女主人とのやりとりに、そんな意味があったなんて……）

道理でやけに高く買い取ってくれたわけだ。何度も店に足を踏み入れてやりとりをしながらも、裏事情にまったく気づかなかったルカニアは呆然とした。

さらに驚いたことに、側仕えとして尽くしてくれたアシェルとフランは人間ではなく、母を守る精霊だったのだという。だから、契約していた母が亡くなると、あっという間に力を失い、天に帰ってしまった。

クルトの村を目指す前に、母はこれ以上他の者を巻き込まないようにと固く決意したらしい。最後まで帯同するのはぜったいに戻らないと言い張る王妃と精霊たちだけと決め、人間の使用人たちには渡せるだけの金貨を持たせて、泣く泣く別れたのだそうだ。

まさか側仕えたちは精霊で、子供の頃から一緒に暮らしてきたばあやが、実は一国の王妃殿下だなんて誰が思うだろう？

信じ難い事実の連続に、ルカニアはあっけにとられるばかりだった。

「さて……ところで、ねえ、リル。本当にこの子でいいのね？」

長い打ち明け話を終えたあと、唐突に王太后が楽しそうな笑みを浮かべて訊いた。

「我が子ながら有能だけれど、昔から猪突猛進でねえ。結婚相手にするなら、少々言葉が足りないし、どちらかというとアルヴィスのほうがおすすめなのだけれど、もう既婚者になってしまったし」

「あ、アウグステ様、ありがたいことですが、心配はご無用です」

苦虫を噛み潰したような顔になったレグルスを見て、慌ててルカニアは言う。

「レグルス様は……平民の僕を助けてくれて、ずっと親切にしてくれたんです。罪びとの村と呼ばれる山奥の村に住んでいることを気づいていたのに、少しも変わらずに接してくれました。そして、神子の力もなく、なんの役にも立たない僕を、好きになってくれたんです」

――レグルスは、神子ルカニアではなく、村人のリルを見つけて、そして特別に想ってくれた。

ルカニアもまた、王太子ではなく、町で出会った青年の彼に恋をした。

ガルデニアに戻り、彼の伴侶となる覚悟を決められたのは、自分のそばにいてほしいという正直な気持ちを伝えてくれた、レグルスのおかげだ。

これから、ガルデニアを整えていく彼のそばに寄り添い、少しでも力になりたい。

ホッとした顔になったアウグステが、ルカニアを手招きした。

「そう、それならやっと安心してとティレニアに報告できるわ。リル。あなたも、ティレニアと一緒に育てた私の子のようなものよ。そのあなたがレグルスの伴侶となってくれるなんて、これ以上に幸せなことはないわ」

苦笑するレグルスに肩を抱かれ、アウグステと三人で抱き締め合う。

王太后は、レグルスの戴冠式、そして同日に挙げる結婚式にも必ず参列すると約束してくれた。慣れ親しんだ彼女がいてくれることは、ルカニアにとって何よりも心強い。

レグルスと話す王太后を見ていると、ここに母がいてくれたらよかったのにと、切ない気持ちになる。あとでゆっくりと、天国に行ってしまった母にも感謝の報告をしようと思った。

＊

すべてが収まるところに落ち着き、レグルスの戴冠式と神子との結婚式に向けての準備が始まった。

奇跡の力が戻ったことから、ルカニアは神子として、日々大聖堂で国のために祈りを捧げている。そして、救いを求めて訪れる民に会い、怪我を癒やしたり、祝福を与えたりと毎日忙しい。

不思議なことに、時間を重ねるうち、力を封印されていた間、ずっとふわふわしていた足元がだんだんとしっかりしてきた。天と地と自分が深く繋がっている感覚が湧き、神に思いを届けられるのと同じように、風の声や大地の鼓動が聞こえるような気すらする。

ルカニアは、母から受け継いだ力で神子の末裔としての務めを全うできたらと、ずっと願っていた。だから、いまは使命を果たせることが、ただ嬉しい。レグルスに時間を決められたが、何時間祈り続けても苦にならず、体力の続く限り人々を癒やしたいと思う。

感謝と深い喜びとを感じながら、人々のために奉仕する日々に、幸福を噛み締めている。

力を取り戻したルカニアには、真っ先にしたいと思っていることがあった。

だが、レグルスを通じて頼んでもらっているものの、まだその機会が得られていない。

そんなある日のこと。

ルカニアは大聖堂からの帰り、ニコラスに先導されて部屋への通路を歩いていた。

部屋の前に誰かがいると思ったとき、とことこと小さな男の子がこちらに向かって走ってきた。

「みこさまー！」

「わっ!?」

ぴょんと突然抱きつかれて、慌てて落とさないようにと抱える。ゆっくりしゃがんで、ほーっと息を吐いたあと、にこにこしている男の子の頭の上には金狼の獣耳が生えていることに気づく。子供のせいか、まだ少し先端が垂れているのが可愛い。

(誰の子供だろう？)

金髪に金色の目、バラ色の頬をしたとても愛らしい狼獣人の男の子だ。

「こんにちは。初めましてかな？」

微笑んで挨拶をし、急いで追ってきた世話係に用を訊ねようとすると、男の子が困り顔でルカニアの袖をつんつんと引っ張った。

「みこさま、ぼくだよぉ」

どうしてわからないの？というような顔をされて、ルカニアも困ってしまう。

（……僕、って……）

名前を聞こうとしてハッとした。

「もしかして……キアラン様なのですか？」

「そー！」

やっとわかってもらえて嬉しいのか、キアランは小さな手で思い切り抱きついてくる。それから頬に鼻先をつんと押しつけられて、仔狼のときとまったく同じ行動に、思わず頬をほころばせた。

「あのね、ぞふぃーはきょう、おやすみなの。あとね、あれゔぃは、おおかみのままだから、しょんぼりだよ」

キアランの話に頷いていると、籠を手にした世話係がこちらにやってくる。ゆっくりと歩きながらもう一方の手で連れているのは、銀髪の獣耳を持つ大人しそうな男の子だ。

「ルカニア様、突然押しかけて申し訳ありません。キアラン様たちが、人形になれたから、どうしてもルカニア様にお見せするのだとおっしゃって」

初めて見る使用人がすまなそうに言い、籠の蓋を開ける。しょぼんとしたアレヴィが中から顔だけを出して、それからすぐに籠の中に敷いてある毛布の中にもそもそと潜ってしまった。どうやら本当に落ち込んでいるらしい。

ライジェルたちに会いたいと打診をしていたのに、どうしてなかなか実現しなかったのかがわかった。使用人に気にしないでほしいと伝えてから、彼に手を繋がれている男の子を見た。

「ライジェル様ですね」

今度は一目で気づいて言うと「はい」とライジェルがはにかみながら答える。

「こんにちは、みこさま」

挨拶を返していると、ちょうどそこへ、従者を連れたレグルスがやってきた。

「ちちうえー！」

キアランがルカニアの膝からぴょんと飛び降りて、喜んでレグルスのほうに手を伸ばす。慣れているのか、レグルスはそれを平然と受け止め、軽々と片手に抱え上げる。

そうして、彼は反対側の手で、ライジェルの頭をくしゃくしゃと撫でた。

彼が幼い二人とずいぶん仲のいいらしいことにルカニアが目を丸くしていると、レグルスはなぜか気まずそうに言った。

「父親が金狼だからだろうな、キアランは俺に会うと父と呼ぶんだ」

口調はしょうがないと言わんばかりだが、小さな体を抱っこする手つきはとても優しくて、キアランが髪を弄っても好きにさせている。

「キアランもライジェルも王家の子だ。我が子も同然だと思っている」

わかったような顔で頷き、キアランがレグルスの頬にも鼻先をぴとっとくっつける。レグルスは仏頂面のまま、だが、もう一方の手におずおずとライジェルが自分の手を滑り込ませると、しっかり握ってやっている。いつもこうしてやっているのだろう、もはや完全に父のしぐさだ。

「うふふ」と笑って肩を竦め、キアランは嬉しそうだ。二人が完全に心を許して懐いている様子にルカニアは驚いた。

「ねーちちうえ、ライもだっこして」

キアランが小さな手で指さす。ライジェルが少し羨ましそうにキアランを見上げているのに気づき、レグルスは「そうだな」と頷く。さっと屈み込み、もう一方の手でライジェルも抱き上げた。

引っ込み思案なせいか、抱っこしてほしいと頼むことができなかったらしいライジェルは、抱き上げられてにこにこしている。

「この子たちに会いたかったのだろう？」

微笑ましく眺めていると、レグルスに言われて、したかったことを思い出す。

「そうでした。あの、ライジェル様のお父様のご許可は……？」

「もちろん取った。アルヴィスとミシェルも、ぜひお願いしたいと喜んでいたよ。肝心のこの子らが、次はお前にぜったいに人形（ひとがた）を見せるのだと言い張って、なかなか会いに来なかったわけだが」

レグルスは両腕に抱いた二人を見て苦笑している。ならば、もう何も心配事はないようだ。

小さな二人に加えて一匹、そして使用人を部屋に通す。

キアランと並んでソファに座ったライジェルに、ルカニアは訊ねた。

「ライジェル様。もしよろしければ、僕にたまに痛くなるほうの脚を見せていただけませんか？」

ライジェルはこくりと頷いて、恐々した様子で脚を差し出す。ルカニアは驚かさないようにそっと、骨に歪みのある部分に手を触れさせた。

その様子を、使用人と、それからレグルスたちが見守っている。もそもそと籠の中から仔狼のアレヴィも出てきて、こちらをじっと見つめている。

『神よ、どうかライジェル様の脚から痛みを取ってあげてください。骨の歪みを直して、思い切り走れますように』

目を閉じて願いを告げる。間もなく、窓も開いていないのにふわりと柔らかな風が頬を撫でて、ルカニアは目を開ける。

もういいと思います、と言うと、ライジェルはおそるおそる立ち上がった。

「……あれ……、いたくない」

びっくりした顔で、彼は部屋を歩き出す。

「すこしもいたくない！　ぼく、はしれるよ！　アレヴィ、キアラン!!」

「うわーい!!　よかったね、ライ！」

「アオンッ！」

珍しくはしゃぐライジェルをキアランと仔狼姿のアレヴィが大喜びで追いかける。

「みこさま、ぼく、ぼく、とってもうれしいです……！」

一走りしたライジェルが涙に濡れた笑顔で抱きついてくる。

「いたかったのをなおしてくれて、ありがとうございますっ」

アレヴィとキアランまで、礼を言うみたいにルカニアに飛びつく。一度はわざわざ治癒を頼みに来た兄貴分のアレヴィは、きっとライジェルの次に脚が治ったことを喜んでいるだろう。

「よかった……遅くなって、ごめんなさい」

ホッとした気持ちで言い、ルカニアは二人の子供と一匹の仔狼を抱き返す。

ライジェルの弾けるような笑顔と喜びぶりがじんわりと身に染みた。こうして無事に国に戻ってこられて、彼のために働けたことを心の底から神に感謝した。

これからも、一人でも多くの民のために力を尽くしていきたい。

ぎゅうぎゅうに抱きつかれながら、決意を新たにする。ルカニアの視界に、こちらを見つめるレグルスが、優しい目をして頷くのが見えた。

＊

数え切れないほど灯された蝋燭の光が、揺らめきながら静かに辺りを照らしている。

「――ルカニア」

大聖堂の祭壇前で膝を突き、祈りを捧げていたルカニアは、名を呼ばれて目を開けた。

「レグルス様？」

近づいてきたのは、国王であり、現在はルカニアの婚約者でもあるレグルスだった。驚いて立ち上がったルカニアに手を貸しながら、彼は小さく口の端を上げる。

「どうなさったのですか？」

「部屋に戻ったらお前の姿が見当たらなかったのでな。ハンスにここだと聞いて、迎えに来たんだ」

どうやら、責務を終えたあとでいったん部屋に戻り、そこからわざわざここまで迎えに来てくれたらしい。

堂内の端には、ルカニアに同行してくれたニコラスが控えている。「ご苦労だったな。もう下がって構わない」とレグルスが声をかけると、彼は頭を下げて速やかに扉から出ていった。

堂内には蝋燭の炎を見守るため、奥に交代で残っている不寝番だけしかいない。

彼はルカニアを見つめて言った。

「すでに務めの祈りは済んだのだろう？　こんな時間にまた祈りに来るとは、何か悩み事でもあるのか？　まさかとは思うが、いまさら俺との結婚について悩んでいるなどということではあるまいな？」

いきなり図星を指されてぎくりとする。

魔物の事件から一か月ほどが経った。新王の戴冠式と二人の結婚式の準備は着々と進み、王城は明るい空気に包まれている。ルカニアももちろん、その日を誰よりも心待ちにしていたのだが——。

「い、いいえ、その……」

すでに夕食も湯浴みも済ませた。レグルスは大臣たちとの会食があるとのことで、アルヴィス夫妻が同席してくれた。

楽しい時間だったし、何の問題もない。

それなのに、部屋に一人で考え込んでいると、じわじわと不安が押し寄せてきた。無駄に悩んでいるくらいなら、レグルスが戻るまでの間、祈りを捧げて心を落ち着かせようと、ルカニアはここにやってきたのだ。

荘厳な造りの堂内には、無数の蝋燭の明かりが灯っている。暖かな色の灯に照らされたレグルスの金色の目が、静かにルカニアを見つめてくる。急かさずに答えを待たれて、なんと言えばいいかわからなくなった。

「僕……」

「うん？」

金色の獣耳が、ルカニアの言葉を捉えるためにこちらを向く。彼の後ろで、豊かな毛並みの尻尾がゆらりと揺れた。

温かくて大きな手がルカニアの手を掬い上げ、甲に軽く口付けられて、どきっとした。

「ここには俺たちだけしかいない。俺たちはこれから夫婦になり、長い生涯をともにするのだ。気がかりがあればなんでも言ってくれ」

手を握ったまま、誠実な言葉を向けられて、ルカニアは思い切って口を開く。

「僕、王太后様と再会して、いろいろお話をしたあと……少し、気になることがあって」

「母上と？　どの話のことだ？」

意外な話だったのか、レグルスが不思議そうな顔になる。

「村に住んでいたとき、レグルス様とお会いしていたことに気づかれないよう、匂いに気をつけていたことです。王太后様は狼獣人でいらっしゃるので」

思い出したのか、ああ、とレグルスは頷く。

「でも、王太后様は少しも気づかなかったとおっしゃっていたのですが……そのとき、ふと思ったんです。レグルス様は、出会って間もない頃から、僕のことを不思議なくらい気にかけてくれましたよね。『いい匂いがする』と言ってくれたこともありました。だから……」

「……つまり？　まさか、俺が好意を抱いたのは、お前から母上の匂いがしたせいだとでも言いたいのか？」

ややあっけにとられたような顔で言われて、躊躇いつつも、ルカニアはこくりと頷く。

小さく息を吐き、レグルスがゆっくりと髪をかき上げた。

その可能性に気づいてから、ずっとルカニアは不安だった。それならば、レグルスが自分を好きになってくれた理由に納得がいくからだ。どうか「違う」とレグルスに言ってほしかった。

しかし、彼は予想外の行動に出た。

「俺たちは、少し話し合ったほうがいいようだ。ちょうど、お前を連れていきたいところがある」

彼はルカニアの背中に腕を回して引き寄せる。膝の裏にも腕を回され、抗う間もなく軽々と抱き上げられた。

「――ヴィンス」

ルカニアを腕に抱いたレグルスが、大聖堂の入り口に向かって声をかける。すぐに扉が開き、銀髪の狼獣人が堂内に入ってきた。

「俺たちをリトラールの城に送ってくれ」

「承知しました。お迎えはいかがいたしましょう」

「朝に頼む」

もう一度了承の言葉を口にすると、ヴィンセントは掌をルカニアたちに向ける。

唐突な展開に、ルカニアは慌てた。

「レグルス様……っ」

とっさに名を呼ぶと同時に、一瞬、ぐらりと酩酊感があって、周囲の景色が変わった。

ヴィンセントの空間転移魔法により、二人は見知らぬ建物の中に移動していた。

ここは建物の入り口らしく、通路の両側に広い螺旋階段が見える。燭台にぽつぽつと明かりが灯されているが、人の姿は見つからない。

「ルカニア」

レグルスの腕からゆっくりと下ろされたルカニアは、顔を上げた。

「……俺が、本当に母の残り香だけで、お前を好きになったと思うか？」

じっと目を見つめられて、視線を合わせているのがつらくなり、唇を噛む。噛むな、と言われて頤を撫でられ、ルカニアは唇を緩めた。

「ごめんなさい。僕、レグルス様に、違うって言ってほしくて……」

「ああ、違うとも」

視線を向けると、レグルスは小さく笑った。

「直接会って触れたお前自身の匂いであれば、もちろん嗅ぎ分けられる。だが、いくら嗅覚に優れていても、十三年前に別れた母の、しかも残り香だけではさすがに気づかないな」

呆れ顔で苦笑していた彼が、まっすぐにルカニアを見つめて断言する。

「お前を好きになったのは、母の匂いがするからじゃない。なぜなら、俺が好ましく感じていたのは、母上じゃなく、間違いなくお前自身の匂いなのだから」

きっぱりと言ってもらえて、全身から力が抜けるほどの安堵を感じた。

「それなりに意思表示はしていたつもりだが、いまさら好きになったきっかけを不安に思うほど、俺の気持ちは伝わっていなかったか？」

子供にするみたいに優しく問いかけられて、ルカニアはぶるぶると首を横に振った。

いつも仏頂面のレグルスの行動は、出会った当初から一貫している。

会いに来てくれて、手を握って魔力を分け、無事でいるかを気にしてくれた。

国宝の宝石を使ったペンダントをくれて、城からいなくなったら、政務を後回しにしてでもすぐさま捜しに来てくれた。

思い出せば赤面しそうなほど明らかに、彼の行動には、少しずつ大きくなっていくルカニアへの想いが溢れていた。

「レグルス様の気持ちを疑ったわけじゃないんです。それなのに、そうかもしれないと思ったら、なんだかすごく不安になってしまって……」

ごめんなさい、と謝ると、彼は口の端を上げた。

「構わない。結婚前というのはそういうものだろう？　俺など、お前の警護につける者は厳選に厳選を重ねて、ぜったいに信用できる部下だけにしているし、毎日欠かさず甘噛みと匂いづけをせずにはいられない。お前の不安など、可愛いものだ」

レグルスが肩を抱き、頰に口付けて言う。

「お前の心の棘はすべて抜いてやりたい。心配事があるならなんでも言ってくれ」

すっかり許してくれた彼の寛容さに、ルカニアは深く感謝した。

いまさらながら、連れてこられたこの場所のことを疑問に思うだけの余裕ができる。

「レグルス様、ここは……」

「ああ、ここは俺が十一歳の頃から住んでいたリトラールの城だ」

リトラールはガルデニアの王都オーキデからかなり離れた場所だ。環境のいい保養地として知られているが、国の中では僻地に当たる。

「そもそもこの城は、祖母が昔、曾祖父から贈られた別邸らしい。俺はここで士官学校に入るまでの間暮らして、その後も、軍の休暇の際には王城ではなく、この城に戻っていたんだ」

「そうだったのですね……」

「古くて特に豪奢な住まいではないが、思い入れがある。だから、近いうちに一度お前を連れてきたいと思っていた」

しみじみと内部を見回すルカニアに、レグルスが言った。

「そのうち行くと使用人に伝えて、準備はしてもらってある。よかったら、今夜はここで過ごそう」

はい、とルカニアは笑みを浮かべて頷く。手を取られて階段を上っていくと、ちょうど部屋の扉の前に誰かが立っているのが見えた。

「レグルス様……！　いいえ、失礼しました、国王陛下、お戻りをお待ちしておりました」

年配の使用人らしき女性がパッと笑顔になる。手にランプを持った彼女は深々と頭を下げた。

「ルカニア、使用人のエルゼだ。ずっとこの城で働いてくれている。エルゼ、彼が我が国の神子で、新たな王妃となったルカニアだ」

「初めまして、エルゼさん。ルカニアと申します」

慌てて挨拶をすると、エルゼは目を潤ませ、最上級の礼をしてくれる。

「初めてお目にかかります、王妃殿下。このたびはご結婚おめでとうございます。城の者は皆、ご挨拶できるのを心待ちにしておりました」

歓迎してもらえている様子に、ルカニアはホッとして頬をほころばせた。

「陛下のお部屋は、いつお戻りになられてもいいように毎日整えてあります。何か必要なものがありましたらいつでもお呼びください。朝食もお召し上がりいただけるなら、料理番が腕を振るうと張り切っていました」

レグルスが労りの声をかけると、エルゼが下がっていく。

彼に手を引かれてルカニアは部屋の中に入る。

室内にはすでに燭台の明かりが灯されていた。

最初に居間らしき部屋、その奥に書斎兼寝室がある。どの部屋も瀟洒な設えだが、王城の贅を凝らした部屋とは比べるまでもない、落ち着いた内装だ。

寝室に入り、促されて、天蓋のついた寝台に彼と並んで腰を下ろす。

「この城に移り住んだ当時、王城から帯同を許されたのは、そもそも年配の使用人ばかりだった。だからか、お前が老人の多い村でばあやと暮らしていると言ったとき、俺と似ているなと思ったんだ」

そんなところに共通点があったとは知らなかった。初めて聞かせてもらう彼の話に、ルカニアは興味深く耳を傾ける。ふと彼が表情を曇らせた。

「……ジルは不憫だったが……おそらくは知らなかったんだろうな。俺もお前も、決して妬まれるような暮らしはしてこなかったと」

思い出すようにレグルスが言うのを聞いて、ルカニアも切ない気持ちになった。

彼も自分も、前王に疎まれて城を追われ、さらには命まで狙われた。

もしジルが、父の手先となって義弟である王太子に剣を向けるのではなく。彼に出自を明かして、母の苦しみを訴え、自らの本当の望みをぶつけていたら。いまとはまったく違う結果になっていたのかもしれない——。

新たな命を得た仔狼が、優しい里親のもとですくすくと育っているのがせめてもの救いだ。

そんなことをぼんやりと考えていると、レグルスがルカニアの頬に触れた。

気遣うような目の色に、ジルの話題を出したことで悲しい気持ちにさせたかもしれないと、彼が心配していることに気づく。慌ててルカニアは口を開いた。

「僕、ここに連れてきてもらえて、とても嬉しいです」

そうか、と言って、レグルスは少し照れたような笑みを浮かべた。

「そう言ってもらえると嬉しい。父に追いやられて来た場所だったから、最初は嫌々だったが、住むうちにだんだんとこの城が好きになった。周囲は森と川しかないが、静かでいいところなんだ」

頤に手をかけた彼が、ルカニアの顔を上向かせて優しく唇を啄んだ。

それから、レグルスはふとルカニアの目を覗き込む。

「お前といると、なんというか……元気が湧いてくるな」

「そ、そうですか？　それは、よかったです」

真顔で言われて、どぎまぎしながら答えると、レグルスが小さく笑った。

「ああ。こうしてそばにいるだけで、俺を幸せな気持ちにさせてくれる。できることならずっとお前だけを眺めていたいくらいだ」

じわじわと歓喜が湧いてきて、ルカニアの胸を満たす。熱くなった顔を隠したくてうつむくと、抱き寄せられてまた唇を重ねられる。レグルスには何も隠せない。

何度も口付けをしているうち、いつの間にか寝台の上に押し倒されていた。深く唇をふさがれて、入り込んできた熱い舌で、じっくりと口内を探られる。

求婚の返事をしてからというもの、この一か月はほぼ毎日のように彼に触れられている。甘噛みと匂いづけだけではなく、つがいになるための準備として体に触れられ、彼の指で未経験な後ろを丹念に慣らされているのだ。

そのせいでか、少し触れられただけで夜ごと与えられる快感を思い出し、ルカニアの体はすぐに熱くなってしまう。

彼の手が衣服にかかり、ルカニアはあっという間に何も身に着けない姿にされた。

寝台に宝物のように大切に寝かされ、膝立ちになった彼が、仰向けのルカニアをじっと見下ろしてくる。

夜ごと弄られすぎて、いつも少し腫れている小さな乳首は、軽く摘まれただけで硬くなる。口付けと乳首への刺激だけで、すでに性器は上を向き、濡れた先端の穴からはそろそろ薄い蜜が零れそうだ。

すぐに火がつくように変えられた、はしたない体だ。

獲物を検分する獣のような目で見られ、ルカニアは泣きたいような気持ちになる。とっさに顔を手で覆うと、その手を掴まれて、指先に口づけられる。羞恥を堪えて見上げたレグルスの顔は、いかにも楽しそうだ。

「毎夜触れていても、いつまでも慣れないな……そういうところが、俺をたまらない気持ちにさせるとわかってしているのか？」

「そ、そんなわけは……っ」

わかっている、と笑い、身を倒してきた彼にまた唇を吸われる。

レグルスはそのまま体を下にずらし、首筋と鎖骨を唇で辿ってから、乳首に口付けた。

「あ……っ」

舌で乳輪をなぞられ、尖りを唇に挟まれる。舌先で転がされ、軽く吸われるだけでも、腰の奥が疼いてしまう。胸が唾液で濡れるまで乳首を舐められながら、もう一方は指で摘まれる。

「あ……、あぁ……ん、……っ」

きゅっと抓られると、へそのほうを向いた性器の先端から先走りがぴゅくっと溢れて、ルカニアの下腹を濡らした。

じくじくと痺れるまで胸を貪ってから、彼は顔をさらにルカニアの体の下のほうに移した。

膝裏を掴まれてゆっくりと開かされる。隠すもののない体をじっと見つめられた。

「……前も後ろも、とろとろだ」

笑みを含んだ声で呟かれて、羞恥のあまり、顔から火が出そうになった。少しの触れ合いだけでも濡れるようになった後孔は、乳首や性器を弄られれば滴るほど蜜を零す。すっかり硬さを帯びた芯と、小さな双球、そして溢れた蜜で濡れた蕾をまじまじと見られ、ルカニアは激しい羞恥に見舞われた。

「そ、そんなに、じっと見ないで、ください……」

必死で頼むけれど、「こんなに美しいものを見ずにいられるか」と言って、彼は視線を外してはくれない。

恥ずかしさで身を縮めていると「もっとよくしてやる」と言われ、ぐっと膝裏を持ち上げられた。

開かされたルカニアの脚の間に、彼が顔を埋める。熱い吐息がかかったかと思うと、小さな昂りが濡れたものに呑み込まれた。

「ひ、あっ!? だ、だめです、そんな……や、めっ」

慌ててやめてもらおうとしたが、同時に後ろに指が押し当てられ、ぐぐっと中に入ってきた。前を口で愛されながら、毎夜、彼の指で慣らされたそこを押し広げられている。

「んっ、ああっ、やっ、両方は、やだあ……あ、あっ」

もがこうとしても、しっかりと押さえ込まれて、逃れられない。ルカニアは必死に嫌だと訴えながら、後孔に二本目の指が入れられ、ぐちゅぐちゅと音を立てて慣らされる感覚に身悶えた。

寝台の天蓋を支える柱に、どこからともなく伸びた植物の蔓らしきものがぐるぐると巻きついている。それがどんどん上に伸びていくのが目に入り、ルカニアは動揺した。

（ああ、またやってしまった……）

止めようにも、ルカニアの意思では蔓の成長を止められない。

「あ、あっ、レグルス、さま……もう」

その間も、彼の舌で前を執拗に舐められながら、中のいいところをぐりぐりされて、堪えようもない。必死に我慢しようとしたが、レグルスの指と舌で強引に吐精を促される。

ルカニアは、反射的に彼の頭の上の獣耳を掴み、半泣きで蜜を吐き出した。

達しながらきつめに吸い上げられて、腰が蕩けそうになった。だが、一瞬の夢心地のあと、こくりと飲み下す音が聞こえて、絶望的な気持ちになる。

その間も、四本の天蓋に巻きついた蔓は、天井のそばで蕾をつけ、ルカニアが達すると同時に、いくつもの淡い紫色の小さな花が開いた。

可憐な花びらがはらはらと二人の上に舞い落ちてくる。眺めるには美しい光景だ。

「……ご、ごめんなさい」と二重の意味で泣きじゃくりながら言うと「なぜ謝るんだ？俺がしたいからしただけなのに。それに、花も綺麗じゃないか。なんの問題もない」と彼は不思議そうだ。

ルカニアが性的に興奮すると、そばにある植物や種に自然と影響を及ぼしてしまうようで、こうして勝手に蔓が伸びたり、花が咲いたりする。

日々練習してはいるが、いまもまだ力を制御できていない自分の状況を思い知らされるようで、大量の花を咲かせるたびに、ルカニアは落ち込んでしまう。

だがそれを、レグルスはまったく気にせずにいてくれる。

「他人に触られることがないから知らなかったが、獣耳をお前の小さな手でぎゅっとされるのは、なかなかよかった」

「…………よかったのですか？」

目を瞬かせながら訊ねると、ああ、とレグルスが頷く。視線を上げてみれば、金色の耳がルカニアのほうに向かってぺたりと伏せられている。温かくて、意外に柔らかだった彼の獣耳はぴくぴくして見える。

もっと触れてほしいとせがまれているような気がして、おそるおそる手を伸ばし、そっと掴んでみる。

優しく撫でると「気持ちがいい」と言われて、ルカニアはがぜん張り切った。

付け根をこすこすとさすってみれば「それも、とてもいい」とレグルスがため息を吐く。

すっかり頭を垂れた獣耳をひとしきり弄ってやると、くったりして彼はルカニアの胸元に頭を預けた。よほど気持ちがよかったようで、いつもはあまり顔色の変わらない目元がうっすらと赤くなっている。ふっさりとした美しい金色の尻尾が勝手にぱたぱたして、ルカニアの脚に触れているズボンに包まれた下腹のものも、いつの間にか太い棒でも差し込んだみたいに硬くなっている。

先ほど、性器を舐められた上に彼の口の中に出してしまい、ルカニアは目の前が真っ暗になった。けれど、彼の正直な反応を目にして、好きな人を気持ちよくさせるのは幸せなことなのだと納得する。

人心地ついたのか、顔を上げたレグルスがじっとルカニアの顔を見た。

「お前は仔狼たちにも好かれるが、どうやら大人の狼獣人も虜にさせるようだな」

悪戯っぽい笑みを浮かべて言われ、顔がいっそう赤くなるのを感じる。

すると、それを見たレグルスが、フッと微笑んだ。

優しく頬を包まれて、唇を重ねられる。啄むような口付けの合間に、彼が「俺も、お前をもっと気持ちよくさせてやりたい」と囁く。

もう、じゅうぶんすぎるほどだ。そう気づいてから、ふと思い立ち、ルカニアは躊躇いながら訊ねてみた。

「あの、レグルス様……さっきのは、僕もしなくていいのですか？」

「さっきの、とはなんだ？」

彼はルカニアの性器を口で慰めてくれた。うまくできるかはわからないが、と思いながらしどろもどろに説明すると、ようやくルカニアの意図を理解した彼が、何かを堪えるように天井を仰ぎ見た。

「頼むからそんなことを言うのはやめてくれ。お前が口で咥えてくれることを想像しただけで、出てしまいそうになる」

つらそうに言われて、わけがわからないままルカニアは慌てて謝った。

「お前は何もしなくていい。そんなことを思いつく間もないくらい可愛がってやる」

でも、自分も蜜を飲んでもらったし……と、言おうとすると、レグルスの顔が険しくなる。それ以上ルカニアが何か言い出すのを恐れたのか、再び重なってきた彼の唇に「もういいから」とふさがれてしまった。

「あっ、あ……ぁっ」

いつもならルカニアが何度か達したところで終わりなのに、今日はまだ終わりではなかった。

仰向けの体勢で、胸につくくらい脚を持ち上げられている。後孔に入れられた彼の指は三本になり、溢れた蜜でとろとろに濡れていても、さすがに苦しさを覚えた。

レグルスが膝に口付けては「痛みはないか？」と気遣ってくれる。大丈夫だと返しながら、硬い指先で内部の膨らみを擦られ、思わず身を捩る。

「もう覚えた。ここがお前のいいところだな」

「あっ、や……っ！」

笑みを含んだ声で言われて、あえてそこを捏ねるようにぐりぐりと何度も弄られる。思わず喘ぎ声が零れ、ルカニアは真っ赤になっているであろう顔を必死でそらした。

三本も後ろに指を入れられたのは今日が初めてだ。そのせいか、もう前には触れられていないのに、また半勃ちになっている性器が恥ずかしくてたまらない。いつの間にか、後ろの孔を弄られると前が反応するように、彼の手で体を変化させられてしまった。

レグルスは、上着を脱いだだけで衣服を乱してはいない。だが、後孔を弄られながら唇を吸われると、ズボンの中で硬く滾ったものが当たる。

彼も発情しているのだとわかると、いつにないほど体が熱くなった。

だが、結婚式まではまだ二か月近くある。今日も甘噛みで終わりなのかと思うと、はしたないことにその日が待ち切れないような気持ちになった。

身を倒してきた彼が、ルカニアの首筋に口付け、「柔らかい」と呟く。

「今日なら、痛くさせずに噛めるかもしれない」

考え込むようなレグルスの言葉に、それがいつもの甘噛みとは違うものを指していると気づく。ルカニアはハッとした。

「か、噛んでください」

わずかな迷いはすぐになくなり、とっさに懇願する。

「本当にいいのか？」と問われて、こくこくと頷く。

レグルスはずっと、自分を本当のつがいにしたがっていた。それなのに、ルカニアが痛みを感じずに項を噛めるときが来るまで待っていてくれたのだ。

じゅうぶんに時間をかけてくれたことで、ルカニアの中から恐れは消えていた。

できることなら、いますぐにでも彼のつがいになりたい。

一瞬驚いた顔をしたレグルスは、小さく頷いたあと、再びルカニアの後ろを指で丹念に慣らし始めた。あからさまにこれからそこで繋がるためだとわかる広げ方に、顔が熱くなる。また達してしまいそうなほどルカニアの体が熱くなった頃、ようやく指が抜かれる。

うつ伏せの体勢にされたルカニアは、衣擦れの音に気づいて後ろを見る。

するとく、シャツを脱いだ上半身裸のレグルスが、ベルトを引き抜き、ズボンの前を開けるところが目に入った。

髪よりも少し濃い色をした豊かな下生えから、濃い色に充血した性器が勃ち上がっている。レグルスの猛々しい雄は、怖いくらいに長くて太い。すんなりしたかたちのルカニアの淡い色のものとはまったく違い、先端の膨らみがくっきりとして、茎には血管が浮き出ている。倍ほどもあるこの差は、彼が狼獣人だからなのだろうかと考えながら、唖然とした。

レグルスが自らのモノを無造作に掴み、数度扱くと、その昂りはへそにつくほど反り返った。

ルカニアの頭の横に手を突いた彼が覆いかぶさってくる。手の甲に恭しく口付けられ、頰や耳元、項にも唇を押しつけてから、腰を引き上げられて、脚をぐっと開かされる。挿れるぞ、と囁かれて、尻の狭間に硬いものが擦りつけられた。

「う、う……っ」

苦痛は、先端の膨らみを呑み込むまでのことだった。滴るほど濡れている上に、さんざん中を慣らされたおかげでか、じわじわと繋がりが深まっていく。狭い中を目いっぱいに彼のかたちに広げられて、突き当たるところまで押し込んでから、レグルスがルカニアのとわかった。

「痛くはないか……？」

時間をかけて押し込まれ、気遣うように訊ねられて、ようやくすべて呑み込んだようだとわかった。

ぎくしゃくとした動きで背後に目を向ける。涙で潤んだ視界に、心配そうなレグルスの姿がぼんやりと映った。蕩けた視線で見上げると、押し込まれた性器がなぜかずくりと大きさを増す。

「ひ……っ」

体を倒してきた彼が、ルカニアの顎に手をかけ、唇を吸った。長大な性器で犯されながら苦しい体勢で口付けられて、本能的に体が逃げようとする。

しっかりと顎を掴まれて、呼吸を奪われるくらいに唇を欲しがられた。唾液を捏ねる淫らな音がして、きつく舌を吸われる。いやいやと顔を動かそうにも果たせず、呑み込まされた舌で喉のほうまで探られる。

同時に、胸に回された大きな手が肌を這う。尖った乳首を摘まれて、軽く押し潰すようにされて、ルカニアの体はびくびくと震えた。

唇を離されると、無理なほど広げられた中が少し馴染んだとわかったのか、レグルスが身を離してルカニアの腰を掴んだ。ぐっと突かれると、ぐちゅりと音がして繋がった場所からじわっと蜜が溢れ出す。

「ひっ、あ、あっ！」

少し動かされただけで、強烈な刺激が脳天までをも貫いた。

ゆるゆると二度突かれて、ルカニアは触れられない自らの前から、ぽたぽたと蜜が垂れたことに気づいた。

「はあ……っ、は……っ」

腰を起こしていられなくなり、うつ伏せの体勢になる。

背後から伸しかかったレグルスが、寝台にぐったりとしたルカニアの髪に口付けて、敷布を掴む手を上から握った。

ぼんやりする頭で、「噛むぞ」と囁く声を聞いた気がした。熱に浮かされた頭のまま頷く。全身が脱力して、とろんとしたまま、項に熱い息がかかる。

次の瞬間、凄まじい感覚がルカニアを襲った。

「ああ……っ！」

噛まれたところからえも言われぬ強い痺れが湧き起こり、びくびくと魚のように体が跳ねる。

「う、うぅ」

歯を立てているレグルスの喉がぐるぐると鳴っている。まるで、獣が唸るときのようだ。

項に差し込まれたレグルスの牙の感覚と、最奥までを押し広げる彼の極太の性器の存在に、ルカニアは全身を支配されていた。噛まれながら緩く腰を突かれただけで、つい先ほど達したばかりの前から、再び激しく蜜が迸った。

同時に、いつの間にか大量の蕾をつけた蔓が、天蓋の柱に次々と小さな花を咲かせる。花で覆われた柱から、紫色の花びらがひらひらと、雨のように降り注ぐ。

(なに……?)

舞い落ちてくる花びらに囲まれながら、ルカニアは混乱していた。これまで何度もされてきた甘噛みとはまったく違う。興奮してわけがわからない状態で噛まれても、これほどの衝撃だ。もし高ぶっていないときに噛まれたら、失禁するか、気を失っていたかもしれないと恐ろしくなる。

「は……ぁ、は……っ」

噛まれながら達し、ようやく牙が抜かれて、ぐったりと寝台に身を預ける。レグルスが背後からその体を労るように抱き締めてくれた。

「レグルスさま……」

髪に顔を埋められ、噛まれた項に何度も口付けられて、ホッとした。

これで無事につがいの契約は済んだのだ、と安堵したときだった。

腰を引き起こされたが、ルカニアはもう体に力が入らず、四つん這いにはなれそうもな

かった。そう分かると、体を支えて引き起こされ、彼の膝の上に乗せられる。繋がりが深くなって、思わず身を強張らせた。

背後から抱き竦める体勢で、レグルスはルカニアを今度は下から突き上げ始める。

「ひっ！　やっ、ま、待って……っ」

次第に荒々しく揺さぶられて、にわかに恐ろしくなった。

「すまないが、もう待ってやれそうにない」

その言葉を聞いて、自分は何度も出したが、彼はまだ一度も達していないということに気づく。

ずっと欲望を抑え込み、ルカニアを気遣ってくれたレグルスは、完全に限界のようだった。

「あ、ぅ……っ、うっ」

一回り体の大きな彼にしっかりと押さえ込まれ、猛り切った昂りで下からずんずんと突き上げられる。張り詰めた雄の先端が、腹の奥の方まで挿入(はい)っているのがわかる。

先ほど目にした凶悪な性器を、これ以上は無理だというほど奥まで呑み込まされている。

揺さぶられるたびに、結合部から蜜が溢れている。レグルスが突くと、ぐちゅぐちゅと繋がった場所から卑猥な音がして、鼓膜まで刺激されてしまう。

「はあ……っ、あ、あ……んっ」

「ルカニア……ルカニア、……もう二度と離すものか」

耳朶を食まれて熱っぽく囁かれる。毎日触れられ、すでに立て続けに達したルカニアの性器はもう反応せず、萎えたまま蜜をたらたらと垂らして揺れるばかりだ。

「ひぅっ、あっ、ひゃうっ！」

逞しい腕に腰をしっかりと掴まれて、じょじょに突き上げる勢いが増していく。そのたびに、脳髄まで火花が散ったような刺激を与えられて、ルカニアは泣きながら喘いだ。

噛まれた項を何度も舐めながら、レグルスはルカニアを激しく揺さぶる。

また新たに咲いた紫色の花びらが、ふわりと寝台の上に降ってきた。

もう出せるもののないルカニアの性器の先端から、ぴゅくっとわずかな雫が溢れた。

ふいに苦しげな息を吐き、彼がルカニアを強く抱き竦めた。一瞬遅れて、中にどっと熱いものが注ぎ込まれる。

「あ……、ん……っ」

大量の蜜を吐き出されて、最後の一滴まで飲ませるみたいにゆるゆると突かれる。、

「……これで、お前は俺のつがいだ」

どうにか息が整った頃、まるで安堵したような囁きが鼓膜に吹き込まれた。それと同時に、一気に咲いた大量の花びらがふわふわと舞い落ちてくる。

その光景を眺めながら、ルカニアは陶然としてレグルスの腕に抱き締められていた。

＊

――聖ガルデニア王国で、新王の戴冠式と結婚式が同日に行われる、またとない祝いの日がやってきた。

さらに、この日は新王レグルスの誕生日だ。三つの祝いが重なった祝祭の日は国の休日と定められ、祝いの金貨に果実酒やパンが惜しみなく配られて、民は大いに沸いた。

レグルスにとっても、王位という人生で最大の重責と、最愛の伴侶という幸福とを二つ同時に得る、忘れられない日になるはずだ。


『戻ったばかりだし、しばらくはのんびりさせてもらうわね』と言って、当面は王城に住まず、用のあるときに実家の館から訪れる王太后も、もちろん今日は参列する。

「ああ、ヴィンセント！」

戴冠式が始まる前、国王夫婦の部屋にやってきた王太后は、ふと扉のそばに目を向けて声を上げた。

「やっと会えたわね。これまでの間、レグルスを守ってくれて本当にありがとう」

ドレスを着た王太后の感謝の言葉に、控えていた軍服姿のヴィンセントがその場に片方の膝をつく。彼は恭しく言った。

「もったいないお言葉です、王太后陛下」

「——どういうことだ？」

国王の正装を纏い、あとはマントを身に着けて王冠を被るのみとなったレグルスは、怪訝な顔で二人を見る。ミシェルに髪を結ってもらっていたルカニアもまた首を傾げている。

「まさか……ヴィンスは母上が俺の元に差し向けた者なのか？　十三年前もに？」

王太后が静かに頷く。彼女に促されて、ヴィンセントが口を開いた。

「私が魔法学校で学んでいた十五歳のとき、リートベルク家から密使がやってきて頼まれたのです。『士官学校に入り、影となって王太子の命を守ってほしい』と」

「では、お前が俺に尽くしてくれたのは、母上の依頼のためだったのか！」

知らずにいたレグルスは驚きしかない。王太后が口を開いた。

「父を通じて頼んだことを黙っていたのは、もし前国王に知られれば、阻止されることは確実だったからよ。だから、万が一のことを考えて、ヴィンセントには私からの依頼だということも、誰にも漏れないよう、固く口止めをしていたの」

ヴィンセントは「その通りです」と静かに答えた。

レグルスは、長年支えてくれた腹心の部下である彼が隠し持っていた秘密に、さっぱり気づかずにいた。間抜けな自分に心の中で舌打ちをする。

一瞬レグルスの顔色を窺ってから、ヴィンセントは淡々と話し始めた。

「下級貴族の子である私は、当時のリートベルク家の主人、つまり王太后陛下の父上に素質を見いだされました。援助を受けて魔法学校に入れてもらい、力を磨いて主席で卒業し……最初はただ、その力を恩人のために使いたいと思っただけだったのです」

腕組みをしたレグルスは、無言で彼の話を聞く。

「ですが、士官学校で出会ったあなたは、国王の心ない仕打ちにも少しも腐らず、勉学にも軍務にも全力で向き合っていた。後ろ盾のない王太子に対する同級生たちの悪意は、正直見るに堪えないものでしたが、まだ年若いあなたは、歯牙にもかけずにひたすら邁進していた。それまでは、前王陛下の乱心ぶりに、たとえ魔法士として力をつけても我が国では将来はないかもしれないと諦めかけていましたが、あなたを見ているうちに希望が見えた気がしたのです。この王太子が王位につけば、崩れかけているガルデニアは、再び過去のような栄華を取り戻せるのではないか、と」

ヴィンセントは力強く言った。

「それからは、命じられたからではなく、私自身の意思であなたを守ろうと決めたのです」

一度言葉を切ると、ヴィンセントは悔やむように目を伏せた。

「リートベルク家からの依頼であったことを伏せたままでいたのは、責められても仕方ありません。釘を刺されていたこともありましたし、同時に、あなたの信頼を失うことを恐れて、言い出せなかったのです」

初めは愕然としていたが、ヴィンセントの話を聞いて腑に落ちた。彼は間違いなく唯一無二の側近だ。レグルスはヴィンセントの肩に手を置いて言った。

「お前の忠義には、本当に何度も助けられた。これから先も、変わらずに力を借りたい」

「もちろんです。命ある限り、レグルス陛下にお仕えします」

ヴィンセントは深く頭を下げ、改めてレグルスに忠誠を誓ってくれる。その様子を見て、王太后とルカニアもホッとした顔になった。


最初に、盛大な戴冠式が始まった。大聖堂で教皇から王冠と王笏を授けられたレグルスは、訪れた招待客から次々と惜しみない祝辞を受けた。

王族の席にはアルヴィス夫妻と、それからアレヴィたち小さな狼獣人三人が正装して目を輝かせながら座っているのが見えた。

「神子ルカニアから、この日を祝うとともに、聖ガルデニア国王レグルス陛下に貴い託宣が授けられます」

教皇の導きにより、神子の正装を着たルカニアは、レグルスが座る玉座の前に進む。

レグルスは軍の将軍位である金の肩章をつけた赤い軍服を身に纏い、内側が臙脂色のマントを羽織っている。

ルカニアは、神子の冠と透けた布を頭から長く被り、純白の祭服を纏っていて、堂内で一番美しいと内心で感嘆する。

レグルスの考えていることも知らず、ルカニアは真面目な顔でその場に跪いた。

「神よ、我が王に、どうか聖なる託宣をお授けください」

彼が胸の前で手を組むと、不思議なことが起きた。大聖堂の天窓から、まるで天が祝福を与えるかのように光が差し込んだのだ。堂内からどよめきが湧き起こり、ルカニアの紫色の瞳が金に輝いた。

「……聖ガルデニア王国の新たな王、レグルスよ。驕らずにこのまま進めば、そなたの治世は富み、神子との間に六つの光に恵まれる」

水を打ったように静まり返る中、一瞬だけ歓声が上がりかけた。ルカニアは続ける。

「一つの光は次の王となり、周辺国を併合した大陸の覇王となる。もう一つの光は新たな神子となり、多くの人々を癒やす奇跡の子となるであろう……神の子の国、ガルデニアに永遠の栄えあれ」

朗々と歌うように神子は告げる。言い終えると、堂内から歓声と拍手が起こった。

ルカニアの瞳の色が、元の通り紫色に戻る。それを見て、レグルスは彼を手招きした。

我に返り、おずおずと立ち上がったルカニアは階段を上り、玉座の隣にやってくる。

そこは、これから長い間彼が座ることになる王妃の椅子だ。

「あ、あの……どのような託宣だったのでしょう？」

こそっと訊ねられて、レグルスは目を細める。

託宣を授ける神子自身は、神の声を伝える器となっているため、どんなことを言ったのかわからないのだ。

「……あとでゆっくり話そう。素晴らしい未来を覗かせてもらった」

どきどきしている様子が愛しくてたまらず、ルカニアの手を引き寄せて、レグルスはその甲に口付けを落とした。

＊　終章　＊

クルトの村の小さな家で、今日もばあやと母が朝食の支度をしている。

コトコトと鳴る鍋の蓋は、ばあやが美味しいスープを煮込んでいる幸せの音だ。

いつもより少しだけ寝坊したルカニアは、そのいい匂いで目覚めた。慌てて寝台を出て、とことこと居間兼台所に入ると、「おはようリル」と言って、二人はそれぞれ左右の頰にキスをしてくれる。

店を開く準備をしていたのだろう、母の側仕えのアシェルとフランも納屋から戻ってきた。あっという間に朝食の支度が整い、五人はテーブルを囲んだ。

「さあ、今日も祖国のために祈りましょう」

向かい合わせの椅子に座った母に言われて、寝起きでまだ少しだけぼんやりしていたルカニアは、珍しく少しだけぐずった。

——毎日遠くの国のためにお祈りして、いったいなんの意味があるの？と。

アシェルとフランはあっけにとられたように目を丸くする。

驚いた顔のばあやの隣で、母はまるで花が開いたようにふわりと優しく微笑んだ。

それから真面目な顔になり、人さし指を顔の前に立てる。

「これはね、とおっ……ても意味があることなのよ？　なぜなら、他の人には秘密なのだけど、リルのお願いの声はね、神様のところまで届くの。だから、あなたのお祈りで救われる人が、ガルデニアにはたっくさんいるのよ」

「そうそう、特にいまは国に神子がいないからきっと大変なことになっているわ。だから、遠くからでも欠かさず祈らなくてはね」

ばあやにも真顔で言われて、ふうん、と頷いたが、ルカニアはまだ少々腑に落ちない。

たしかに、以前はお祈りすると、天気を変えたり怪我を治したりすることができたときもあった。でもいつの間にか、ルカニアがどんなに願っても奇跡は起こらなくなってしまった。

だから、自分が一生懸命祈ったところで、あんまり意味はない気がする。

けれど、大好きな二人に真剣な顔でそう言われては、それ以上駄々を捏ねることはできなかった。

ルカニアは大人しく目を閉じ、顔の前で手を組む。

母が嬉しそうに笑うのが、見えなくてもわかった。

「お城にいても、この村にいても、私たちにできることは同じなの。リル、どうかこれからも欠かさずに祈りを捧げてね」

はい、と目を瞑ったままルカニアは答える。「いい子ね、リル。私の大切な宝物」と母が優しい声で囁くのが聞こえて、ちょっとくすぐったい気持ちになって片方の目を開けた。

妖精みたいに綺麗な母が、ルカニアを見て愛しそうに微笑んでいる。

「さあ、たくさんの愛を込めて、神様にお願いしましょう。『祖国ガルデニアとその民が、どうか今日も平和でありますように』って」

小さなルカニアは神妙な顔でこくんと頷くと、再び目を閉じる。

それから母の言う通り、今日も心を込めて、遠く離れた祖国の民のために祈りを捧げるのだった。

END

仔狼の誓い

＊

キアランはてとてとと城の通路を走っていた。

頭の上で少し垂れた金色の狼耳がふるふると揺れ、尻尾も一生懸命ついてくる。

「お待ちください、キアラン様！」という慌てた世話係のゾフィーの声が聞こえてくるが、捕まるわけにはいかない。目的地は、城の大聖堂だ。

キアランに気づくと、入り口の扉の両脇に立った二人の軍人が、ぎょっとして「王太子殿下」と片方の膝を突く。

「ぼく、『おかあさま』にあいたいの」

必死で頼むと、軍人は「では、入ってもいいか伺ってきましょう」と言ってくれる。

扉の中に入った軍人が出てくるまでの間に、ゾフィーに追いつかれてしまうかもしれない。残った軍人のマントの中に隠してもらい、どきどきしながら待つ。

ほどなくして、戻ってきた軍人が頷いて、キアランの手を引き、中に導いてくれた。

中には神官たちが集まっている。その視線の先にはルカニアがいた。

祈りを捧げているところのようで、跪いて手を組んだ彼のもとには、天窓から光が差している。まるで空から下りてきたばかりの天使のようで、駆け寄ろうとしていたキアランはあまりの神々しさに近づけなくなってしまった。

「――キアラン様」

　ハッとすると、いつしか光は消え、ルカニアがこちらに近づいてくるところだった。

「おかあさま！」と急いで駆け寄って抱きつく。ルカニアは慌てて抱き止めてくれる。

「あのね、まちきれなくて、あいにきちゃった」

　ひそひそと言うと、ルカニアは「もうすぐおやつの時間ですからね」と言って頬を綻ばせる。それから入り口の辺りを見回して、キアランが一人なことに気づいたようだ。

「ゾフィーは置いてきてしまったのかな？」

　困り顔で笑ったルカニアは、近くに控えていたニコラスという名の軍人に、ゾフィーを捜してキアランはここにいると伝えてくれるように頼んでいる。

　神子のルカニアは、少し前に王となったレグルスと結婚した。そして、二人はキアランの実の父と、それから親代わりだったアルヴィス夫妻と話し合い、キアランを養子として迎えてくれることになったのだ。

　それに伴って、キアランはこの国の王太子となり、儀式も先日済ませたところだ。

　母はキアランが生まれたときに亡くなり、父グリフィスは忙しいと言ってほとんど会いにくることはない。アルヴィス夫妻は優しいけれど、彼らはアレヴィの両親で、キアランにとっては「おじうえ」「おばうえ」だ。

　両親がいなくとも、世話係は優しいいし、従兄たちがいれば毎日楽しかった。

けれど、アレヴィに今度弟が生まれることになり、状況が変わった。更に同じ頃、ライジェルの母が城に戻ってくると、二人と遊べる時間はがくんと減ってしまった。

寂しくて寂しくて、キアランはお気に入りの狼のぬいぐるみに名前をつけて、弟として連れ歩くことにした。だが、ぬいぐるみとは追いかけっこもできないし、名を呼んでも返事をしてくれない。

寂しさはいっそう募るばかりで、キアランが救いを求めたのは、城に戻ってきた『みこさま』――ルカニアの存在だった。


「お祈りの時間はもう終わったから、部屋に戻っておやつを食べようね」

ルカニアは立ち上がり、キアランとしっかり手を繋いでくれる。

初めて会ったときから、ルカニアは仔狼の姿のキアランたちを当たり前のように膝に乗せてくれた。誘えば追いかけっこもかくれんぼもして、全力で遊んでくれる。危ないことをすれば怖い顔で怒られるけれど、それでも、キアランはすぐにルカニアのことが大好きになった。

そのルカニアが、キアランの母になってくれるというのだ。毎朝会いに来てくれて、午後はおやつを一緒に食べ、寝る前にも会える。キアランは毎日幸せでたまらなかった。

「おかあさま」と呼んで袖をつんつんと引くと、ルカニアはにっこりして、すぐにキアランを抱き上げてくれた。甘えたいときに甘やかしてもらえる。嬉しくなって、キアランはひっしとルカニアに抱きつく。

大聖堂を出る前、二人のところに、神官たちを従えた枢機卿がゆっくりと近づいてきた。

「キアラン王太子殿下」

恭しい口調で言い、枢機卿は静かに一礼する。キアランも老人の真似をして、ぺこりと頭を下げた。枢機卿は、目尻にしわを寄せてしみじみとした口調で言った。

「お二人を見ていると、亡き母君と幼い日のルカニア様を思い出しますな」

どうやら、ルカニアにも母がいないらしい。しょんぼりした気持ちになりかけてすぐ、ルカニアが泣きそうな顔で微笑むのに気づき、キアランは急いで言った。

「さびしくないよ、ぼく、おかあさまとずーっといっしょにいる！」

すると、枢機卿と神官たちが目を瞠る。一瞬目を丸くしたルカニアが、涙に潤んだ目で笑顔を見せてくれたのを見てホッとした。

——これからは、自分が大好きな「おかあさま」を守ってあげるのだ。

ずっとそばにいて、二度と寂しくなんかさせない。

キアランは小さな手を握り締め、心の中で誓いを立てるのだった。

END

＊　あとがき　＊

この本をお手に取って下さりありがとうございます！

二十九作目の本は中世風のファンタジーで、金狼の獣人である王太子レグルスと、追放されて力もなくしてしまった神子ルカニアのお話になりました。

『高貴な立場にありつつも訳あってDTな攻め様』というのが大好きなのですが、レグルスは国王からの刺客に狙われていたため、寝首をかかれる危険性から他者と寝床をともにすることなく成長したのではないかと思います。

なので、恋愛の駆け引き的なことはまったく経験がなく、けれど、好きなものは好きだし触りたいものは触る、みたいなルカニアひとすじのまっすぐすぎる攻め様になりました。人とはうまくいかないこともあるけど、動物と子供に好かれるタイプの攻め様です(笑)

受けのルカニアは、なんだかとても書きやすいキャラでした。王妃になったあとも、時々、育った山奥の村を訪れては、母の墓に参り、村の老人たちの病や体の痛むところを癒やして、キノコとネギを収穫してうきうきと城に帰ってくる気がします。そのときはきっとキアランも一緒かもしれません。

ここからは御礼を書かせてください。

イラストを描いて下さったみずかねりょう先生、今作も本当に美麗な表紙をありがとうございました！　表紙には狼の姿の攻め様も描いて下さって、感激に打ち震えております。本文イラストの出来上がりもすごく楽しみです。

担当様、いつもお世話おかけして申し訳ありません、次こそはもっと完璧な原稿を……！と思いながら毎回迷走しています。次作こそは直しの少ない初稿に仕上げたいです(汗)

そして、校正者様、デザイナー様、この本の制作と販売に関わってくださったすべての方にお礼を申し上げます。

最後に、読んで下さった皆様、本当にありがとうございました！

少しでも楽しい気持ちになってもらえたら幸せです。ご感想などありましたら、ぜひお聞かせください。

また他の本でお会いできることを願って。

二〇二三年四月　釘宮つかさ【@kugi_mofu】

プリズム文庫をお買い上げいただきまして
ありがとうございました。
この本を読んでのご意見・ご感想を
お待ちしております!

【ファンレターのあて先】
〒153-0051 東京都目黒区上目黒1-18-6 NMビル
(株)オークラ出版 プリズム文庫編集部
『釘宮つかさ先生』『みずかねりょう先生』係

金狼殿下は去りし神子を溺愛す

2023年05月30日 初版発行

著 者 釘宮つかさ

発行人 長嶋うつぎ
発 行 株式会社オークラ出版
〒153-0051 東京都目黒区上目黒1-18-6 NMビル
営 業 TEL:03-3792-2411 FAX:03-3793-7048
編 集 TEL:03-3793-6756 FAX:03-5722-7626
郵便振替 00170-7-581612(加入者名:オークランド)
印 刷 中央精版印刷株式会社

Printed in JAPAN ISBN978-4-7755-3016-0

※タイトルにあります「溺」の文字につきまして、規格の問題により、
新字体と旧字体で表記されている部分がございます。
ご了承のほど、お願い申し上げます。